HOW TO READ AND WHY

如何读，为什么读

[美国] 哈罗德·布鲁姆 著

黄灿然 译

译林出版社

图书在版编目（CIP）数据

如何读，为什么读/（美）布鲁姆（Bloom, H.）著；
黄灿然译．—南京：译林出版社，2015.10（2022.12重印）
（阅读指南丛书）
书名原文：How to Read and Why
ISBN 978-7-5447-5552-8

Ⅰ.①如… Ⅱ.①布… ②黄… Ⅲ.①世界文学－文学评论
Ⅳ.①I106

中国版本图书馆 CIP 数据核字（2015）第 146291 号

著作权合同登记号 图字：10-2019-077 号

如何读，为什么读 ［美国］哈罗德·布鲁姆 / 著 黄灿然 / 译

责任编辑 陈 叶
责任印制 单 莉

原文出版 Scribner, 2000
出版发行 译林出版社
地 址 南京市湖南路 1 号 A 楼
邮 箱 yilin@yilin.com
网 址 www.yilin.com
市场热线 025-86633278
排 版 南京展望文化发展有限公司
印 刷 江苏苏中印刷有限公司
开 本 880 毫米 × 1230 毫米 1/32
印 张 10.625
插 页 1
版 次 2015 年 10 月第 2 版
印 次 2022 年 12 月第 9 次印刷
书 号 ISBN 978-7-5447-5552-8
定 价 58.00 元

大作家式的批评家

黄灿然

精湛的读者

哈罗德·布鲁姆不是一般意义上的批评家，但一般意义上的批评家的资格他又都具备。他是专业批评家，但他几乎从不在书里加注或卖弄学问；他终生在学院教书，而且是名校，但他没有任何学院味，事实上对学院各种潮流非常不屑，总要在这里那里批评它们几句；他是高深而博学的批评家，可以用五百页巨著写二十六位作家（《西方正典》），更可以用七八百页巨著写一位作家（《莎士比亚：人的发明》）；他又是一位可以大众化的作家，不仅有好几本著作是畅销书，而且有些（例如本书）就是面向大众的；他写古典作家，写现代作家，写当代作家。在这一切之上，他还是一位大作家式的批评家，写起批评来可以看似不着边际、权威武断、省略跳跃、大肆铺排甚至戏剧性地夸张。总之他讲他的，他不理会你——但实际上有眼界的读者都能看出，他才是一位大修养的读者，他的自说自话正是对读者的真正尊重。而这尊重，又反过来成为读者对他的敬爱，成为他吸引读者的个人魅力。至少就我自己而言，他是少数几位我对其推荐的作家不敢掉以轻心的批评家之一。

而我这不敢掉以轻心，有一次就即时获得回报，而且就是从这本《如何读，为什么读》。话说契诃夫是我最喜欢的小说家，但我多年来都仅停留于反复阅读他的后期作品，尤其是人人文库版康斯坦丝·加内特译本《契诃夫选集》(*The Chekhov Omnibus*)。这部选集厚六百余页，由唐纳德·雷菲尔德编辑及校订，收录契诃夫十八篇后期作品，篇篇都是杰作。我不是没读过契诃夫的早期小说和篇幅极短的小说，但总觉得它们的吸引力远远比不上他后期那些中篇和近于中篇的小说。可布鲁姆提到契诃夫本人最喜欢的作品，是只有三页篇幅的《大学生》。我立即上网下载加内特译的《大学生》来读。我不知道如何形容我的感动，应该说，我的灵魂的提升，我的存在的连根拔起。

我的幸福和喜悦，与大学生完全一样。我不仅为小说中所说的一切所感动，而且为人类在悲苦中的哀婉所感动；不仅感到小说中所说的那条链，而且感到文学艺术中那条相同的链，并由此而感到一股受其恩泽的喜悦，以及被这股喜悦所带动起来的感到自己也能做点跟这条链联系起来的事情的喜悦，而这与大学生对幸福未来的憧憬是一致的，尽管他憧憬的画面未必跟我相同。

后来我才发现这篇《大学生》就收录在我常读的那本《契诃夫选集》里。就是说，这本小说选并不像我原来以为的那样，只收录契诃夫的中篇和近于中篇的小说，我甚至怀疑我可能不止一次读过这篇小说，却可能因为没感觉而完全忘了。类似的阅读经验相信很多人都有过，例如对自己常常翻阅的某本诗集中某一首诗，长期以来视而不见，等到它收录在某个选本里，或别人在文章里提醒之后，才发现它是那么好。这既是阅读的盲点，也是阅读的成熟的一种表现：愿意接受别人的提示。布鲁姆显然是这方面的高手。他两次读品钦的《拍卖第四十九批》才读进去，三次读麦卡锡的《血色子午线》才读进去。在他的我行我素背后，是一位理性而谦逊的读者。

这位精湛的读者，在谈到为什么读书时，直指读者的核心，因为那也正是他自己的核心：孤独和自我。阅读即是消减孤独和增强自我。阅读是自我完善，而不是完善邻居或街坊。虽然大家都怀着良好愿望，以为阅读有助于服务社群，但布鲁姆在这方面很实际，认为拯救自己最重要："除非你变成你自己，否则你又怎会有益于别人呢？"不过他也承认，只要我们通过阅读增强自我，完善自我，我们最终会成为别人的启迪。他不把对别人的启迪视为某种社会功能，因为他非常反对用社会批评或历史批评的角度来解读文学，更别说用政治角度了。也许，他是把启迪别人，视为自我完善的一种"溢出"，而非"灌输"。在他眼里，文学是自我生成的，社会和历史和现实只是这自我生成的饲料，而不是相反。他这个观点，是与阅读增强自我一致的。只有独立于社会和历史的独裁，文学才能真正健康成长，孤独的读者才会真正增强自我。就连作家的自我也被作家自己的写作所增强："更重要的是作家的作品，是普鲁斯特雄心勃勃的工程对作者本人的生活产生的影响。"

作为著名的批评家的布鲁姆，其魅力主要源自作为精湛的读者的布鲁姆。他不少隽语妙言，都源自这位读者。当他说"文学传统选择真正的作家，甚于真正的作家选择文学传统"时，他不是在写格言，而是在归纳他数十年来的阅读经验。当他谈到阅读的本质时，他偶尔流露于笔端的关于人生的感受，常常是惊人的。"我们读书不是因为我们不能认识够多的人，而是因为友谊是如此脆弱，如此容易缩减或消失，容易受时间、空间、不完美的同情和家庭生活及感情生活种种不如意事情的打击”;“善于阅读是否有助于我们学习如何像塞万提斯模式中的人物那样互相倾听？我斗胆说，要做到像我们倾听一本好书那样倾听别人说话，是不可能的。抒情诗在最强有力的时候，教我们如何跟自己说话，而不是跟别人说话”；“为什么读？因为你仅能够亲密地认识非常少的几个人，也许你根本就没有认识他们。在读了《魔山》之后，你彻底地认识汉斯·卡斯托尔普，而他是非常值得认识的。”这已不是文学批评家笔下的人生感受，而是触及了文学与人生在最深层意义上的关系，或更准确地说，是人生需要文学甚于文学需要人生的写照。不过，这不是一种为艺术而艺术的观点，相反，为艺术而艺术的观点在这里就显得轻薄了。文学作品要达到这种修改人的境界，需要多么漫长的文学传统所累积的人生智慧以及作家对智慧的吸取和对人生本身的细微洞察力。修改人不是指改变某个人，而是指人性被修改了，所以布鲁姆才有莎士比亚重新发明人之说。

在我看来，最能表现布鲁姆作为精湛的读者和大作家式批评家的风范的，莫过于他讨论狄金森诗歌那部分，尤其是第一段。我未见到哪位批评家如此浓缩地概括狄金森，哪怕是布鲁姆本人在别处谈狄金森或在别处谈其他作家，也未曾达到这样的综合力。他指出狄金森“属于彬彬有礼的传统，却在她众多最强大的诗作中打破西方思想和文化的延续性”，又说她像莎士比亚和布莱克一样，为她自己“而把一切都透彻地重新再思考一遍”。正因为这样，我们在读她的诗时，就得“准备好与她在认知上的原创性作斗争”。经过这样一番斗争之后，我们将更清醒地意识到“打破在我们内心根深蒂固的惯常反应方式，是多么地困难”。在另一段，他又一语点出狄金森诗歌的核心精神:“复活的基督和救世主基督对狄金森没有什么意义;然而基督的受苦却非常接近她,任何战胜受苦的暗示就更加接近了,因为受苦是她主要的模式之一。”这短短几个金句,可以发展成一篇雄文,甚至一部专著。顺便一提,布鲁姆在赞赏一位作家时,往往会很夸张,以引起我们足够的注意;但是,他也常常大智若拙,其深刻性容易被我们忽略。他关于狄金森的评论,我是在最后一次通读并把它们彻底地重新思考一遍之后,才大吃一惊的。

魔性与善性

熟悉布鲁姆著作的读者,应该不难发现,布鲁姆是一位“魔性”派。他对西方文学中的魔性特别敏感,也特别倾心。他推崇以弥尔顿的撒旦和梅尔维尔的亚哈船长为代表的拥抱厄运的顽固精神,欣赏黑色抒情,敬佩消极性的英雄。他认同“生命是纯粹的火焰,我们靠我们体内一个看不见的太阳活着”(托马斯·布朗《瓮葬》);“把停下的地方当做终点,是多么地沉闷啊,未被擦亮就生锈,而不是在使用中生辉!”(丁尼生《尤利西斯》);“你这清澄之神,我也知道对你的正确崇拜就是蔑视”(梅尔维尔《白鲸》);“我选择相反的势力”(弥尔顿《失乐园》);“与其说看见尽头重燃骄傲和希望,不如说高兴于也许已来到某个尽头”(勃朗宁《罗兰公子来到暗塔》)。这些话,都出自文学作品中或多或少自毁式的人物之口,他们为了某个目标而不惜以生命为代价。对那些英雄兼恶棍的人物,布鲁姆则是敬畏的,但与其说是敬畏这些人物本身,不如说是敬畏创造这些人物的作者和正视这些人物所代表的人性的现实。

布鲁姆对他眼中英语诗歌最伟大的品质——“视域性绝望”——有他自己的一套看法，认为这种绝望并不是我们日常生活中体验的绝望，而是超越“尘世的黑暗”的品质。同样地，对二十世纪几部被他拿来讨论的美国伟大小说所展示的末日景象，布鲁姆也有他独特的视域性解释。他说消极性“具有净化作用”，又说阅读的功能“并不是要叫我们高兴起来，或过早地安慰我们”。他并非自相矛盾，而是有他的理由的。他认为“意义正是从过度开始的”。他甚至断言，美国小说家们的末日视域所提供的，“远远、远远不只是具有净化作用的消极性”，因为当我们回忆小说中最动人的场面时，浮现在我们心中的往往是小说人物焕发的高贵品质，例如爱、勇敢、慈悲。简言之，是他们伟大的视域：“以实玛利的视域，唯独他逃生来给我们讲故事（《白鲸》）；奥狄芭·马斯的视域，她把那个无家可归的老头搂在怀中轻摇（《拍卖第四十九批》）；看不见的人的视域，他准备再次回到地面，像约拿从鲸腹中出来（《看不见的人》）。他们全都在某些较高的频道上对你和为你说话。”

就像布鲁姆从这些消极性作品的深沉之处看到其净化作用和高贵品质一样，我们也能够在布鲁姆贯穿全书的魔性美学中看到他“善性”言论的闪光。他引用高尔基的话：“我觉得，在契诃夫面前，大家都感到一种下意识的愿望，希望变得更单纯，更真实，更属于自己。”接着布鲁姆评论道：“尽管他（契诃夫）没有使我更单纯、更真实、更属于自己，但我确实希望自己能变得更好（尽管我不能）。我的希望，似乎是一种美学现象而不是道德现象，因为契诃夫具有一位伟大作家的智慧，他含蓄地教导我，文学是善的一种形式。莎士比亚和贝克特教导我同样的东西，这就是为什么我喜欢阅读。”

他在括号内加上“尽管我不能”变得更好，这不是一种保留，也不是一种幽默，而是与他的文学观一致的：美学引我们上升。实际上最高的美学即是最高的道德，相反亦然。布鲁姆这里说的道德现象，我想更多是指我们一般具有社会功能的道德现象，也是较低层次的，可以被任何人利用的道德现象。而美学现象作为一种吸引力，乃是智慧的吸引力。这在他谈到卡尔维诺的“智慧”时，就更为明显了。他引用卡尔维诺的话“在地狱中寻找和学会认识谁和什么不是地狱，然后使他们忍耐，给他们空间”，进而评论道：“卡尔维诺的建议再次告诉我们如何读和为什么读：在你的生命中保持警惕，了解和认识善的可能性，帮助它忍耐，给它空间。”

而文学即是通往智慧的途径——布鲁姆另一本导读性的著作，就叫做《智慧何处寻？》。更重要的是，我认为布鲁姆的善性论，并不是他在魔与善之间作出某种世故的平衡，而是一位具有魔性倾向的精湛的读者在“智慧文学”中浸染数十载之后获得的正果。因而，他片言只语的善性论，也如同逃出来给我们讲故事的以实玛利、把无家可归的老头搂在怀中轻摇的奥狄芭·马斯和从鲸腹中出来的约拿一样，是弥足珍贵的，就像这些人的品格在布鲁姆眼中是弥足珍贵的。

即使与一些威名赫赫的西方同行相比，布鲁姆也显得非同一般。譬如说布鲁姆在大西洋彼岸的对手伊格尔顿，就曾在伦敦一家报纸撰文大肆抨击布鲁姆这本《如何读，为什么读》，其文词之低劣与犬儒，使一些普通读者也觉得过分，也使我这个常读伊格尔顿文章的读者感到错愕和失望。但想深一点，也就不奇怪了。伊格尔顿可归入专业批评家类别，他聪明机智风趣，对各种新潮流保持关注，论断都显得公正持平，可就是缺乏某种更个人、更接近读者的孤独，更提升或扩大读者的自我的深度与视域。如果他批评某位也是处于某个类别的偏见者，那确实会令人觉得公正持平且义正词严，例如他驳斥理查德·道金斯对宗教信仰的攻击。但在批评布鲁姆这个复杂的综合体时，他只能用近于无赖的语言！这也就是为什么，伊格尔顿的文章我常看，但只是作为一种知识性的吸取，而不是作为一种启迪。

批评学院派

作为一位深切了解读者真正的需要，强调“用人性来读，用你全部身心来读”的批评家，布鲁姆难以忍受当今各种流行的批评时尚，尤其是学院的批评时尚。他把约翰逊博士的告诫“清除你头脑里的虚伪套话”改为“清除你头脑里的学院虚伪套话”。在他看来：“当今，很多长篇小说都因其社会用途而受到过分赞誉，一些只应称为超市小说的东西，被大学当成正典来研究。”结果是，大学文化沦为“用欣赏维多利亚时代女人内裤取代欣赏查尔斯·狄更斯和罗伯特·勃朗宁”。顾名思义，这本书是要教我们如何读，而在布鲁姆看来，如何读“部分地取决于我们能否远离大学，不管是内心方面的远离还是外部方面的远离，因为在大学里阅读几乎不被当成一种乐趣来教——任何具有较深刻美学意义的乐趣”。

学院时尚的一个特点，是“寻找屈辱的证据”，例如认为“在奥斯汀和莎士比亚的作品中，杰出的女主人公都总是成为社会专制制度的受害者”。虽然布鲁姆非常清楚这些时尚会过去，另一些时尚又会来取代，没完没了，但是他还是不顾自己的年龄（也许正是因为自己的年龄），语气平淡但坚定地说：“我快七十岁了，不想读坏东西如同不想过坏日子……我们肯定不欠平庸任何东西，不管它打算提出或代表什么集体性。”但年龄和资历既是他权威的基础，也是他的悲哀的来源。当他看到托马斯·曼笔下的汉斯·卡斯托尔普锲而不舍的学习精神时，他不禁有些凄凉：“我已当了四十五年大学教师，我觉得必须说一说我对卡斯托尔普的看法：他是各大学一向宣称（在它们掉进现时的自我堕落之前）却从未找到的理想学生。”

他反对“政治地”读文学作品，在他看来，用意识形态去读经典作品，等于是不充分地读，而不充分地读，则不仅“无异于在认知上和美学上受欺骗”，而且使读者和作家们都变成畸形。因此他认为王尔德的一句话对于这个意识形态无远弗届的时代特别有价值。王尔德说：“在艺术中一切都重要，除了题材。”所谓题材，应是指各种主义和社会、历史观念先行的题材。即使对被他纳入本书讨论的作者托妮·莫里森，布鲁姆也不给面子。当莫里森要求读者不是从个人角度而是从社群角度来考虑她的人物时，布鲁姆评论道：“我听到一种绝对化的意识形态，所以我回到我在本书开始的论点：为服务于任何意识形态而读，等于根本不读。”

意识形态的解读，当然不限于“政治地”解读。强迫症似的从性、从心理学角度，尤其是从性心理学角度解读，也是一种主流的意识形态解读。一个显著的例子是对托马斯·曼的解读。布鲁姆的语调，一向压得又低又平淡，仿佛在跟你耳语，但在这里我们不难听出他的痛心疾首:“二十世纪伟大作家中最反讽的托马斯·曼,似乎已经被失去了。他的新传记一部部出版,而关于这些新传记的书评,几乎总是集中于谈论他的同性恋情欲,仿佛他必须被我们核实为同性恋者,才能引起我们的兴趣,从而在我们的学校课程中占一个位置。”这类“托马斯·曼现象”已变成一种摧残力,如同极权制度下的意识形态。

J.M.库切在评论两本福克纳传记时,指出其中一本“被一种简化的心理分析糟蹋了”,例如“福克纳工整的书写——这是编辑的梦想——被当做一个证据,证明这是一种肛门人格,他那些关于他在皇家空军的伟绩的愚蠢谎言被当成分裂性人格,他对细节的重视被当成强迫症的证据,他与一个年轻女人的恋情被当成揭示他对女儿有乱伦欲望”。另一本“也有一定程度太过倚重心理学概念的问题”,例如对《我弥留之际》“作了一次颇天马行空的解读,解读成象征福克纳对母亲进行攻击,以及象征福克纳送给妻子的一件‘悖谬’的结婚礼物”。现时,浅薄的性与心理的解读,不只是流行病,也不只是一种“政治正确”风气,而是如同在中国“文革”时期,任何文章或著作如果不引用马恩列斯毛主席语录,就好像是犯罪或会被视为犯罪似的。我很怀疑现时西方这类自愿的“臭老九”作者们,是否意识到自己是在自贬身价。

布鲁姆在本书中的一个主题,是文学作品的人物,以及文学作品的读者“无意中听到自己”,主要是指自己受到自己无意中的启发。布鲁姆自己则往往“无意中说出”他对某些受冤枉的作家的极其难得的赞赏。例如在谈到《看不见的人》的作者拉尔夫·艾里森时,他为艾里森抱不平:“女性主义批评家、马克思主义者和美国黑人民族主义者抱怨艾里森坚持把艺术置于意识形态之上。”接着他“无意中”道出了艾里森令人肃然起敬的品格：“这位拒绝论战的小说家部分地遁入他巨大的尊严里。”

而当他写他最喜欢的作家时，他的真情流露使我们顿然明白他为什么讨厌学院派。我们不仅感受到他作为普通读者的热情，而且享受到他表达这种热情时勃发的大作家才有的精彩句子。例如他谈弗兰纳里·奥康纳：“拥挤在奥康纳那些令人惊叹的故事中的人物，都是被罚入地狱的人——弗兰纳里·奥康纳乐呵呵地把她的大多数读者都包括在这个类别里。我觉得，读她的小说的最好办法，是一开始就承认我们自己是她那些被罚入地狱的人物之一，然后从那里开始痛痛快快地享受她那怪异而难忘的讲故事的艺术。”在谈到兰多尔菲的《果戈理的妻子》时，他说：“她确实是果戈理本人可能为自己找到的（或发明的）最理想情人。相反，兰多尔菲不大可能写一篇相同的故事然后把它称为《莫泊桑的妻子》，更不要说称为《屠格涅夫的妻子》了。不，必须是果戈理并且只能是果戈理，而我差不多对兰多尔菲这篇小说的真实性照单全收，尤其是在每次刚重读之后。”在谈到莫泊桑的《泰利埃公馆》时，他写道：“讲故事时那种充沛的活力，是很难抗拒的，而莫泊桑的写作，从未像在《泰利埃公馆》中表现得这么妙趣横生。这个诺曼底故事，有温暖，有欢笑，有惊奇，甚至有某种灵性洞见。燃烧在会众中的圣灵降临的狂喜，真实如引发这场狂喜的妓女们的哭泣……此外，故事的色而不淫，其精神是莎士比亚式的；它扩大生命，却不减损任何人。”在这些评论中，我们可以看到布鲁姆完全陶醉于他喜爱的作家创造的气氛中，并充分发挥他的个人魅力。作为读者，我们能够感受到他的彻底投入，也能够感受到他因这种彻底投入而达至的酣畅。

易卜生的海达·高布乐和王尔德的布雷克耐尔太太无疑也是他的至爱，当他写到她们时，他抑制不了把他已在本书中处处显露的夸张法再大大渲染一番，并带出他特有的洞见。海达：“她的悲喜剧恰如其分地总结了十九世纪，那个世纪在她那自嘲的笑声中不安地死去……海达最大的恐惧，除了丑闻外扬，就是她会沉闷而死，然而她自己是如此极致地反常，以致她不可能使别的任何人沉闷。”

至于布雷克耐尔太太在火车站月台上那番话——“来吧，亲爱的。我们已经错过了五班、如果不是六班火车。如果再错过另一班，那就可能使我们成为月台上人们七嘴七舌的对象了”——布鲁姆干脆想拥为己有：“我一度想过要用这段话来作为我那本《西方正典》的题词（它没有题词），但被我的编辑们否决了。”布鲁姆对布雷克耐尔太太的评语是：“我们首先应承认布雷克耐尔太太傲慢地不能承认的：月台上不可能有人在看到格温多琳和她那令人敬畏的母亲时，知道她们错过任何一班火车，更别说错过五六班！布雷克耐尔太太是如此一个利己狂，以致全世界不仅是她的观众，而且还是她的行程的监护人。然而这正是她稀奇古怪的伟大之处。”她是如此利己，如此伟大，如此迷倒布鲁姆，以致他不惜要以搬出西方正典二十六个巨头充当她的行程的监护人，来承认就连她最崇高的傲慢也不敢承认的！

逃出民族虚荣心的监狱

也许，我们也应承认布鲁姆教授可能傲慢地不能承认的：虽然他一再强调不能用社会化和历史化的观点来解读文学作品，但他本人也许是耳濡目染的缘故，难免也学了一些敌人的技巧——他时不时拿文学作品来解读当代美国社会以至美国历史！

“如同韦斯特所预言的，现在没有任何国家像我们这样笃信宗教或像我们这样无保留地暴力。只有一小撮美国人不相信上帝，也只有另一小撮美国人无法相信上帝不分彼此地在个人和私人基础上爱他们每一个人。伟大的荷兰犹太裔伦理哲学家巴鲁赫·斯宾诺莎曾有一句名言，称重要的是我们学会爱上帝而不期望他也会爱我们。我不知道还有比这更不美国的言论了。为什么读《寂寞芳心小姐》？为了更好地了解我们对枪支和暴力的迷恋；了解我们对得到上帝的爱的狂热需要；了解我们的诺斯替教根源（而我们公开否认这点），是它教我们以罪赎罪……”

“美国的现实比任何戏仿者使出浑身解数所能达到的都要怪异和好笑。如今《寂寞芳心小姐》反而有某种令人好奇地值得留恋的东西，但我这个说法可能会令纳撒尼尔·韦斯特暴跳如雷。不过，他仍然不是一个讽刺家，暗中希望改善我们，而是一个恶魔式的戏仿者，提供某种音乐，来庆祝我们齐步下地狱。为了他的预言而读他，也为了他带给我们的不安的笑声，当你也走近那个由美国宗教为美国灵魂准备好的深渊。”

“不过,我促请读者坚持住,因为《血色子午线》是正典想象力的一个成果,是一出既属于美国也属于世界的血腥悲剧……然而,它没有历史小说的气息,因为它所描绘的事情还在继续沸腾着,在美国,在几乎所有地方,在我们进入第三个千年之际。霍尔登法官,这位战争预言家,他在我们未来的日子里是不大可能没有荣耀的。”

“《血色子午线》……那永不停息的暴力狂热准确地描绘我们的过去,频频地代表我们枪支狂热的现在,无疑也预言我们血腥的未来。美国二百年来一直都迷恋上帝和枪支,而且这两方面的迷恋都不大可能退减。我们环顾四周,到处都是格兰顿劫掠者的直系后裔:全副武装的雅利安人地方武装团队、闯入儿童中心和学校的枪击者、炸毁联邦政府大楼的袭击者。科马克·麦卡锡的切题性是绝对的;他是我们的屠杀和宗教狂热的悲剧史诗的荷马。霍尔登法官一如他承诺的,将永远不死,而此刻这位法官正在西方夜里的某处跳舞拉小提琴。”

这四段引文，如同一支支回力镖，朝着布鲁姆自己的方向飞来。不过,我在这里不是要讽刺或挑剔布鲁姆。恰恰相反,我认为这类零散评论不仅所占比例微不足道,无伤大雅,而且增加了我们的阅读边际利润。它们与其说是布鲁姆呆板地从社会化和历史化角度解读文学作品，不如说是他顺便地对美国当前社会现实发表一番真情流露的个人评论，而且还是极有眼光极为机智的评论。从孤独读者和增强自我的角度看，布鲁姆对美国现实的揶揄，反而证明了文学的超越性，如同另一位以冷眼看待美国现实的批评家苏珊•桑塔格所说的，文学引导她“逃出民族虚荣心的监狱、市侩的监狱、强迫性的地方主义的监狱、愚蠢的学校教育的监狱”。

文学本身的超越性，也使布鲁姆能够以鹰眼似的目光，犀利地透视美国的现实。尤其是，如果我们不去细看这本书的出版日期，我们会以为他像桑塔格那样，是在小布什总统执政的背景下讲这些话的。不！他是刚好在小布什上台前讲的。就在这些话还压在书页间，尚未抵达大多数读者手中，或尚未被大多数读者打开来透气之际，“九一一”恐怖袭击发生了，美国入侵伊拉克，继而入侵阿富汗，世界陷入天昏地暗的暴力循环，布鲁姆预言中那位在西方夜里的某处跳舞拉小提琴的霍尔登法官，已换上那支刻着“我也(住)在阿卡狄亚”的步枪，开始另一场屠杀。

而我想，布鲁姆在晚年这部导读著作中，并不是要回到地方主义监狱或世界监狱里来给囚徒们布道——这是社会化和历史化的批评家们的饭碗——而是要与逃出监狱的孤独但心灵自由的读者攀谈。当然，布鲁姆是智慧老人，用爷爷式的，同时也是爷爷式的诚恳的语气跟我们说话。他散发出来的某种权威口吻，我们有必要予以全面配合并接受他的批评能量，如此，则我们的回报将是丰厚的。他要我们在面对经典时“向发现的无序敞开怀抱”，同样地，我们也应该向他——布鲁姆老人——有时看似不讲章法的言说方式敞开怀抱。他要我们在面对经典时具备一种接受力，交出我们的“权力意志”，让作家篡夺我们的想象力，如同我们与人交往：“当你新认识一个人，如果你怀着傲慢或恐惧来开始你们的交往，那将是不明智的。”这不啻是一位经典的经典读者的经典劝导。

本书最后一章，是夫子自道。它是布鲁姆罕见的随笔文字，不像是这本书的一部分，也因此别开生面。他引用塔尔丰拉比的一句话：“你不一定非要完成工作，但你也不能随心所欲停止。”这里所指的工作，当然不是一件短期工作，而是一生的事业。工作是永远做不完的，因为工作的地平线总是随着我们前进而更广阔和深远地展现在我们面前。不用说，布鲁姆是不会随心所欲停止的。但是工作之重负，也确实使人疲累。所以，当布鲁姆到看到莎士比亚晚年竟然不写作，不禁神往起来：他可是西方正典的中心人物呀，他可以“退休”！但布鲁姆的魔性精神被激发起来了，他像撒旦对抗基督和亚哈船长对抗白鲸那样，用塔尔丰拉比关于不能随心所欲停止工作的话来对照莎士比亚，更准确地说，是挑战自己内心那个对莎士比亚的退休神往不已的老布鲁姆。事实上在《如何读，为什么读》这本书出版后的十年间，他又出版了五六本著作！

目 录

前言 ………………………………………………… 3

序曲：为什么读？ …………………………………… 5

短篇小说 …………………………………………… 15

导言 ……………………………………………… 15

伊万·屠格涅夫 ………………………………………… 16

安东·契诃夫 …………………………………………… 21

居伊·德·莫泊桑 ……………………………………… 28

欧内斯特·海明威 ……………………………………… 32

弗兰纳里·奥康纳 ……………………………………… 38

弗拉基米尔·纳博科夫 ………………………………… 42

豪尔赫·路易斯·博尔赫斯 …………………………… 45

托马索·兰多尔菲 ……………………………………… 50

伊塔洛·卡尔维诺 ……………………………………… 52

结语 ……………………………………………… 55

诗 …………………………………………………… 59

导言 ……………………………………………… 59

豪斯曼、布莱克、兰多和丁尼生 ……………………… 60

罗伯特·勃朗宁 …………………………………… 71
沃尔特·惠特曼 …………………………………… 84
狄金森、勃朗特、民谣和《汤姆·奥贝德兰》 …… 90
威廉·莎士比亚 …………………………………… 113
约翰·弥尔顿 ……………………………………… 119
威廉·华兹华斯 …………………………………… 125
塞缪尔·泰勒·柯尔律治 ………………………… 129
雪莱和济慈 ……………………………………… 136
结语 ……………………………………………… 147

长篇小说（I） ……………………………………… 153
导言 ……………………………………………… 153
米格尔·德·塞万提斯：《堂吉诃德》 …………… 155
司汤达：《帕尔马修道院》 ……………………… 162
简·奥斯汀：《爱玛》 …………………………… 169
查尔斯·狄更斯：《远大前程》 ………………… 176
陀思妥耶夫斯基：《罪与罚》 …………………… 180
亨利·詹姆斯：《一位女士的画像》 …………… 189
马塞尔·普鲁斯特：《追忆似水年华》 ………… 198
托马斯·曼：《魔山》 …………………………… 206
结语 ……………………………………………… 212

戏剧 …………………………………………………… 219
导言 ……………………………………………… 219
威廉·莎士比亚：《哈姆雷特》 ………………… 221
亨利克·易卜生：《海达·高布乐》 …………… 241

奥斯卡·王尔德:《认真的重要》 …………………… 249
结语 ……………………………………………… 258

长篇小说(Ⅱ) ………………………………… 261
赫尔曼·梅尔维尔:《白鲸》 ……………………… 261
威廉·福克纳:《我弥留之际》 …………………… 265
纳撒尼尔·韦斯特:《寂寞芳心小姐》 …………… 273
托马斯·品钦:《拍卖第四十九批》 ……………… 279
科马克·麦卡锡:《血色子午线》 ………………… 285
拉尔夫·艾里森:《看不见的人》 ………………… 295
托妮·莫里森:《所罗门之歌》 …………………… 302
结语 ……………………………………………… 306

尾声:完成工作 ………………………………… 309

读者变成书；而夏夜

犹如书的有意识的生命。

——华莱士·史蒂文斯

前言

如何善于读书，没有单一的途径，不过，为什么应当读书，却有一个最主要的理由。我们可获取的资讯，是无穷的；哪里可以找到智慧？如果你幸运，你会碰到某个老师，他可以帮助你，然而最终你是孤单的，独自继续下去而没有更多中介。善于读书是孤独可以提供给你的最大乐趣之一，因为，至少就我的经验而言，它是各种乐趣之中最具治疗作用的。它使你回归另一性，无论是你自己的，或朋友的，或那些将成为你的朋友的人的另一性。想象性的文学即是另一性，本身即能减轻寂寞感。我们读书不仅因为我们不能认识够多的人，而且因为友谊是如此脆弱，如此容易缩减或消失，容易受时间、空间、不完美的同情和家庭生活及感情生活种种不如意事情的打击。

这本书教你如何读和为什么读，用众多的样本和例子来示范：短诗或长诗；短篇小说、长篇小说和戏剧。所选的作品，不应当做必读之书的唯一清单，而应视为最能说明为什么要读的作品的抽样。最好是把善于读书当成一种隐性的原则；最终，当你的自我完全铸就时，就不再需要方法了，而只有你自己。文学批评，按我所知来理解，应是经验和实用的，而不是理论的。我师法的批评大师——尤其是塞缪尔·约翰逊和威廉·哈兹利特——从事批评艺术，是为了把隐含于书中的东西清楚地阐述出来。在以下的章节中，不管我谈论A.E.豪斯曼一首抒情诗或奥斯卡·王尔德一部戏剧，谈论豪尔赫·路易斯·博尔赫斯一个短篇小说或马塞尔·普鲁斯特一部长篇小说，我关心的主要都是设法指出哪些是可以和应当说清楚的，并把它们说清楚。在我看来，"如何读"这个问题，永远指向读的动机和用途，因此我绝不会把本书的主题"如何"和"为什么"分开。弗吉尼亚·伍尔夫在《普通读者续集》一书最后一篇短文《我们该如何读书》中迷人地警告说："事实上，关于读书，一个人可以给另一个人的唯一建议是不要接受任何建议。"但她接着又添加了很多附言，谈论读者所享受的自由，最后提出这个大问题："我们从哪里开始？"为了获得阅读最深刻和最广泛的乐趣，"我们一定不可以无助地、无知地浪费我们的力量。"如此看来，似乎在我们完全变成自己之前，听一些关于读书的建议是有益的，甚至可能是必不可少的。

伍尔夫本人是在沃尔特·佩特著作中获得那个建议的（他妹妹曾是她的家庭教师），还有在约翰逊博士和浪漫派批评家托马斯·德昆西和威廉·哈兹利特著作中。关于哈兹利特，她曾有过一番妙论："他是那种罕见的批评家，他们思考得那么多，可以省掉阅读。"伍尔夫不停地思考，且从未想要停止阅读。她本人有很多建议给其他读者，而我在本书中从头至尾都欣然采纳这些建议。她最好的建议是提醒我们："我们身上总是有一个恶魔，它低语，'我爱，我恨'，而我们不能阻止它出声。"我无法阻止我的恶魔出声，但无论如何，在这本书中，只有当他低语"我爱"时我才会聆听他，因为我在这里不是要与人争辩，而是要教人阅读。

序曲：为什么读？

如果人们要保留任何形成自己的判断和意见的能力，那么他们继续为自己而阅读就变得很重要。他们如何读，懂不懂得读，以及他们读什么，都不能完全取决于他们自己，但他们为什么读则一定是为自己的利益和符合自己的利益。你可以只为消磨时间而读，或带着明显的迫切性而读，但最终你会争分夺秒地读。《圣经》读者，也即那些为自己而研读《圣经》的人，也许要比莎士比亚读者更能说明那种迫切性，然而两者的追求是一样的。读书的其中一个用途，是为我们自己做好改变的准备，而那最后的改变啊，是适合任何人的。

我转向阅读，是作为一种孤独的习惯，而不是作为一项教育事业。我们此刻独处时阅读的方式，是与过去保持一定延续性的，不管学院里阅读风气如何。我理想的读者（和终生的英雄）是塞缪尔·约翰逊博士，他知道并表达了不间断阅读的力量与局限。像任何其他心智活动，它必须满足约翰逊最关心的事情，那就是“什么是贴近我们自己的，什么是我们可以利用的”。弗兰西斯·培根爵士，他有些想法也被约翰逊加以利用。培根曾有一个很有名的建议：“读书不是为了发难或反驳，也不是为了相信和视为理所当然，也不是为了找话说和交谈，而是为了掂量和考虑。”在培根和约翰逊之后，我要加上第三位善于读书的哲人爱默生，他是历史和一切历史主义的猛烈敌人，他曾说最好的书“以这样一种信念感动我们，也即同一种天性写，同一种天性读”。让我们把培根、约翰逊和爱默生融合在一起，配制一个如何读的处方：找到什么才是贴近你又可被你用来掂量和考虑，且击中你心坎的东西，仿佛你分享同一种天性，摆脱时间的独裁。实际地讲，意思就是先找来莎士比亚，然后让他来找你。如果《李尔王》能够充分地找到你，那就掂量和考虑它与你共有的天性；它与你贴近的程度。我不是要把这当做理想主义，而是当做实用主义。把这出悲剧当做是一种对父权制的控诉来利用，那等于是抛弃你自己最主要的利益，尤其是作为一位年轻女子的利益，这听起来反讽味很浓，但实际上不。在两代人间的冲突方面，莎士比亚是无可逃遁的权威，尤甚于索福克勒斯；而在男女差别方面，他的权威是无人能及的。请敞开胸怀，充分阅读《李尔王》，你就更能明白被你认定是父权制的东西的起源。

最终，我们读书——如同培根、约翰逊和爱默生都同意的——是为了增强自我，了解自我的真正利益。我们把这类扩张当成乐趣来体验，而这也许就是为什么美学价值一向被上至柏拉图下至当前我们校园里的清教徒这类社会道德主义者贬低。确实，阅读的乐趣是自私的，而不是社会的。你不能通过读得更广泛或深入而直接改善任何别人的生活。社会上有一种传统的希望，希望个人想象力的增长也许能刺激人们关心别人，但我对此持怀疑态度，我同样对孤独的阅读乐趣带来的任何扩张能否增进公共利益持谨慎态度。

专业读书的可悲之处在于，你难以再尝到你青少年时代所体验的那种阅读乐趣，那种哈兹利特式的滋味。我们现在如何读，部分地取决于我们能否远离大学，不管是内心方面的远离还是外部方面的远离，因为在大学里阅读几乎不被当成一种乐趣来教——任何具有较深刻美学意义的乐趣。开放你自己，去直接面对莎士比亚最强有力的作品，例如《李尔王》，绝不是一种轻易的乐趣，不管是在你青少年时代还是垂暮之年；然而，不去充分地（充分的意思是不怀着意识形态的期待）阅读《李尔王》，则无异于在认知上和美学上受蒙骗。大部分时间用来看电视的童年，会催生面对一部电脑的青春期，然后是大学录取一个学生，他不大可能欢迎"我们必须忍受死亡，甚至把它当成出生来忍受；成熟最重要"这样的建议。[1]阅读分崩离析，那个自我也差不多溃散殆尽。现在哀叹这一切已经太晚了，且任何誓言或计划都补救不了。唯一可以做的，是通过某个精英版来实行，但精英版如今已不可接受，其背后理由有好也有坏。仍然存在着孤独的读者，老的少的，哪里都有，甚至在大学里。如果批评在当前还有一个功能，那就必须是针对这个孤独的读者，她为自己而读，而不是为那种被假定为超越自我的利益而读。

价值，在文学中如同在生活中，是与怪癖有很大关系的，因为意义正是从这种过度开始的。并非偶然的是，历史决定论者——那些认为我们所有人都是由社会历史诸多因素所决定的批评家——把文学人物视为白纸上的符号，仅此而已。如果我们没有自己的思想，则哈姆雷特甚至谈不上是一个"病历"。因此，如果我们现在要恢复我们的读书方式，我就要提出第一个原则，这个原则是我从约

① 这个"建议"出自《李尔王》。——译注

翰逊博士那里借来的：*清除你头脑里的虚伪套话*。你的词典会告诉你，在这个意义上的*虚伪套话*是指洋溢着道貌岸然的陈腔滥调的讲话，是教派或秘密小团体的特殊词汇。鉴于大学把权力授予诸如“性别与性征”和“多元文化主义”之类的秘密小团体，约翰逊的告诫也就成了“清除你头脑里的学院虚伪套话”。现时的大学文化，已经用欣赏维多利亚时代女人内裤取代欣赏查尔斯·狄更斯和罗伯特·勃朗宁，这种文化乍看好像是一个新冒出的纳撒尼尔·韦斯特[1]的敢作敢为，但实际上只是常规。这类“文化诗学”的一个副产品是现在再也不可能有纳撒尼尔·韦斯特了，因为这样一种学院文化怎能消受得起戏仿呢？适合我们阅读的诗歌，已被我们文化的紧身内衣取代。我们的新“唯物主义者”们告诉我们，他们已为历史主义寻回肉体，并断言他们是以“现实原则”之名行事。心灵的生命必须屈服于肉体的死亡，然而这根本就不需要一个学院教派来做啦啦队。

*清除你头脑里的虚伪套话*引向恢复读书的第二个原则：*不要试图通过你读什么或你如何读来改善你的邻居或你的街坊*。自我改善本身对你的心灵和精神来说已是一个够大的计划：不存在阅读的伦理学。心灵应留在家中，直到它的主要无知被清洗干净；太早涉足行动主义自有其魅力，但那样会太消耗时间，而要读书，时间永远不够用。不管是把过去或现在历史化，都是一种偶像崇拜，是对时间中的事物的过分膜拜。因此，应当用约翰·弥尔顿颂扬的，以及爱默生视为阅读原则的那盏内心之光来阅读，而它可以作为

① 韦斯特（1903—1940），美国小说家。——译注

我们的第三个原则：一个学者是一根蜡烛，所有人的爱和愿望会点燃它。华莱士•史蒂文斯，也许是忘记了出处，曾一再根据这个隐喻写了很多奇妙的变奏，但爱默生这句原话的措辞，有助于更清楚地表达阅读的第三个原则。你作为读者的发展的自由，是自私的，不过这点你大可不必害怕，因为如果你变成一个真正的读者，那么你的努力所引起的反应，将证实你会成为别人的启迪。我回想我过去这七八年来收到的陌生人的来信，总的来说它们使我感动得难以回答。在我看来，它们的感染力在于，它们一而再地证明一种渴望，渴望研究正典文学，而这正是大学鄙视因而不愿意去做的。爱默生说，社会不能缺少有教养的男女，并有先见之明地补充说："民间，而非学院，才是作家的家。"他指的是强势作家，是有代表性的男人和女人，他们代表自己，而不是选区，因为爱默生的政治是精神的政治。

现在大学教育的功能，已基本上被忘记了，但它永远铭刻在爱默生的演说《美国学者》中。他在谈到学者的职责时说："这些职责可概括为自我信任。"我的第四个阅读原则，也是来自爱默生：要善于读书，我们必须成为一个发明者。爱默生意义上的"创造性阅读"，曾一度被我形容为"误读"，这个词曾使反对者相信我患上了词汇诵读困难症。当他们望着一首诗时，他们所见到的一无所有或空白全都是在他们自己眼睛里。自我信任不是一种天赋，而是心灵的第二次诞生，而这第二次诞生没有经过多年深读是不可能的。美学没有绝对的标准。如果你要坚持认为莎士比亚的升起是殖民主义的产物，那么谁会在乎去驳斥你呢？经过四百年之后，莎士比亚比以前任何时候都更加无所不在;他们将在外太空演出他,以及在其他世界,如果人类可以抵达其他世界的话。他不是西方文化的阴谋;他包含阅读的一切原则,而他也是我这整本书的试金石。博尔赫斯把莎士比亚这种宇宙性归因于莎士比亚明显的无我,但这个特质是一个大隐喻,用来说明莎士比亚的不同一般,这不同一般最终其实就是不同一般的认知力量。我们阅读,往往是在追求一颗比我们自己的心灵更原创的心灵,尽管我们未必自知。

由于意识形态,尤其是意识形态较浅薄的版本,对理解和欣赏反讽的能力是特别具有杀伤力的,因此我建议,也许可把寻回反讽作为我们恢复阅读的第五个原则。想想哈姆雷特的无穷尽的反讽吧,当他说某一件事时,几乎总是毫无例外地意味着另一件事,实际上还常常与他所说的相反。但是说到这个原则,我已濒临绝望,因为你无法教某人反讽,就像你无法指导他们去孤独。然而反讽的丧失即是阅读的死亡,也是我们天性中的宝贵教养的死亡。

我从厚板踩向厚板,
一条缓慢而谨慎的道路,
我感到头上的星星
脚下的大海。

我不知道下一步
是不是我最后的一寸——
这使我学到那岌岌可危的步态,
有人把它称做经验。

女人和男人都可以走得很不同，但除非我们齐步走，否则我们都往往各走各的。狄金森是一位岌岌可危之崇高的大师，但如果我们对她的反讽充耳不闻，我们就无法明白她。她正走在唯一可走的小径上，“从厚板到厚板”，但是她那缓慢的谨慎却反讽地与巨人精神并置，在其中感到“头上的星星”，尽管她的脚已差不多踏在海里。由于不知道下一步是不是她的“最后一寸”，这就使她有了“那岌岌可危的步态”，她不提它的名字，除了告诉我们“有些人”把它称做经验。她读过爱默生的文章《经验》，这是一篇顶峰之作，如同《论经验》之于他的师傅蒙田，而她的反讽是对爱默生文章的开头作出亲切友好的反应。爱默生在文章开头说：“哪里去找我们自己？在一个系列中，我们不知道它们的末端，于是相信没有。”那个末端，对狄金森来说，即是不知道下一步是否那最后一寸。“如果我们之中有任何人知道我们过去做什么，或我们现在去哪里，那么当我们思考时我们就知道得最清楚！”爱默生这番话更深一层的沉思，在气质上，或按狄金森的话说，在步态上，是不同于狄金森的。在爱默生的经验王国里，“万物游移闪耀”，而他和蔼的反讽与她那岌岌可危的反讽也是非常不同的。然而，两人都不是空头理论家，他们仍然活在他们的反讽的互相抗衡的力量中。

在失去的反讽的道路尽头，是最后一寸，超出它，文学价值将难以寻回。反讽只是一个隐喻，而一个文学时代的反讽，极少能够成为另一个文学时代的反讽，然而，如果没有反讽意识的复兴，则我们失去的将不仅仅是我们一度所称的想象性文学。二十世纪伟大作家中最反讽的托马斯•曼，似乎已经被失去了。他的新传记一部部出版，而关于这些新传记的书评，几乎总是集中于谈论他的同性恋情欲，仿佛他必须被我们核实为同性恋者，才能引起我们的兴趣，从而在我们的学校课程中占一个位置。这与研究莎士比亚时主要研究他明显的双性恋相似，但我们现时的反清教主义的奇思遐想似乎是无限的。莎士比亚的反讽，一如我们会预期的，是所有西方文学中最全面和最辩证的，然而它们并非总是充当中介，为我们调停他的人物的激情，因为他们的情感幅度实在太广阔和太剧烈了。所以，莎士比亚将在我们时代消逝之后继续存在下去；我们将失去他的反讽，抓住他剩余的东西。但在托马斯·曼那里，每一种情绪，不管是叙述的或戏剧性的，都是由一种反讽的唯美主义调停的；向现时大多数本科生，哪怕是有才能的本科生，讲解《死于威尼斯》或《无序与早期的忧伤》，几乎是不可能的。当作者们被历史淘汰，我们正确地把他们的作品称为特定时代的作品，但是，当他们由于历史化的意识形态而使我们难以接触他们，我想，我们便是遭遇一种不同的现象了。

反讽要求某种专注度，以及有能力维持对立的理念，哪怕这些理念会互相碰撞。把反讽从阅读中剔除出去，阅读便失去所有的准则和所有的惊奇。现在就找找那贴近你的东西，那种可用来掂量和考虑的东西，它非常有可能就是反讽，即使你的很多老师并不知它是什么，或哪里可找到它。反讽将清除你头脑中那些空头理论家的虚伪套话，并帮助你像那位蜡烛似的学者那样炽烈地燃烧起来。

我快七十岁了，不想读坏东西如同不想过坏日子，因为时间不允许。我不知道我们欠上帝或自然一个死亡，但不管怎样，自然会来收拾，但我们肯定不欠平庸任何东西，不管它打算提出或至少代表什么集体性。

因为五十年来，我理想的读者一直是塞缪尔·约翰逊博士，所以接下来让我引述他的《莎士比亚序言》中我最喜爱的一段：

> 因此，这样说都是对莎士比亚的赞美：说他的戏剧是生活的镜子；说那些因读了别的作家而跟着这些作家创造的魅影走，从而使自己的想象力陷于迷津的人，可以通过读莎士比亚而治愈他们的谵妄的狂喜，因为他用人类的语言表达人类的情绪，因为在他描写的场面中一个遁世者也许会评价世界的事务，一个忏悔者也许会预言激情的进展。

要读用人类语言表达的人类情绪，你必须有能力用人性来读，用你全部身心来读。你远远不止是某种意识形态，不管你的信念是什么，而莎士比亚对你讲的话，绝不会少于你可以带给他的。即是说：莎士比亚读你，要远远比你读他更充分，即使你已清除了你头脑里的虚伪套话。莎士比亚之前或之后没有任何作家能像他那样控制透视力，这透视力超越我们强加给莎士比亚戏剧的任何社会语境。约翰逊令人击赏地觉察到这点，并促请我们让莎士比亚来治疗我们的"谵妄的狂喜"。也让我延伸约翰逊的话：促请我们好好认识深读莎士比亚就能驱除的那些魅影。其中一个魅影，是所谓的"作者之死"；另一个魅影是断言自我是一种虚构；再有一个就是认为文学和戏剧人物是白纸上的众多符号。第四个魅影也是最阴毒的魅影，是宣称语言替我们思考。

然而，我对约翰逊的爱和我对阅读的爱，终于还是使我离开论争，转向颂扬我不断遇到的众多孤独的读者，不管是在教室里或在我收到的来信中。我们读莎士比亚、但丁、乔叟、塞万提斯、狄更斯、普鲁斯特和他们的匹敌者，是因为他们都不止扩大生命。实际上，他们已变成天恩，真正的、旧约圣经意义上的天恩，也即“把更多生命注入没有边界的时间”。我们为各种理由而深读，这些理由大多数是我们熟悉的：我们无法足够深刻地认识足够多的人；我们需要更好地认识自己；我们不仅需要认识自我和认识别人，而且需要认识事物本来的样子。然而深读那些如今备受咒骂的传统正典作品的最强烈、最真实的动机，是寻找一种有难度的乐趣。我并不完全是一个“阅读的情欲”的推广者，而有乐趣的难度在我看来是对“崇高”的可信定义，但更高级的乐趣依然是读者的求索。有一种读者的崇高，而这似乎是我们能够获得的唯一的世俗超越，除了还有那甚至更岌岌可危的超越也即我们所称的“恋爱”。我促请你寻找真正贴近你的东西，可被用来掂量和思考的东西。不是为了相信，不是为了接受，不是为了反驳而深读，而是为了学会分享同一种天性写同一种天性读。

短篇小说

导 言

爱尔兰作家弗兰克·奥康纳在其《孤独的声音》中颂扬短篇小说，认为短篇小说最能处理孤立的个人，尤其是那些位于社会边缘的个人。如果此说完全正确，则短篇小说大概已差不多发展成它最可能的源头之一民间故事的对立面了。这样一来，与抒情诗不同，短篇小说将只会使我们受伤一次并且仅仅一次，也将与长篇小说不同，后者能够以诸多感觉，以众多忧伤和欢乐使我们受伤。但实际上契诃夫和他少数几位匹敌者确实能够以他们的短篇小说带给我们诸多感觉。

短篇小说不是寓言或箴言，因此不能成为碎片；我们要求它们给予结局的乐趣。卡夫卡的雄伟碎片《猎人格拉胡斯》结束时，那个虽死犹生的猎人——他有点像“流浪的犹太人”或“老水手”——被一个海滨城市的市长问到他打算延长他的来访多久。格拉胡斯答道：“我说不准，市长……我的船没有舵，它是由风驱使的，而那风是从死亡的冷冻地区吹来的。”这不是结局，但卡夫卡能加上什么呢？格拉胡斯的最后句子要比除了若干处心积虑的短篇小说结局之外的所有短篇小说结局更令人难忘。

我们如何读一个短篇小说？埃德加·爱伦·坡大概会说：一口气读完。坡的故事，尽管长期在全世界广受欢迎，却是写得很糟糕的（如同他的诗），因此翻译成其他语言都会变得更好，甚至翻译成英语也会更好。但是，坡谈不上是现代短篇小说真正始祖之一。真正的始祖包括普希金和巴尔扎克，果戈里和屠格涅夫，莫泊桑和契诃夫和亨利·詹姆斯。短篇小说的现代大师是詹姆斯·乔伊斯和D.H.劳伦斯、伊萨克·巴别尔和欧内斯特·海明威，以及一群多姿多彩的作家，包括博尔赫斯、纳博科夫、托马斯·曼、尤多拉·韦尔蒂、弗兰纳里·奥康纳、托马索·兰多尔菲[1]和伊塔洛·卡尔维诺。我在这里将集中于谈论屠格涅夫和契诃夫、莫泊桑和海明威、弗兰纳里·奥康纳和弗拉基米尔·纳博科夫、豪·路·博尔赫斯、托马索·兰多尔菲和伊塔洛·卡尔维诺等人所写的短篇小说，因为他们都在他们的艺术中达到堪称完美的高度。

伊万·屠格涅夫

弗兰克·奥康纳把屠格涅夫的《猎人笔记》(1852)列为任何单本短篇小说集的首选。在其完成后一百五十年，《猎人笔记》依然骇人地新鲜，尽管其主题性，也即解放农奴的必要性，已让位给俄罗斯历史的所有那些灾难。屠格涅夫的短篇小说难以言喻地美；整体而言，它们之壮丽，就我所知，等于是对“为什么读”这个问题的答案（莎士比亚永远是例外）。喜爱莎士比亚和塞万提斯的屠格涅夫，把所有人类（那种爱求索的人类）分为要么是哈姆雷特型，要么是

① 兰多尔菲(1908—1979)，意大利小说家和翻译家。——译注

堂吉诃德型。他也许可以再加上福斯塔夫型或桑丘·潘沙型[①]，因为他们与哈姆雷特和堂吉诃德构成了众多其他虚构人物的四大范式。

要从《猎人笔记》二十五篇小说中挑出若干篇来谈是困难的，但我加入另几位批评家的行列，偏爱《别任草地》[②]和《来自美丽土地的卡西扬》[③]。《别任草地》开始于一个美丽的七月早晨，屠格涅夫出去打松鸡。这位猎人迷路，夜里来到一片草地，那里有五个农家少年围坐在两堆篝火旁。屠格涅夫加入他们，让我们认识他们。他们年龄从七至十四岁不等，他们全都相信“小妖怪”，即所谓的“小人”，并分享小人的世界。屠格涅夫的艺术明智地让少年们彼此交谈，而他自己则在一边听，没有打扰他们。他们那充满艰苦劳动（他们和他们的父母都是农奴）、迷信、乡村传说的生活，在他们的谈话中披露给了我们，包括未来的反基督者特里什卡引诱美人鱼，后者捕捉灵魂、活死人和被做了将死的记号的人。其中一个男孩帕夫卢沙在五个少年中才智超群，也最讨人喜欢。他还显示他的勇气；当少年们夜里看护的吃草的马匹受到可能是狼群的威胁时，他徒手急奔向前，去赶走狼群。

几个小时后，屠格涅夫沉沉入睡，黎明前醒来。少年们继续睡，不过，帕夫卢沙撑起身子，对猎人投以最后的、热诚的一瞥。屠格涅夫起程回家，描述那个美丽的早晨，然后在故事结尾补充一句，说当年稍后，帕夫卢沙从马背上摔下来死去。屠格涅夫说他是一个好

---

① 福斯塔夫是莎士比亚的喜剧人物，见于《亨利四世》和《温莎的风流娘们》等剧中；桑丘·潘沙系堂吉诃德的仆从。——译注

② 又译做《白净草原》、《白俊牧场》。——译注

③ 来自俄文的汉译标题有多种译法，包括《美丽的梅恰河畔的卡西扬》和《梅奇美人河的卡西扬》等。这里因上下文的需要，标题直译自英文。——译注

少年，而我们跟屠格涅夫一样，对少年之死感到惋惜，但这死亡的感染力并不是以惋惜的方式表达的。一个延续吸引住我们；草地和黎明的美丽；少年们讲述超自然事物时的绘声绘色；那无可躲避的、带走帕夫卢沙的命运。接着呢？接着是讲究实际但仍不失有堂吉诃德精神的屠格涅夫在打松鸡，并把少年们和风景描进他的速写簿里。

为什么读《别任草地》？至少，为了更好地了解我们自己的现实，我们在命运面前的不堪一击，同时也在美学上欣赏屠格涅夫作为讲故事者的老练和可以说是明显的超然。如果这篇笔记中有任何反讽的话，它属于命运本身，像风景、少年们、猎人一样无辜的命运。屠格涅夫是作家们当中最莎士比亚式的，因为他也同样不作出道德判断；他同样知道，我们喜爱的事物，就像帕夫卢沙一样，会由于一次突然事故而消失。我们无法从别任草地带走任何单一的解释性观点。那个叙述声音无法与屠格涅夫本人的自我区别开来，那是一种智慧地被动的、充满爱的、观察入微的自我。那个自我，如同帕夫卢沙的自我，是该故事的价值的一部分。我们大多数人身上的某种东西，就是那个自我要栖居的地方，连同那些少年，那些马，那位富有同情心的猎人作家，那些有关小妖怪和河中女诱惑者的谈话，在完美的天气，在别任草地。

要达到屠格涅夫作为一位笔记作家达到的那种明显的单纯，你需要最高的天赋，某种与莎士比亚的天才非常相似的东西，也即重新发现人。屠格涅夫也同样向我们展示某种也许永远在那里而我们却没有他就看不见的东西。陀思妥耶夫斯基通过观察所有虚无主义者中最具撒旦威风的埃古[1]而从莎士比亚那里学到如何创造超级虚无主义者斯维德里加依洛夫和斯塔夫罗金[2]。屠格涅夫像亨利·詹姆斯一样，从莎士比亚那里学到更微妙的东西：看似平凡的事物的神秘性，那是对永远在扩展的现实所作的艺术处理。

紧接着《别任草地》的，是《来自美丽土地的卡西扬》。在《卡西扬》中，屠格涅夫给了我们一个完全奇迹般的人物，侏儒卡西扬，一个神秘的农奴和信仰治疗师，也许是一个单人教派。作者打猎回来时，他的马车车轴坏了。在附近一个根本算不上城镇的城镇，屠格涅夫和他那个乖戾的车夫遇到

> 一个约五十岁的侏儒，有一张黝黑、满是皱纹的小脸，一个涂颜色的小鼻子，几乎辨认不出的褐色小眼睛，还有座落在他那个小脑袋上的一大蓬黑鬈发，宽大如一个帽子戴在一朵蘑菇的柄上。他整个身体非常地瘦弱……
>
> （理查德·弗里伯恩译）

我们不断被提醒卡西扬确实是多么地不寻常和意料不到。虽然他的声音始终是温柔而甜美的，但他严厉地遗责打猎，说打猎是亵渎神灵的，他还始终保持强烈的尊严，以及一个流放者的哀伤，因为他被当局迫迁，失去了顿河地区的“美丽土地”。有关小矮人卡西扬的一切都是充满矛盾的；屠格涅夫的车夫解释说，这个侏儒是一个圣人，被称为“跳蚤”。

---

① 埃古，一译伊阿古，系莎剧《奥赛罗》的人物。——译注

② 斯维德里加依洛夫和斯塔夫罗金分别是陀思妥耶夫斯基小说《罪与罚》和《群魔》的人物。——译注

在修理车轴时，猎人和治疗师一起到林中散步。卡西扬采草药，边走边跳，自言自语，用鸟儿的语言跟鸟儿沟通，但未跟屠格涅夫说半句话。天气酷热，他们一起到丛林中寻找阴凉处，猎人和侏儒圣人默默享受他们的沉思，直到卡西扬要求屠格涅夫拿出射杀鸟儿的正当理由。当屠格涅夫问侏儒从事哪一行业时，卡西扬回答说，他捕捉夜莺，再送给别人，还说他识字，并承认他有治疗力量。虽然他说他没有家庭，但是当他十多岁的亲生女儿小矮人安努什卡突然出现在林中时，他的秘密便暴露无遗了。那小姑娘美丽又害羞，她是出来采蘑菇的。虽然卡西扬否认自己是她父亲，但无论是我们还是屠格涅夫都不相信他的话。小女孩走后，卡西扬在整个故事的剩余部分都几乎一言不发。

故事给我们留下一个谜，因为当屠格涅夫与车夫告别时，车夫也不能使屠格涅夫多了解点什么；对他来说，卡西扬无非是矛盾物："说不清楚。"车夫再没有什么好说的，屠格涅夫回家。他对卡西扬有什么想法，都没有表达出来，但我们需要知道他的想法吗？那个农民治疗师活在自己的世界里，不是农奴的俄罗斯，而是一个俄罗斯人视域中的圣经世界，尽管与托尔斯泰和陀思妥耶夫斯基彼此对峙的圣经视域截然不同。卡西扬虽然没有参加叛乱，但是他拒绝俄罗斯社会，回到民间艺术和民间习俗。他不让女儿在和善的屠格涅夫面前多待一刻，尽管屠格涅夫欣赏小女孩的美。我们不必把卡西扬理想化；他那农民的精明和洞察力排斥许多价值，但他是民俗真理的化身，而对这民俗真理他可能几乎不知道自己知道。

屠格涅夫这些笔记的主导性氛围，是在理想天气中体验的风景之美。然而，屠格涅夫和《别任草地》的农家少年们所享受的自然之美，与卡西扬和屠格涅夫在森林中纳凉时，彼此那种不足以称为交流的东西之间，有很大的差别。帕夫卢沙的命运是不能抗拒的，只能接受，但卡西扬以他自己微妙方式，达到堪称是一个现实的魔术大师的程度，如同莎士比亚的普洛斯佩罗[①]。卡西扬的魔术自然世界，不同于屠格涅夫美学上理解的大自然，即使当圣人与猎人作家互相挨着休息时，两者也是不同的。卡西扬也不让屠格涅夫了解他的秘密，甚至不让他与他那位天仙似的女儿交流哪怕一刻。最后，我们发现卡西扬依然是“来自美丽土地”，尽管他已失去他原来在顿河附近的家园。“美丽土地”属于封闭的民间传统，在这传统中卡西扬是某种萨满。我们读《来自美丽土地的卡西扬》是为了获得一种另一性的视域，这种另一性视域是对我们大多数人关闭的，也对屠格涅夫关闭。读卡西扬的故事的奖赏，是我们得以进入——非常短暂地——一个另类现实，屠格涅夫本人也同样只是短暂地进入，却令人赞叹地把它带回给我们，就在他的《笔记》中。

安东·契诃夫

从屠格涅夫的短篇小说到契诃夫和海明威的小说，是漫长的旅程，尽管尼克·亚当斯的故事[②]也可以称为《渔夫笔记》。不过，屠格涅夫、契诃夫和海明威仍然分享一个特质，它表面上好像是超然，实际上却是别的东西。在屠格涅夫、契诃夫和海明威作品中，与

① 普洛斯佩罗系莎剧《暴风雨》中的人物，与女儿一同被流放到荒岛上，后来以魔术收复自己的地位和财产。——译注

② 指海明威一系列以尼克·亚当斯为主人公的短篇小说。——译注

风景和人物的契合都处于中心位置。这与巴尔扎克和狄更斯作品沉浸于社交世界和繁杂人物是非常不同的。巴尔扎克和狄更斯的天才，都是尽情挥霍，使巴黎和伦敦充满一整个一整个的社会阶级和令人印象深刻的怪人。与狄更斯不同，巴尔扎克还擅写短篇小说，并把很多短篇小说镶入他的《人间喜剧》。然而，它们缺乏巴尔扎克长篇小说的鸣响，也不能与屠格涅夫和契诃夫、莫泊桑和海明威的短篇小说相提并论。

哪怕是契诃夫最早的短篇小说，也能做到形式上的精致和清醒的省思，这些特质使他成为描写没有活过的生命[①]的不可或缺的艺术家，并使他对他之后的所有短篇小说家产生重大影响。我说所有，因为契诃夫作为一个讲故事者的形式创新虽然非常丰富，但其重要性仍不及他那莎士比亚式的内向，他给不管是较长或较短的故事注入的那种莎士比亚人物塑造的巨大新颖性，一种我在本书别处谈到《哈姆雷特》时所称的“置于前景”。在某种意义上，契诃夫甚至比屠格涅夫更具莎士比亚精神，因为屠格涅夫在其长篇小说中很注意营造他的人物早期生活的背景。契诃夫说，写作应做到使读者不需要作者的解释。人物的行动、对话和沉思必须充足，这种实践也见诸于契诃夫最好的戏剧《三姐妹》和《樱桃园》。

我最喜欢的契诃夫早期小说是《吻》，他二十七岁时写的作品。里亚博维奇是某炮兵旅“最害羞、最乏味和最腼腆的军官”，陪其他军官一起出席在某位退休将军的乡间宅第举行的社交晚会。沉闷的里亚博维奇在大屋里四处逛荡，踏进一个黑暗的房间，经历一次

① “没有活过的生命”可能来自苏格拉底名言：“未经反省的生命不值得活，没有活过的生命不值得反省。”——译注

奇遇。一个女人误把他当成另一个人，吻了他，然后吓坏了，急忙躲开。他也急忙逃走，之后便着魔于这次遭遇，先是感到得意，接着变成折磨。这个可怜的家伙爱上了那个女人，尽管是一个他完全不知道是谁，而且永远也不会再相遇的女人。

当炮兵旅下次又再接近将军的庄园时，里亚博维奇踏上澡堂边一座小桥，伸手触摸晾在桥上的一块湿床单。他突然感到一阵寒冷和难受，他瞥了一眼桥下的水，看见水里反映着一轮红月。他凝望流水，确信人生就是一个语无伦次的笑话。故事结尾时，其他军官又回到将军的大宅，但里亚博维奇躺到自己孤单的床上。

故事的重要时刻，除了那个吻本身外，就是触摸那块寒冷的湿床单——可以说是反吻。是那块床单摧毁里亚博维奇，但也是那个吻。希望和欢乐，不管多么非理性，毕竟要比绝望强大，最终也更有害。我读《吻》时，一再对自己重复以前写文章讨论契诃夫时谈到的一个看法：契诃夫的信条是你将认识真理，而真理将使你绝望，只不过这个阴郁的天才仍然坚称应当保持愉快。里亚博维奇也许会觉得这一生的命运已定，但显然并非如此，尽管我们永远无法知道，因为那是在故事以外了。

我所读到的对契诃夫（还有对托尔斯泰）的最佳观察，见于高尔基的《杂忆》[1]。高尔基告诉我们："我觉得，在契诃夫面前，大家都感到一种下意识的愿望，希望变得更单纯，更真实，更属于自己。"

当我重读《吻》或看了一场《三姐妹》的出色表演，我就来到契诃夫面前，而尽管他没有使我更单纯、更真实、更属于自己，但我确实希望自己能变得更好（尽管我不能）。我的希望，似乎是一种美学

[1] 即《文学写照》。——译注

现象而不是道德现象，因为契诃夫具有一位伟大作家的智慧，他含蓄地教导我，文学是善的一种形式。莎士比亚和贝克特教导我同样的东西，这就是为什么我喜欢阅读。有时候我觉得，在所有其内心传记为人所知晓的作家中，契诃夫和贝克特是最善良的人。我们对莎士比亚的内心生活一无所知，但如果你不断读他的戏剧，那么你就会觉得，这个最有智慧的人，一定是第三个最善良的人，与契诃夫和贝克特并列。这位约翰•福斯塔夫爵士、哈姆雷特和罗莎琳德（《皆大欢喜》）的创造者，还使我希望自己能更属于自己。但是，一如我在本书中自始至终强调的，这正是为什么我们应当阅读，以及为什么我们只应当阅读最好作品的理由。

《吻》不管多么令人赞叹，但仍只是早期作品；契诃夫本人认为，他最好的小说是那篇只有三页的《大学生》。写这篇小说时，他三十三岁，按传统说法，也正好是耶稣死去的年龄。跟莎士比亚一样，契诃夫既不能被称做信徒，也不能被称做怀疑者；他们都太大了，这种分类无法容纳他们。《大学生》是极其简单的，但安排得很美。一个年轻的神学院学生，又冷又饿，在耶稣受难日遇到两个寡妇，她们是母女。他在她们的篝火旁一边取暖，一边给她们讲述使徒彼得如何三次否认他认识耶稣，如同耶稣所预言的。彼得恢复神智之后，痛苦地哭了，那个寡妇母亲也哭了。学生走后，思考使徒的眼泪与那个母亲的眼泪之间的关系，他觉得，两者似乎被一条未断的链联系在一起。学生心中突然涌起一阵欢乐，因为他感到真与美长存于这条链并由这条链维系着，它连结过去与现在。就这么多；故事结束时，学生突然而来的快乐转化成一种期待，期待他未来人生的幸福。“他只有二十二岁，”契诃夫淡淡地说，也许隐约意识到他本人三十三岁，已走完四分之三的人生（他四十四岁死于肺结核）。

读者可以省思一下学生的欢乐的微妙转化，从一条过去到现在的真与美之链，到一个二十二岁青年对并非不可能的个人幸福的期待。那是耶稣受难日，而故事中的故事是讲述耶稣和西门·彼得，然而两种喜悦[1]都没有任何真正笃信或拯救的痕迹。契诃夫，这位自莎士比亚本人以来最微妙的戏剧心理学家，写的是一首关于受苦与转变的浓郁抒情诗。耶稣的出现，仅仅是作为受苦与转变的最高体现，而这正是莎士比亚（在他那个危险的时代）敏锐地并自始至终回避的。

为什么契诃夫独钟这个短篇小说，而不是数十篇在他很多崇拜者看来远远更为重要和更不可或缺的小说？我没有明确的答案，但我觉得这个问题值得深思。《大学生》中，除了主人公的内心活动外，什么也没有，只有令人不快的凄凉。使契诃夫本人感动的，似乎是从寒冷和悲惨中非理性地升起的非个人欢乐和个人希望，以及背叛的泪水。

一篇后期小说，写于一八九九年的《带狗的女人》，是我最喜爱的契诃夫小说之一，也普遍被认为是他最好的小说之一。独自在海滨度假胜地雅尔塔度假的已婚男人古罗夫，被他与一个漂亮少妇的邂逅所感动，那女人总是带着一只白色的博美犬[2]。古罗夫是一个不间断地沉溺于女色的男人，他与那位少妇安娜·谢尔盖耶夫娜开始一段恋情，安娜本人过着不快乐的婚姻生活。她离开，并坚持

① 指悟到那条链的喜悦和对幸福生活的期待的喜悦。——译注

② 又称松鼠狗。——译注

这次分手必须是永远不再见。古罗夫是情场老手，他知趣地接受了，回到莫斯科的妻子和孩子们身边，却发现自己终日思念她，十分痛苦。他想必是第一次真正恋爱了？他不知道，契诃夫也不知道，因此我们也不知道。然而他显然着了魔，于是他又远赴安娜·谢尔盖耶夫娜的外省城镇，趁她看歌剧时找她。她很苦恼，敦促他立即离开，并答应她会去莫斯科找他。

他们两三个月在莫斯科相会一次，这种相会已变成传统，对古罗夫而言是够享受的，但对永远在哭泣的安娜·谢尔盖耶夫娜却一点也不。最后，古罗夫从镜中瞥见自己头发已变灰白，同时惊觉自己所处这种不间断的窘境，他把这种窘境解释为迟来的恋爱。该怎么办呢？古罗夫既感到他与他的爱人是在一种美丽新生活的边缘，又感到这段关系还远远未结束，而他们共同承受的煎熬的最艰难部分才刚刚开始。

契诃夫就告诉我们这些，但是在这个没有任何结论的结论之后很久，回响还萦绕不去。古罗夫和安娜·谢尔盖耶夫娜显然都多多少少改变了，但不见得就是变得更好。他们彼此能够为对方所做的事情，也没有一样是可解救的；那么是什么把他们的故事从平凡的陈腐中解救出来呢？这个故事怎样不同于其他所有不幸的通奸故事呢？

当然不是因为我们对古罗夫和安娜的兴趣，这是任何读者都必定会下的结论；他们身上没有什么特出的东西。他是另一个沉溺女色者，她是另一个哭泣的女人。契诃夫的艺术处理，没有比在这里更神秘的了，既可触可摸，却又几乎难以定义。显然，安娜在恋爱，尽管古罗夫绝不是什么值得她爱的对象。如何评估不幸的安娜，我们不懂。两个恋人之间发生的事情，被契诃夫以如此超然的笔调来描述，以致我们缺乏的不是信息，而是判断，包括我们自己的判断。因为，这个故事在其普遍性方面，是不寻常地简明扼要的。古罗夫真的相信他终于恋爱了吗？他不清楚，读者也不清楚，而如果契诃夫知道，他也不会告诉我们。如同在莎士比亚那里，哈姆雷特告诉我们，他恋爱了，但我们不知道我们能不能相信他；我们也无法信任古罗夫的断言，他宣称他终于真真正正恋爱了。安娜苦涩地抱怨说，他们的爱是“黑暗的秘密的爱”（姑且套用威廉·布莱克在《病玫瑰》中的伟大诗句），但古罗夫似乎陶醉于这种秘密生活，他觉得这种生活揭示了他真实的自我。他是一个银行家，而毫无疑问很多银行家都有真实的自我，但古罗夫不在他们之中。读者可以相信安娜的眼泪，但不会相信古罗夫边搔头边说的“到底怎么办？到底怎么办？到底怎么办？”恋爱中的契诃夫曾在《海鸥》中的特里戈林身上戏仿自己，而我认为，古罗夫是一个变形得更厉害的自我戏仿。我们都不太喜欢古罗夫，我们都希望安娜停止哭泣，但我们无法扔掉这个故事，因为这是我们的故事。

高尔基谈到契诃夫时说，他“能够在陈腐的晦暗大海里揭示其悲剧性的幽默”。这听起来很幼稚，但契诃夫最伟大的力量是在我们阅读时给予我们这样一个印象，也即这里终于揭示了人类存在中陈腐的惨况与悲剧性的欢乐之永久混合的真相。莎士比亚是契诃夫（还有我们）在悲剧性的欢乐方面的权威，但莎士比亚那里没有陈腐，即使在他写滑稽剧和闹剧的时候。

居伊·德·莫泊桑

契诃夫从莫泊桑那里学习到如何表现陈腐。莫泊桑学习一切，包括从他的老师福楼拜那里学习如何表现陈腐。莫泊桑作为讲故事者，很难与契诃夫或屠格涅夫的天才匹比。列夫·舍斯托夫，二十世纪初俄罗斯一位出色的宗教思想家，曾颇有力量地表达了这种看法：

> 契诃夫那美妙的艺术是不死的——他那种以仅仅一次碰触、一次呼吸、一次瞥视就能杀死一切的艺术，杀死人们赖以生活和赖以自豪的一切。而在这门艺术中他不断臻于化境，他获得了他在欧洲文学中任何对手都难以企及的高超技巧。莫泊桑往往必须使尽全力去制服他的猎物。那猎物常常逃避莫泊桑，虽然受重击或伤残，但毕竟还活着。在契诃夫手中，没有什么能逃避死亡。

这是一种非常黑暗的观点，此外也没有任何读者想把自己当成作家的猎物，然而舍斯托夫准确地拿契诃夫来掂量莫泊桑的斤两，有点像我们可能会拿莎士比亚来掂量克里斯托弗·马洛。然而，在真正“大众”的短篇小说家中，莫泊桑是最好的，远远高于欧·亨利（欧·亨利也可以很好），也大大优于令人厌恶的爱伦·坡。成为一位大众艺术家，本身就是一项非凡的成就；我们今天在美国，可没有这号人物。

契诃夫有时看似简单，但永远深刻地微妙；莫泊桑的很多简单，都仅仅是它们看上去的样子，然而它们并不是肤浅。莫泊桑从他老师福楼拜那里学习到“才能就是拖长的耐性”，那种看到别人往往看不到之处的耐性。至于莫泊桑能否使我们看到我们没有他就永远看不到的事物，我却是十分怀疑的。要达到这个程度，需要莎士比亚或契诃夫那种天才。莫泊桑还有一个问题是，他像十九世纪和二十世纪初很多小说家那样，都是透过“生命意志”哲学家叔本华的眼镜看一切。我也可以立即戴上叔本华的眼镜，如同我可以立即戴上弗洛伊德的眼镜；两者都几乎同等地扩大和扭曲。但我是文学批评家，不是小说家，而莫泊桑在思考男女的欲望的变化莫测时，如果他扔掉哲学眼镜，原是可以做得更好的。

他最好的时候，其可读性是令人惊叹的，无论是在《泰利埃公馆》中富于幽默的感染力还是在诸如《奥尔拉》这样的恐怖故事中，这两篇小说都是我要讨论的。弗兰克·奥康纳坚称，莫泊桑的短篇小说拿来跟契诃夫和屠格涅夫的短篇小说相比时，就令人不满意，但话说回来，又有几个短篇小说作家可以跟这两位俄罗斯大师相比呢？奥康纳真正反对的，是他所称的莫泊桑小说中“性行为本身变成一种谋杀形式”。一个刚读过《泰利埃公馆》的读者，是很难同意这种说法的。福楼拜曾表示希望把他最后一部小说的背景设在一家外省妓院，可惜他没写就辞世了，但他徒弟已在这篇充满活力的故事中做到了。

《泰利埃公馆》每个人物，都是又善良又和蔼可亲，而这正是故事真正魅力的一部分。泰利埃夫人是一位可敬的诺曼农民，她经营她的公馆就像经营一家旅馆，甚至像经营寄宿学校。莫泊桑生动地，甚至是慈爱地描写她手下五位性工作者（如今有些人可能会这样称呼她们）。他强调的是夫人以其调解的才能和持续的好心情维持公馆里的和平。

在五月的一个晚上，那些常客都失去好心情，因为公馆贴出一张有花饰的通告：因第一次领圣餐，暂停营业。夫人和她的职员都去出席夫人的侄女（也是她的教女）这次盛会。仪式发展成一个不寻常的场合，妓女们受到这个场面的感动，回忆起自己的少女时代，禁不住长时间哭泣。她们的哭泣传染开来，整个教堂的信众都沉浸在泪水的狂喜中。牧师宣称圣子已降临在他们中间，尤其要感谢访客们——泰利埃夫人和她的职员。

热热闹闹返回公馆之后，夫人和她的小姐们也回到她们晚上的例常劳作，却带着超乎例常的热情和饱满的精神。"我们不是每天都有事情可庆祝。"夫人以这番话来结束故事，而除非读者是个闷蛋，否则不会不跟她一起庆祝。至少这一次，叔本华的弟子摆脱了以阴暗的观点看待性与死亡的密切关系。

讲故事时那种充沛的活力，是很难抗拒的，而莫泊桑的写作，从未像在《泰利埃公馆》中表现得这么妙趣横生。这个诺曼底故事，有温暖，有欢笑，有惊奇，甚至有某种灵性洞见。燃烧在会众中的圣灵降临的狂喜，真实如引发这场狂喜的妓女们的哭泣。莫泊桑的反讽瞩目地比他的师傅福楼拜更仁慈（尽管也较不那么微妙）。此外，故事的色而不淫，其精神是莎士比亚式的；它扩大生命，却不减损任何人。

莫泊桑自己的生命，结局并不好；他二十八九岁时，染上了梅毒。三十九岁时，梅毒已影响他的头脑，他曾企图自杀，之后，他在精神病院度过生命最后几年。他最令人心惊的恐怖故事《奥尔拉》，与他的疾病及其后果有着一种复杂而含糊的关系。故事中无名主人公也许是一个疯掉的梅毒患者，尽管莫泊桑所叙述的故事，没有任何确凿的描写可证明我们这样的推断。《奥尔拉》用的是第一人称叙述，它给予我们的线索，比我们所能解释的要多，因为我们无法明白叙述者，也不知道我们能否相信他的印象，他的印象我们要么所知甚少，要么无法独立核实。

《奥尔拉》开始时，叙述者——一个富足的年轻诺曼绅士——在一个美丽的五月早晨要我们相信他是幸福的。他看见一艘漂亮的巴西三桅船从他房子前驶过，并向它敬礼。这个姿态显然招来了奥尔拉，一个看不见的生命，后来我们知道它一直在以恶魔附体和随后的疯狂扰攘着巴西。奥尔拉们显然是吸血鬼的优雅表亲；他们喝牛奶和水，从睡眠者身上吸走精气，而不是实际吸走血。无论巴西发生什么事情，我们都可以自由地猜测诺曼底到底正发生什么事。我们的叙述者最后放火烧掉自己的房子，想烧死奥尔拉，却忘了通知那些仆人，结果把他们烧死了。当讲故事者了解到奥尔拉还活着时，他便下结论，告诉我们他必须自杀。

显然，这其实是他的奥尔拉在作祟，不管它是不是从巴西航行到诺曼底。奥尔拉即是叙述者的疯狂，而不只是疯狂的导因。莫泊桑写这个故事，是不是要说明被梅毒附体造成的后果？有一回，受害者瞥了一眼镜中的自己，却看不见自己的影像，然后，他在镜子背后的雾中看见自己。雾逐渐消退后，他才完全看清自己。他大喊:“我看见他了！”可能是指那雾，或那阻挡视野的东西。

叙述者说，奥尔拉的来临意味着人类主宰的终结。磁力、催眠术、暗示都是奥尔拉的意志的体现。受害者惊呼:“他来了。”突然间那个闯入者在我们耳边喊他的名字:“那个奥尔拉……他来了!”莫泊桑发明了“奥尔拉”(Horla)这个名字,它是不是作者玩弄谐音,以此谑称英语“妓女”(whore)?可能性似乎不大,除非莫泊桑的性传染病确实是这篇小说隐藏的主题。

恐怖故事是一个庞大而令人着迷的体裁,莫泊桑在这方面是个行家里手,但他从未再展示像他在《奥尔拉》中所做的这么出色。我想,这是因为在一定程度上,他知道他预言了自己的疯狂和(企图)自杀。作为短篇小说家,莫泊桑的艺术成就难以跟屠格涅夫、契诃夫、亨利·詹姆斯或海明威匹比,但他的广受欢迎却是实至名归的。能写出充满和蔼可亲的狂喜的《泰利埃公馆》和令人不寒而栗的《奥尔拉》这样的小说,作者肯定是一位不朽的短篇小说大师。为什么读莫泊桑?他最好的时候,能够紧紧抓住你,而这是没几个人能做到的。他的叙述声音可使你受益匪浅。那不是巨大的裨益,但它讨很多人喜欢,而且可作为一个台阶,引我们进入那些比莫泊桑更微妙的短篇小说家们较困难的乐趣。

欧内斯特·海明威

海明威最好的短篇小说甚至超越《太阳照样升起》,后者现在看来似乎是他唯一不受某个特定时代局限的长篇小说。美国现代诗人中最强大的华莱士·史蒂文斯,曾经把海明威称为“最重要的在世诗人,就非凡的现实这一题材而言”。史蒂文斯这里所称的“诗人”,是指海明威短篇小说中那个瞩目的文体家,他所称的“非凡的现实”则是指一个诗意王国，在那里“意识取代想象力”。这个高度赞扬，是海明威在短篇小说方面的不朽成就应得的，它们由约十五篇杰作构成，这些杰作容易戏仿（常常被海明威自己戏仿）但难以忘怀。

弗兰克·奥康纳极不喜欢海明威，其程度如同他极喜欢契诃夫。他在《孤独的声音》中说，海明威的短篇小说“示范了一种到处寻找题材的技巧”，因而沦为“小艺术”。让我们来看看。读一读那篇叫做《白象似的群山》的著名小品吧，只有五页，几乎全是对话，那是一名年轻女子与其情人在西班牙一个外省城镇的火车站等待火车时的对话。他们正在继续讨论他希望他们抵达马德里之后她能去堕胎的事，两人对是否堕胎有分歧。小说捕捉到她说不过他、而他们的关系很可能就此完蛋的时刻。就这么多。对话清楚表明，那女子充满活力而且得体，那男子则显得明智但空洞，既自私又没爱心。当他说“为了你我什么都愿意做”而她回答“求你、求你、求你、求你、求你、求你、求你不要再说了好吗”时，读者完全站在她这一边。七个“求你”是很多的，但它们在《白象似的群山》中作为重复却是准确而有说服力的。小说标题的比喻，美丽地预示了故事的内容。横跨埃布罗河谷的群山又白又长，在那女子眼中“看上去像白象”，但不是在那男子眼中。白象是有名的暹罗王室礼物，收礼物的国家将因喂养它们代价高昂而被毁，因此白象变成一个大隐喻，用来隐喻要流产掉的婴儿；而用来隐喻由于男方靠不住而导致一段精神代价太高的情欲关系，其震撼力就更强烈了。

海明威本人的神秘气氛——他那些技艺高超的摆姿势形象，例如战士、凶猛动物猎人、斗牛士和拳击手——与《白象似的群山》

无关的程度，就如同男主人公坚称“你知道我爱你”。更有关系的，反而是海明威的替身尼克·亚当斯的一句话。尼克在《了却一段情》中终结一段关系时说：“没意思了。”就我所知，喜欢这个句子的女读者不多，但它谈不上是一句辩解，而只是一个小青年的自我谴责。

海明威最使我受伤的小说，是另一个五页篇幅的故事《愿上帝赐给你们快乐，先生们》[①]。它在开篇几段之后，就几乎全是对话了。开篇几段包括先声夺人的第一句：

> 那时候距离是非常不同的，尘土滚滚，从现已被铲平的山丘上吹下来，堪萨斯城酷似君士坦丁堡。

你可以戏仿这个句子，说：“那时候康涅狄格州的桥港酷似海法[②]。”不过，我们仍然是在圣诞日的堪萨斯城，听着两名医生之间的谈话：一个是无能的威尔科克斯医生，他得依赖一部软皮、有索引的《青年医生之友与指南》；另一个是尖刻的费希尔医生，他开口就引用他的教友夏洛克[③]的话：“交易所有什么消息？”我们很快就得知，那是很糟糕的消息：一个约十六岁的少年，对纯洁着了魔，来医院要求阉割。被拒绝之后，他用剃刀残害自己的身体，现在可能会死于失血。

故事的兴趣，集中于费希尔医生清醒的虚无主义，他可以说预

---

① 又译做《先生们，祝你们快乐》。——译注

② 桥港系意译，音译为布里奇波特；海法是以色列港市。——译注

③ 指莎士比亚《威尼斯商人》中的夏洛克。——译注

示着纳撒尼尔·韦斯特《寂寞芳心小姐》[1]中的伯劳：

> “就在我们的救世主的诞辰纪念日嘲笑你，医生？”
>
> “我们的救世主？你不是犹太人吗？”威尔科克斯医生问道。
>
> “我确实是。我确实是。我老是忘记。我没有给予足够的重视。你提醒我真好。你们的救世主。没错。你们的救世主，毫无疑问是你们的救世主——还有骑去参加棕枝主日。”[2]

最后一句话，等于是在暗示说：“你，威尔科克斯，就是我要骑进耶路撒冷的驴。”费希尔医生既充满腐味又才华洋溢，他就如他自己所说的，曾望见地狱。他那夏洛克式的张力是海明威向莎士比亚致敬的一种方式，坎特韦尔上校（海明威的替身）在《过河入林》中曾把莎士比亚称为“胜利者，并且仍然是不容置疑的冠军”。海明威在他的短篇小说中最具野心的时候，也是他最莎士比亚式的时候，例如在作者自己最喜爱的那篇著名的半自传体短篇小说《乞力马扎罗的雪》中。在写到故事主人公、失败的作家哈里时，海明威说：“他爱太多，要求太多，而他为此心力交瘁。”这句话可作为对李尔王的最佳评语，李尔王是所有莎士比亚人物中海明威最赞赏的。海明威在《乞力马扎罗的雪》相对短的篇幅内尝试和达到的悲剧意味，比他在其他任何作品中都要出色。

---

① 又译做《伤心小姐》。——译注

② 引文中的“嘲笑”（ride，动词）和“骑”（ride，名词）在英语里是同一个字。费希尔用双关语进一步奚落威尔科克斯。棕枝主日是指复活节前的星期日，纪念耶稣受难前进入耶路撒冷。——译注

这篇巴罗克风格的故事沉思一个临死之人而非描写一次行动，可以说是海明威最激烈的自我申斥，而我想，偏爱这种风格的契诃夫，读了也会印象深刻。我们不会把海明威当成一位幻象式作家，但《乞力马扎罗的雪》开头有一句题词，告诉我们这座山的白雪覆盖的西峰叫做“上帝之屋”，旁边是一头豹的冻结的干尸。小说没有解释一头豹来到海拔将近两千英尺的地方干什么。

把这头豹说成是临死的哈里的象征，并无助于加深对这篇小说的理解。按古希腊语的原义，*象征*是一个识别的信物，可以与另一个信物对上号。一般来说，我们在较松散的意义上使用*象征*，也即以某物指喻另一物，不管是通过联想还是相似性。如果你把豹尸当成是哈里作为作家已失去但仍残留着的抱负或美学上的理想主义，那你会使海明威这篇小说掉进唐突和荒诞。海明威在《老人与海》中这样做过，但不是在这篇精湛的《乞力马扎罗的雪》。

哈里正在非洲一个打猎营地慢慢死于坏疽，被秃鹫和鬣狗包围着，这是一些明显令人讨厌的东西，没必要解释成具有象征意义。那头豹也不需要解释。像哈里一样，它是不合时宜的，但是哈里视域中的乞力马扎罗确实有点儿像海明威视域中的精神失落，这失落一如往常，总是由一种强烈的虚空感，一种莎士比亚式的虚无主义表现出来的。如果把豹尸这一怪异的存在物，当成一种强烈的反讽，也即把它当做哈里徒劳的历险的先行者，似乎是有用的。哈里的历险，是为了恢复他作为一位在乞力马扎罗的作家的身份，而不是作为一位譬如说在巴黎、马德里、基韦斯特[①]或哈瓦那的作家。这个反讽，是以海明威自己为代价的，因为哈里在一定程度上预示

① 位于佛罗里达州。——译注

了海明威的结局：他在差十九天就六十二岁时，在爱达荷州的群山中用一支双管猎枪对准自己。但是这篇小说的基调却不是反讽的，也不需要当成一篇个人预言小说来读。哈里是一个失败的海明威；而能够写出《乞力马扎罗的雪》这样的作品的海明威，恰恰不是失败者，至少不是一位失败的作家。

小说最佳的时刻，是幻觉性的，就发生在结束前。那是哈里死前的幻象，不过读者并不知道这点，直到哈里的妻子海伦发现她再也听不到他的呼吸了。哈里死时，梦见救援飞机来营救他，但只能载一个人。在这次幻象性的飞行中，哈里被带到上面，观看乞力马扎罗顶上的广场："伟大、崇高，在阳光中难以置信地白。"这个显然是超验的景象，是故事中最迷幻的时刻；它代表着死亡，而不是"上帝之屋"。这个临死的幻象不是被当做欢庆的，因为整个故事都传达了哈里的一个信念，也即他浪费了作为一个作家的才华。

然而海明威可能想起了李尔王临死时的幻觉，在幻觉中这个年迈、疯狂的国王被说服相信他心爱的女儿考特利娅又再呼吸了，尽管她已遭杀害。如果你爱太多、要求太多，那么你就会像李尔王和哈里（以及终于像海明威）那样心力交瘁。对哈里来说幻想已取替艺术。

海明威作为一位短篇小说家，实在太奇妙和意料不到了，所以我想在这里以海明威一篇不为人知的杰作，来结束我对他的介绍。这篇小说，是极其反讽的《大转变》，它以含糊的性征描写，而成了海明威长篇小说遗作《伊甸园》的先声。在《大转变》中，我们置身于巴黎一家酒吧，那里一对典型的海明威式夫妇，正展开一次有关不忠的活跃对话。没几个来回，读者便明白标题中的"大转变"不是指那个女人，她决心要开始（或继续）一段女同性恋关系，同时又希望回到那男人身边。遭遇大转变的是那个男人，大概就是变成那个将写出丰富又奇怪的《伊甸园》的作家。

“我是一个不同的男人了，”在那个女人离开后，他两次向不解的酒吧侍者宣布道。他照镜，看见那不同，但他看见什么，小说没有告诉我们。虽然他对酒吧侍者说“堕落是一种非常奇怪的事情”，但不可能是他对“堕落”的意识使他成了一个不同的男人，而应是他想象自己屈从于那个女人极有说服力的辩护，这辩护已永远地改变了他。“我们是由各种各样的事物构成的。你知道这点。你也善于利用这点，”她对他说，而他亦默认他们共同的性事中的某个关键因素。现在他遭受一次大转变，但此时此刻他只是明显失落而已，他身上还没有失去什么。《大转变》太灵巧了，几乎不适合反讽，它是一种微妙的自我认识，一种情欲自传，其间接、其细致入微的自我接受是引人瞩目的。只有美国最出色的短篇小说大师才能够在如此短小的篇幅里放进如此多的东西。

弗兰纳里·奥康纳

D.H.劳伦斯是一位卓越的短篇小说作家，他用一句简短的话，告诉读者一个永恒的真知：“相信故事，不要相信讲故事者。”这在我看来，似乎是阅读弗兰纳里·奥康纳的一个根本性原则。她可能是自海明威以来美国作家中最富原创性的讲故事者。她的感受力是南方哥特风格与严峻罗马天主教的非凡混合。奥康纳是一位如此猛烈的道德主义者，以致读者需要为她的倾向性捏一把汗；她想以暴力震撼我们，使我们觉得需要传统信仰，但她施加给我们的设计实在太明显了。作为讲故事者，奥康纳非常敏锐，然而我觉得她最好的故事还要敏锐得多，并且不强加给我们道德教训，除了一种觉醒的道德想象力。

奥康纳的南方是一种野性地清教式的南方，不是欧洲那种清教主义，而是土生土长的“美国宗教”，不管它自称为浸礼会、圣灵降临派或无论什么。那个宗教的先知们——“甩蛇者、自由思想基督徒、独立先知、骗子、疯子，以及有时候是真正受神灵启示者”——被奥康纳称为“自然天主教徒”。除了这一小撮“自然天主教徒”外，拥挤在奥康纳那些令人惊叹的故事中的人物，都是被罚入地狱的人——弗兰纳里·奥康纳乐呵呵地把她的大多数读者都包括在这个类别里。我觉得，读她的小说的最好办法，是一开始就承认我们自己是她那些被罚入地狱的人物之一，然后从那里开始痛痛快快地享受她那怪异而难忘的讲故事的艺术。

《好人难寻》依然是奥康纳的最佳入门作品。一位祖母、她儿子和儿媳妇以及他们的三个子女，开车旅行时，遇到一名逃犯“不合时宜”和他两个同伙杀手。祖母一见到不合时宜，就愚蠢地宣布他的身份，从而导致她自己和家人遭灭顶之灾。当家人就要被带去枪毙时，老奶奶向不合时宜求情，但奥康纳在这个自然神学家似的杀手的身上贡献给我们一篇杰作。不合时宜宣称，在一个“没有乐趣只有卑劣”的世界，耶稣使死人复活乃是“使一切失去平衡”。恐慌的祖母头晕目眩、陷入幻觉，她碰触不合时宜，喃喃地说：“你可是我的孩子呀。你是我自己的孩子！”他吓得往后退，朝她胸部连开三枪，然后宣读她的墓志铭：“要是她一生中每分钟都有一个人向她开枪，她会成为一个好女人。”

在这里，故事和讲故事者合而为一，因为不合时宜显然代表着奥康纳本人某种猛烈而滑稽的东西。奥康纳给了我们一个伪善而陈腐的老太婆，还有一个杀手，这个杀手在奥康纳看来是天主教恩典的一件工具。这个用意，是要令人愤慨并且也确实令人愤慨，因为作为被罚入地狱的人，我们感到愤慨。奥康纳觉得，要是我们一生中每分钟都有一个人向我们开枪，我们就会成为好人。

为什么我们不会对奥康纳施加给我们的明显设计感到气恼呢？一部分答案，无疑是她的喜剧天才；一个能够如此深刻地娱乐我们的人，可以随她喜欢叫我们下地狱。在她的《善良的乡下人》中，我们遇见不幸的乔伊·霍普韦尔[1]，她同时拥有一个哲学博士学位和一条木腿，还给自己加了一个花哨的教名“赫尔珈”。一个咄咄逼人的年轻《圣经》推销员，他有一个不大可能的阳具崇拜的姓名曼利·波因特[2]。他在干草堆里卸下赫尔珈的木腿，然后拿着它跑掉了。赫尔珈准确地知道她自己是一个被罚入地狱的人（她不是一个哲学家吗？），而我们可从她那残酷地令人捧腹的命运中得出我们想要的道德教训。我们是否可以说“要是她一生中每分钟都有个人来引诱她然后拿着她的木腿跑掉，她就会成为一个好女人”？

奥康纳大概会鄙视我的怀疑主义，我也知道我的戏仿不堪一击。但她的早期小说，虽然有活力，却还不是她最伟大的。她最伟大的小说见诸她的后期作品，例如《眺望林景》和《帕克的脊背》和她的第二部长篇小说《暴力者夺走它》。《眺望林景》是一篇崇高地丑

---

① 这个姓名意为“欢乐希望好”。——译注

② 意为“男子汉的尖东西”。——译注

陋的故事，讲的是七十九岁的福琼[1]先生和他的九岁孙女玛丽•福琼•皮茨。两人都很糟糕：自私、执拗、卑劣、闷闷不乐而又傲气十足。故事结尾，两人之间发生一场惨烈的打斗，结果老头把小女孩杀了；他掐死她，又把她的脑袋砸在石头上。激动而疲累，福琼先生在一次致命的心脏病猝发时最后一次"眺望林景"。这一切都使人沮丧地印象深刻，但我们应如何解释它？

奥康纳说过，玛丽•福琼•皮茨得救，而福琼先生则下地狱，但她无法解释为什么，因为他们都是同等令人憎恶的人，那场斗争导致的死亡，有可能是任何一方。奥康纳如此愤慨，实在太妙了，因为我们的怀疑主义激怒了她，并激励她的艺术。然而，她那着魔般的灵性和绝对的道德判断，不能仅仅靠损害读者来维持。但是当我考虑这点的时候，我突然想起她的文学趣味与我自己的文学趣味是多么接近：她对福克纳的《我弥留之际》和纳撒尼尔•韦斯特的《寂寞芳心小姐》的喜爱，远甚于所有美国现代小说，而我也是如此。阅读弗兰纳里•奥康纳的短篇小说和《暴力者夺走它》，我简直激动得近于恐惧，与我读福克纳和韦斯特最伟大的作品和科马克•麦卡锡的《血色子午线》时一样——要是奥康纳活到有机会读《血色子午线》，她肯定也会大为激赏。屠格涅夫和契诃夫、莫泊桑和海明威都不是教条家，现代短篇小说的主流传统肯定是他们的，而不是奥康纳的。然而，她的热忱与驱动力，她那喜剧精神喷发的推进式精力，却是令人欲罢不能的。就她的小说美学效果而言，她的天主教也完全有可能是"摇喊"教[2]。我们可在这里为她天生的敏锐定位：她那

---

① 意为"运气"。——译注

② 做礼拜时以摆动和叫喊表示虔诚的教派。——译注

些疯狂而下地狱的美国偏执教徒是可以戏仿的，但是这种戏仿动摇不了她坚定的罗马天主教。她不止是个天才的喜剧家，还具有透彻的洞察力，看到宗教对她的男女同胞而言不是人民的鸦片，而是人民的诗歌。

弗拉基米尔·纳博科夫

接着我要谈论弗拉基米尔•纳博科夫卓越的短篇小说《韦恩姐妹》，因为从奥康纳通过暴力达至的灵性过渡到纳博科夫巧妙利用灵性的美学，使我有一种焕然一新之感。纳博科夫常常哀叹他的美国英语在风格上永远无法达到他的母语俄语的丰富性，而当读者面对《韦恩姐妹》巴罗克风格的丰富文本时，会觉得那种哀叹颇具反讽味道。我们这位本人原籍是法国的叙述者，在新英格兰一家女子学院讲授法国文学。这位十足纳博科夫式的无名叙述者，是刁钻的审美家，是王尔德笔下的道林•格雷的无害版。韦恩姐妹是辛西娅和西比尔，西比尔的名字和自杀是借自道林•格雷那个成为牺牲品的女友。不过，两姐妹与其说是王尔德式的，不如说是亨利•詹姆斯式的，因为她们都是仅现身一会儿和间接的人物。这个匿名法语教授是西比尔的老师，也是辛西娅的已疏远的密友，但他并不是她们任何一方的情人。

故事开始时，叙述者偶然听说辛西娅心脏病猝发死亡。他正如常在星期天下午散步，途中停下来观看“从一座木板屋屋檐垂滴下来的一簇精彩的冰柱”。作者花了一个很长的段落描写这些冰柱，稍后他发现：“那纤瘦的鬼影，那撮由一个停车计时器投在某堆潮湿的雪上的拉长的暗影，有一道淡淡的微红。”故事结尾，他从一个模糊的梦中醒来，梦中他见到辛西娅，但他无法解开这个梦：

> 我难以有意识地看清它。一切似乎都朦朦胧胧，被黄色笼罩着，不能显示任何可见的东西。她笨拙的离合诗[①]、她缠绵悱恻的躲避、神人融合感——一切回忆都形成一圈圈神秘意义的涟漪。一切似乎都是黄色地朦胧，梦幻，迷失。[②]

在这里，纳博科夫对自己的风格进行的自我戏仿，证明西比尔的离合诗并不像辛西娅的那么笨拙。把这段文字每个首写字母组合起来，就可得出它隐含的意义：冰柱是辛西娅的，计时器是我西尔比的。[③]

就是说，我们的叙述者被这两个女人纠缠着，但为什么？可能是因为韦恩姐妹以某种方式鬼影般穿过她们的存在；死亡似乎难以改变她们。但为什么那位法语教授成了这些迷人地恶作剧的阴魂纠缠的对象？可能由于叙述者是纳博科夫的一个自我戏仿，故遭到纳博科夫自己的唯美主义和怀疑主义的惩罚。与莫泊桑的《奥尔拉》描写临近的疯狂不同，《韦恩姐妹》是一篇真实的鬼故事，尽管这鬼故事是高度原创性的。

---

① 指以各行或句之首写字母组成句子的诗体。——译注

② 原文：I could isolate, consciously, little. Everything seemed blurred, yellow-clouded, yielding nothing tangible. Her inept acrostics, maudlin evasions, theopathies — every recollection formed ripples of mysterious meaning. Everything seemed yellowly blurred, illusive, lost. ——译注

③ 原文：Icicles by Cynthia, meter from me, Sybil. ——译注

西比尔•韦恩是在参加叙述者安排的法国文学年中考试之后一天，因其已婚情人抛弃她而自杀的。在西比尔死后，我们对她姐姐辛西娅有较多了解。辛西娅是一个画家和灵性主义者，并发展出一种“干预气息理论”。这些死者的气息善意地干预在世亲人的生活。在叙述者的怀疑主义导致辛西娅疏离他之后——她还准确地把他称为自命清高和势利眼——他与她断绝关系，直到他听说她死了。她隐隐约约地纠缠他，直到出现小说高潮中那个他无法破译的梦，以及结尾那段我们倒是可以破译的离合诗。

纳博科夫这个故事虽然篇幅短，却充满文学指涉——指涉爱默生的透明眼珠（来自他的《自然》）和柯尔律治那个来自波尔洛克的人（据说他干扰了《忽必列汗》的创作）；在一次降神会上，还生动地出现奥斯卡•王尔德和托尔斯泰，以及非常生动地呈现了文学风雅人士的总气氛。《韦恩姐妹》神奇之处，是读者自己的怀疑主义被这些友善和睦的女性的奇异魅力所压倒，她们的存在和死后的气息全都如此缥缈。纳博科夫使读者疏远叙述者的自命清高，却未见得就疏远他的怀疑主义。不过，怀疑主义在这里实际上没有造成什么差别；这些鬼魂之所以有说服力，恰恰是因为她们是如此不在乎说服人。我们不会把《微暗的火》和《洛丽塔》的作者视为契诃夫式的作家。纳博科夫崇拜尼古拉•果戈理，果戈理的精神要比契诃夫的精神更猛烈（和更疯狂）。但是辛西娅和西比亚•韦恩如果出现在契诃夫小说中也会很自在；她们像他笔下很多女性一样，代表着没有活过的生命的哀婉。对哀婉不是太感兴趣的纳博科夫，宁愿把她们当成飘忽不定的鬼魂。

豪尔赫·路易斯·博尔赫斯

现代短篇小说，只要它依然是契诃夫式的，就是印象主义的；不管是詹姆斯·乔伊斯的《都柏林人》还是海明威或弗兰纳里·奥康纳，都是如此。沃尔特·佩特的美学，知觉和感觉，是印象主义短篇小说的中心，包括托马斯·曼和亨利·詹姆斯的重要短篇小说。某种非常不同的东西随着卡夫卡的幻景进入现代短篇小说，而卡夫卡是豪尔赫·路易斯·博尔赫斯的主要前驱人物，博尔赫斯则可以说取代了契诃夫，成为影响二十世纪后半叶短篇小说的重要力量。现在的短篇小说，往往是契诃夫式的或博尔赫斯式的；两者兼备的短篇小说难得一见。

博尔赫斯的《小说集》①始终坚持它们自觉是诡计的特征，与契诃夫那种窥见我们存在的真相的印象主义目光迥然不同。读者在阅读博尔赫斯及其众多追随者时，最明智的办法是怀着与他们阅读契诃夫及其庞大流派非常不同的期待。你将听不到那个淹没在芸芸众生中的个体的孤独声音，而是一个被众多文学声音和先辈所纠缠的声音。“对一个上帝来说，还有什么比免除对世界的责任更大的荣耀呢？”是博尔赫斯在承认他的亚历山大主义②时发出的伟大呐喊。如果说在契诃夫小说中有一个上帝的话，那么这个上帝就不能免除对世界的责任，我们也不能。但对博尔赫斯来说，世界

① 亦可译为《小说合集》，是指英译本博尔赫斯小说集，有别于博尔赫斯的《虚构集》，后者亦可译为《小说集》。——译注

② 指希腊亚历山大文学学派或/和哲学学派。——译注

是一个猜想性的幻觉,或一个迷宫,或一面反映其他镜子的镜子。

如何读博尔赫斯，必然是更多地上一堂如何读他的所有先驱的课,而不是仅止于做一次自我理解的练习。这并不会使博尔赫斯小说的娱乐性和启迪性少于契诃夫，但确实使他非常不同于契诃夫。对博尔赫斯来说,莎士比亚同时是任何人又不是任何人:他是文学本身的活生生的迷宫。对契诃夫来说,想起莎士比亚就是不能自拔地想起他是《哈姆雷特》的作者,而哈姆雷特王子则成为契诃夫乘坐的船(实际上在第一篇以契诃夫这个名字发表的小说《在海上》中,就已经这样了)。博尔赫斯的相对主义是绝对的,契诃夫的相对主义是有条件的。被契诃夫及其信徒迷住的读者,可与故事建立某种个人关系，但博尔赫斯把陶醉的读者引入一个由各种非个人力量构成的王国,在那里,莎士比亚自己的记忆是一个庞大的迷宫，你可能跌入那个迷宫，无论你还留着多少自我，都会在那里失去。

对博尔赫斯的小说,每个读者都会有自己的选目:我的选目包括《特隆、乌克巴尔、奥比斯·特蒂乌斯》、《〈吉诃德〉作者皮埃尔·梅纳尔》、《死亡与指南针》、《南方》、《永恒》和《阿莱夫》。在这半打小说中,我将仅仅集中讨论第一篇,但会稍微详细些,以便有助于使本章达到高潮，说明如何读短篇小说和为什么我们需要继续寻找我们能够找到的最佳短篇小说的范例来读。

《特隆、乌克巴尔、奥比斯·特蒂乌斯》以一个消除戒备的句子开始(这里使用安德鲁·赫尔利传神的译文):“我发现乌克巴尔,全拜一面镜子和一部百科全书的结合所赐。”这个句子,是最纯粹的博尔赫斯：一面镜子和一部百科全书，再加上一个迷宫，你就拥有他的世界了。在博尔赫斯所有虚构作品中，《特隆、乌克巴尔、奥比斯·特蒂乌斯》是最崇高地越轨的。然而，读者却是被引诱去发现不可信之可信，因为博尔赫斯以恰如其分的技巧，使用了真实人物（他最好和最文学的朋友们）和地点（一座古老的乡间大宅、国家图书馆、一家熟悉的酒店）。读者相信虚构人物赫伯特·阿什的真实性，如同相信真实人物比奥伊·卡萨雷斯的真实性一样自然，而乌克巴尔和特隆，虽然是幻景，似乎也并不比国家图书馆更令人叹为观止。用一部其内容都是关于一个发明的世界的百科全书来核实那个世界，确实非常令人信服，而这恰恰是因为它是一部百科全书，一部我们已习惯于其理所当然的权威的著作。

这令人不安，但又是一种饶有趣味的不安。随着特隆的物品和概念在全国各地传播[①]，现实"塌陷"了。博尔赫斯不动声色的反讽在这里达到极致：

> 事实是，它想塌陷。十年前，任何对称、任何表面上看上去有秩序的系统——辩证唯物主义、反犹主义、纳粹主义——都可以使人类着魔和受催眠。

博尔赫斯是马克思主义和阿根廷法西斯主义的坚定反对者，他控诉我们所称的"现实"，却不控诉他幻想的特隆，后者是想象性文学的活生生的迷宫的一部分。

① 特隆是一个幻想世界，但是随着有关这个幻想世界的概念到处传播，真实世界也开始出现存在于特隆世界的物品。——译注

特隆很有可能是一个迷宫，却是一个人造的迷宫，一个注定要由人来破解的迷宫。

也就是说，特隆是一个善良的迷宫，在迷宫尽头没有人身牛头怪在等待吞食我们。正典文学既不是一种对称也不是一个系统，而是一部无穷地扩散的人类欲望的百科全书，那欲望是要更富想象力而不是要伤害另一个自我。我们不会被特隆迷住或催眠，然而作为读者我们没有足够信息去破解它。特隆依然是一个完备的庞大密码，只有整个文学的幻想宇宙才能破解它。

博尔赫斯的故事开始时，他和他最亲密的朋友（有时候是合作者）、阿根廷小说家比奥伊·卡萨雷斯在博尔赫斯租住的乡间大宅吃晚餐，在餐桌前坐得太晚了，两人一齐在镜中看见自己，而这使他们都感到不安。比奥伊想起一句话，他说这句话是“乌克巴尔一位异教创始人”说的：镜子和交媾都是可恶的，因为它们成倍扩大人类的数目。小说没有告诉我们，讲这句话的诺斯替教禁欲主义者是谁。不用说，他是博尔赫斯本人。但据比奥伊说，他记得这句话是在一九二〇年版《大不列颠百科全书》一个重印版（有一个不同的书名）一篇关于乌克巴尔的文章中读到的。博尔赫斯租住的大宅里所藏的那个版本，并没有收录这篇文章；第二天比奥伊带来他自己那册相关的百科全书，里面有四页篇幅论述乌克巴尔。无论是乌克巴尔的地理还是历史，都有点含糊；地点似乎是在外高加索地区，而乌克巴尔的文学则完全是幻想文学，写的都是想象的王国，包括特隆。

到这里，才刚刚开始的故事，原该结束了，如果不是因为一个其姓名恰当地叫做赫伯特·阿什[1]的人。阿什是一个沉默寡言的英国工程师，博尔赫斯说他八年来常常在一家他与阿什都光顾的酒店与阿什瞎聊。阿什死后，博尔赫斯找到一本阿什留在酒店酒吧的书：《特隆第一百科全书；第十一卷，Hlaer至Jangr部》。该百科全书没有出版日期和地点，共一千零一页，显然是暗指《一千零一夜》。博尔赫斯埋头读罢这些神秘文本之后，基本上明白了特隆宇宙的本质（姑且这样称呼吧）。贝克莱主教[2]在哲学上猛烈的唯心主义是特隆的原始存在法则。贝克莱认为，没有什么可以像一个理念，除了另一个理念。在特隆的宇宙里，没有原因和结果；占支配地位的是心理学和绝对幻想的形而上学。

这就是写于一九四〇年的《特隆、乌克巴尔、奥比斯·特蒂乌斯》，它是博尔赫斯的《幻想文学选集》的作品之一。小说结尾有一篇设想成写于一九四七年的《附言》，扩大对这幻景的描写。特隆被解释成三百年来赫尔墨斯神智学信徒与犹太神秘哲学信徒的一场善良的阴谋，但这场阴谋在一八二四年发生决定性的转折，当时“遁世的百万富翁埃兹拉·巴克利”提议把特隆这个想象的国家变成一个人工发明的世界。博尔赫斯把这个提议的背景设在田纳西州孟菲斯，从而使得现在被我们称为“埃尔维斯之乡”[3]的地方，变得神秘如古埃及的孟菲斯。《特隆第一百科全书》四十卷本于一九一四年出齐，这一年是第一次世界大战爆发的年份。在一九四二年

① 赫伯特意为卓越的战士，阿什意为灰烬。——译注

② 指英国新教主教乔治·贝克莱（1685—1753）。——译注

③ 孟菲斯是摇滚歌星“猫王”埃尔维斯·普雷斯利墓园所在地，故称为埃尔维斯之乡。——译注

第二次世界大战如火如荼之际，特隆的首批物品开始出现；一个磁性罗盘，其表盘字母是特隆字母；一个小金属锥，其重量难以承受；在孟菲斯一座图书馆发现全套的《特隆第一百科全书》。其他用地球所没有的材料制造的物品，充斥全球各地。现实塌陷，很快世界就会变成特隆。博尔赫斯不为所动，逗留在他的酒店，慢慢修改他以巴罗克风格翻译的托马斯•布朗爵士的《瓮葬》。关于《瓮葬》，我最喜欢的句子依然是“生命是纯粹的火焰，我们靠我们体内一个看不见的太阳活着”。

博尔赫斯是一个怀疑主义的幻想家，他甚至能够在警告我们的时候也迷倒我们：现实太容易塌陷了。我们的个人幻想也许不如特隆那么复杂，也不如它那么抽象。然而，博尔赫斯勾勒了一种普遍的倾向，并满足了“我们为什么读”这一基本渴望。

托马索·兰多尔菲

陀思妥耶夫斯基有一句名言：“我们都是从果戈理的《外套》下出来的。”《外套》讲的是一个悲惨的抄写员，其新外衣被人偷了。他适时地对当局提出抗议，但遭当局鄙视。这个可怜人死去了，死后他的鬼魂继续徒劳地寻求公道。虽然这是一篇出色的短篇小说，但仍不是果戈理最好的。他最好的短篇小说可能是《旧式地主》或疯狂的《鼻子》。《鼻子》讲一个理发师在吃早餐时发现他妻子新鲜烤出的面包里有一个顾客的鼻子。果戈理的精神，微妙地活现于纳博科夫大部分作品中。这种精神，在意大利现代短篇小说家托马索•兰多尔菲那篇极其成功的《果戈理的妻子》中发挥得淋漓尽致，它可能是我迄今读过最有趣也最紧张的短篇小说。

叙述者是果戈理的朋友和传记作者，他“不大情愿地”给我们讲述果戈理妻子的故事。真实的果戈理迷恋宗教，一生从未结过婚，还在四十三岁左右刻意饿死自己，并事先把未发表的手稿都烧掉。但是兰多尔菲的果戈理（他完全有可能是卡夫卡或博尔赫斯发明的一个人物）娶了一个橡皮气球为妻，这是一个可充气的奇妙人体模型，她会按照丈夫心血来潮的喜好而变成不同形状和大小。果戈理深爱他变成这个或那个形状的妻子，很享受与她的性关系，还给她起了一个叫做“加拉加斯”也即委内瑞拉首都的名字，至于为什么起这样一个名字，只有这位疯狂的作家自己才知道。

最初几年，一切都进展顺利，直到果戈理染上梅毒，他颇不公平地把梅毒归咎于加拉加斯。在多年间，果戈理对沉默的妻子的矛盾心情稳步增长。他指责加拉加斯自顾自，甚至指责她不忠，导致她愈来愈痛苦，变得过分笃信宗教。最后，怒不可遏的果戈理给加拉加斯充了太多气（颇为蓄意地），直到她爆炸，碎片飘散在空中。这位伟大作家收拾果戈理夫人的残余，把它们扔进火炉里烧掉，让它们分享他未发表的作品的命运。果戈理还把一个橡皮娃娃——加拉加斯的儿子——也扔进火炉里。在最后这场灾难之后，传记作者为被指控虐妻的果戈理辩护，并缅怀这位作家那傲视一切的天才，向他敬礼。

读兰多尔菲这篇《果戈理的妻子》的最佳餐前小食（或餐后甜点），是读一些果戈理的短篇小说，在这个基础上我们将不会怀疑不幸的加拉加斯的现实性。她确实是果戈理本人可能为自己找到的（或发明的）最理想情人。相反，兰多尔菲可能无法写一篇相同的故事然后把它称为《莫泊桑的妻子》，更不要说称为《屠格涅夫的妻子》了。不，必须是果戈理并且只能是果戈理，而我差不多对兰多尔菲这篇小说的真实性照单全收，尤其是在每次刚重读之后。加拉加斯具有一种博尔赫斯写他的特隆时既不寻求也难以达到的现实性。作为果戈理唯一可能的新娘，她在我看来似乎是对弗兰克·奥康纳一个看法的最佳戏仿。奥康纳坚称，在现代短篇小说中呐喊的那个孤独声音，是"被淹没的人群"的声音。还有谁，比果戈理的妻子更被淹没？

伊塔洛·卡尔维诺

其他短篇小说大师，将在本书别的地方加以讨论，不管他们的身份是长篇小说家（亨利·詹姆斯和托马斯·曼）还是诗人（D.H.劳伦斯）。在这里，我希望以意大利另一位伟大的寓言作家，一九八五年逝世的伊塔洛·卡尔维诺，来结束本章。他的著作中，我最喜欢的（实际上也是世界各地人们最喜欢的）是《看不见的城市》，这本书在一九七四年由威廉·韦弗出色地译成英文。如果对卡尔维诺的发明作一次恰如其分的描述，将可以向其他人证明如何及为什么应一读再读《看不见的城市》。马可·波罗是讲故事者，可敬的忽必烈汗则是他的听众，而我们也跟着聆听关于想象的城市的故事。这些故事，都只有一两页篇幅，但它们是短篇小说，是博尔赫斯式或卡夫卡式的，而不是契诃夫式的短篇小说。马可·波罗的城市不是真实的城市，也不可能是真实的城市，然而大多数读者都想去那里，如果我们可以去的话。

卡尔维诺的《看不见的城市》分成十一组，它们是分散的而不是绑在一起的：城市与——记忆、欲望、符号、眼睛、死者、天空——和轻盈的城市、贸易的城市、连绵的城市、隐蔽的城市。虽然要读者把这些城市都记在脑中，可能会晕眩，但我们却也不应说这些城市实际上都是同一个地方。由于它们都是用女人的名字命名的，这便等于说所有女人都是同一个女人——这看法是西班牙哲学家兼小说家米格尔·德·乌纳穆诺的信条，但不是卡尔维诺的观点。听马可·波罗讲故事的忽必烈汗，肯定会同意卡尔维诺和马可·波罗而不是同意乌纳穆诺。因为年迈而厌烦权力的忽必烈，在马可·波罗幻想的城市中找到一个模式，这个模式在他的帝国化为尘埃之后仍将永存。

缅怀失去的幻想，缅怀不算真正拥有过的爱情，缅怀也许仅仅尝过一点滋味的幸福——这些就是卡尔维诺唤起的情绪。在“记忆的城市”的其中一个城市伊西多拉，“在两个女人之间犹豫不决的外国人，总会遇到第三个，”但很可惜，你只能到年迈的时候才能抵达伊西多拉。“你离开了塔马拉却没有发现它，”而在芝尔玛你看到“一个女孩牵着一头美洲狮在散步”。忽必烈在听了很多故事之后，开始从这些城市中看到它们有某种共同特征，但这仅仅意味着这位皇帝正在学习如何解释马可·波罗的叙述艺术：“没有不诈的语言。”在“轻盈的城市”其中一个城市阿尔米拉，唯一的活动似乎是仙女们沐浴：“在早晨你听见她们在唱歌。”另一个城市更胜一筹：“克洛艾是最贞洁的城市，一种体态丰满的震荡不断地搅动它。”这近似马可·波罗作为讲故事者的其中一个原则：“虚假绝不是在语言中，而是在事物中。”

忽必烈抗议说，从此开始，由他来描述这些城市，而马可·波罗将启程去看它们是否存在。但马可·波罗拒绝忽必烈的典型城市，反过来提出一个样板城市，它只由例外的事物、被排斥的事物、不相称的事物、互相矛盾的事物构成。读者开始明白，真正的故事是爱幻想的马可·波罗与爱怀疑的忽必烈之间，永远的青年与永恒的老人之间进行中的争论。于是故事继续讲下去：在埃斯梅拉尔达，“猫、贼、私通者沿着较高的、不连贯的路线行走，从屋顶掉到阳台上。”或在死者的城市欧萨皮亚，“一个有笑眯眯的头盖骨的女孩，挤一头小母牛的尸体的奶。”

忽必烈就连这个也感到厌烦，遂下令马可·波罗停止他的旅行，跟他展开一场没有止境的棋赛。但这并没有放缓马可·波罗的步伐；棋子的运动成为看不见的城市的叙述线索。我们终于来到“非正义城市贝雷尼斯”，这座城市内有一座正义城市，而正义城市内又有一座非正义城市，如此类推。也就是说，贝雷尼斯是一系列城市，正义和非正义的，但所有未来的贝雷尼斯都已经是现在的贝雷尼斯，“一个包裹着另一个，一个限制另一个，一个填塞另一个，无法分开。”而由于这就是我们生活的地方，所以马可·波罗停下来。于是，再也没有“看不见的城市”了。

忽必烈与马可·波罗之间还有最后一场对话。忽必烈问道，那些应允之地在哪里？为什么马可·波罗不提新亚特兰蒂斯、乌托邦、太阳城、新和谐，以及所有其他救赎的城市？马可·波罗回答说：“这些地方，我无法在地图上绘制路线或确定登陆的日期。”但这时正在翻阅地图集的大汗，已想到“梦魇和被诅咒”的城市：巴比伦、人形兽国、美丽新世界等等。年迈的忽必烈在绝望中表白他的虚无主义：激流终于把我们冲到地狱城市。妙就妙在，最后一席话是说给马可·波罗听的，而他代表着读者心中仍抱有希望的东西。马可·波罗说，实际上，我们已经是在"生者的地狱"里了。我们可以接受它，这样我们便可以停止意识到它。但还有更好的途径，而这途径也许可称为伊塔洛·卡尔维诺的智慧：

> ……在地狱中寻找和学会认识谁和什么不是地狱，然后使他们忍耐，给他们空间。

卡尔维诺的建议再次告诉我们如何读和为什么读：在你的生命中保持警惕，了解和认识善的可能性，帮助它忍耐，给它空间。

结　语

把现代短篇小说分成两大敌对传统也即契诃夫式和博尔赫斯式来考虑，是十分有用的。

弗兰纳里·奥康纳尽管有其种种表面外貌，却是属于契诃夫传统，而伊塔洛·卡尔维诺则属于敌对的卡夫卡和博尔赫斯谱系。契诃夫式短篇小说不是幻想，不管它在弗兰纳里·奥康纳的作品中变得多么骇人。想成为托尔斯泰的海明威，是非常契诃夫式的，如同乔伊斯的《都柏林人》，尽管乔伊斯否认他读过契诃夫。契诃夫式小说常常突然地开始，简略地结束，根本懒得去填补我们预期在亨利·詹姆斯的短篇小说中（尤其是较长的短篇小说中）会缝合起来的豁口。不过，契诃夫依然预期你相信他的现实主义，相信他忠实于我们普通的存在。卡夫卡和他之后的博尔赫斯,则投身于幻景。卡夫卡和博尔赫斯不给你唱没有活过的生命的挽歌。

区分契诃夫—海明威模式与卡夫卡—博尔赫斯模式，并非总是容易的,因为两者的叙述风格都不一定对讲故事感兴趣,譬如像托尔斯泰在中篇小说《哈吉•穆拉特》中那样完整而彻底地讲述车臣英雄哈吉•穆拉特一生的故事。契诃夫和卡夫卡都是从一个深渊或真空创作;托尔斯泰非凡的现实感,其令人信服的程度只有莎士比和塞万提斯才能做到。但不管是契诃夫式还是博尔赫斯式,短篇小说都如同博尔赫斯所说的,构成一种根本性的形式。最好的短篇小说要求并奖赏多次重读。亨利•詹姆斯认为,短篇小说处于“诗歌结束和现实开始的敏感点上”。这使得短篇小说处在诗歌与长篇小说之间的位置上，而短篇小说的人物再次诚如詹姆斯所言，必须“如此奇怪、迷人地独特又如此可辨识地普遍”。

戏剧往往模仿情节;短篇小说常常不这样。尤多拉•韦尔蒂可能是我们健在的最佳美国短篇小说作家,她曾说过D.H.劳伦斯的人物“不是真正讲他们的话——不是谈话,不是说给彼此听——他们不是在街头讲话，而是如喷泉喷射或如月光散发或如大海掀起风暴,而他们的沉默则是邪恶的岩石的沉默”。劳伦斯是一位视域性的极端主义者，但韦尔蒂这个雄辩的观点适用于所有伟大的短篇小说,因为所有伟大的短篇小说都必须找到自己的形式,不管是契诃夫式还是卡夫卡式。在重要短篇小说中,现实变成怪诞,而幻景则变成令人不安地平凡。这也许就是为什么现在如此多的读者回避短篇小说集而购买长篇小说,即使短篇小说集质量要高得多。

短篇小说偏爱默契;它们迫使读者调动积极性,分辨作家所回避的解释。一如我前面所说的，读者必须颇刻意地慢下来，开始用*内在*的耳朵倾听。这样的倾听可以无意中听到人物的声音，以及正面听到；不妨把他们当成是*你的*人物，然后深思他们暗含的意思，而不是他们被描述的样子。与大多数长篇小说的人物不同，短篇小说人物置于前景或退入背景，基本上全由你来决定，让你去利用作家巧妙地提供的暗示。

从屠格涅夫一直到尤多拉•韦尔蒂和之后，短篇小说作家都避免作出道德判断。乔治•艾略特是最出色的长篇小说家之一，而《米德尔马奇》（她的杰作）则充满了迷人的道德判断。但是大多数技巧纯熟的短篇小说作家在道德判断方面都尽量省略，就像他们在情节的连续性和人物过去生活的细节方面都尽量省略一样。你，作为读者，将决定道德判断是否重要，然后你将作出你的判断。

读者可从契诃夫模式和博尔赫斯模式所提供的重要空白，获得巨大裨益。与此同时，我们必须小心提防所谓的象征，因为在技艺精湛的短篇小说中，往往是没有象征而不是有象征。就连莫泊桑那篇伟大的恐怖小说《奥尔拉》，也没有明白地把奥尔拉写成是象征式的，尽管我在上面曾表示莫泊桑的梅毒性疯狂与他的无名主人公着魔于奥尔拉之间，可能存在着某种关系。在一定程度上，出色的短篇小说避免象征就如同避免文学典故：纳博科夫是我试图为短篇小说归纳出“布鲁姆法则”的极其越轨的例外。纳博科夫频频指涉文学典故，尽管极少有象征。象征对短篇小说来说是危险的，因为长篇小说有足够的世界和时间来自然而然地遮掩象征，但短篇小说必然是较突如其来的，因而处理象征很难不显得唐突。

我以提供一个双重判断来作为我关于如何及为什么读短篇小

说的总结。这个双重判断就是，在契诃夫—海明威模式与博尔赫斯模式上，我们绝不必厚此薄彼。我们以不同理由需要它们；如果说第一个模式满足我们对现实的饥渴的话，第二个模式则说明我们对我们所假定的现实以外的东西的饥渴依然是多么地有增无已。显然，我们以不同的态度阅读这两大流派，用契诃夫来追求真实，用卡夫卡—博尔赫斯主义者们来追求把真实翻转过来。兰多尔菲的果戈理毁掉他的橡皮玩具妻子，而我们受其感染的程度，一点也不亚于受契诃夫笔下那个驻足两个寡妇的篝火旁给她们讲圣彼得故事的学生的感染。我们的反应的能量，在性质上是不同的，但是强度上则是一样的。

诗

导　言

我在组织这部分时，不是按年代顺序，而是按主题，且用并置来安排，因为诗歌往往比散文虚构作品或戏剧更不受历史约束。另外，正如我着重诗的内容而不是社会背景，所以我也不讨论诗歌形式。关于英语诗歌的体系、模式、形式、格律、押韵的所有问题，不可或缺的权威著作是约翰·霍兰德的《押韵的理由：英语诗歌指南》，该书的平装本很容易买到。我在这里的关注点，如同我在本书其他地方一样，是如何读和为什么读。至于如何读和为什么读，就诗歌而言，在我看来就是探索被创造出来的想象力的慑人境界。我认为，诗歌是想象性文学的桂冠，因为它是一种预言性的形式。

我以纯粹抒情的例子开篇，它们的作者是A.E.豪斯曼①、威廉·布莱克、沃尔特·萨维奇·兰多，再加上丁尼生的片断《鹰》②。这些作品，代表最经济又最沉痛的诗歌，并把我带向两篇最伟大的戏剧独白：丁尼生雄辩的《尤利西斯》和罗伯特·勃朗宁非凡的《罗兰公子来到暗塔》。接着，把惠特曼的《我自己之歌》与这些戏剧独白并置，

---

① 又译做霍思曼。——译注

② 丁尼生这首诗有一个叫做“片断”的副标题。——译注

作为美国诗人以爱默生所称的“依靠自己”的史诗取代戏剧独白的重要例子。接着是埃米莉·狄金森的“依靠自己”的抒情诗，然后重返维多利亚时代的英国，读埃米莉·勃朗特一首关于自己的猛烈抒情诗。狄金森和勃朗特的情绪和精神，与所谓的“民间歌谣”或“边境歌谣”有关系。我在这里分析我最喜欢的两首歌谣《帕特里克·斯彭斯爵士》和《不得安宁的坟墓》，然后转向英语中最伟大的无名氏诗作《汤姆·奥贝德兰》，这首令人惊异的疯狂歌谣莎士比亚也会想拥为己有。

这又引向莎士比亚三首最强有力的十四行诗。接着以自然次序介绍莎士比亚在英语中最伟大的后人：弥尔顿和浪漫派诗人们。我真希望有更多篇幅来讨论《失乐园》，但我还是概述了如何及为什么需要一读再读弥尔顿的撒旦。

现代诗真正的发明者华兹华斯的两首抒情诗也将在这里讨论，接着是柯尔律治不可思议的《老水手谣》，然后是雪莱和济慈最令人难忘的作品。我预留了简短篇幅讨论我最喜爱的四位现代诗人——W.B. 叶芝、D.H. 劳伦斯、华莱士·史蒂文斯和哈特·克莱恩——作为我的“结语”的序幕，因为这四位诗人共同继承了我在这里讨论的诗作的所有重要元素。

豪斯曼、布莱克、兰多和丁尼生

一股屠杀的空气从远方

　　那边的乡村吹入我心里：

那些记忆中的蓝色丘陵是什么样的，

那些尖塔、那些农场呢？

那是失去的满足的国度，
　　我清楚看见它发亮，
我去过的幸福的公路
　　我再也不能来。

这是A.E.豪斯曼的《西罗普郡少年》(1896)的第四十首抒情诗。它像豪斯曼很多诗一样，六十年来一直都萦绕在我脑中。我八岁时，经常边走边给自己吟诵豪斯曼和威廉·布莱克的抒情诗，我现在还这样，尽管不那么经常，但热情不减。如何读一首诗，最好的入门莫过于读豪斯曼，他简洁而经济的风格以其明显的单纯吸引人。这种狡猾的单纯掩藏着那种有助于定义伟大诗歌的深度和回响。“一股屠杀的空气”是令人叫绝的反讽，因为不管是作为咏叹调或作为记忆中微风的感觉，那歌或呼吸具有悖论意味地屠杀的时刻，恰恰也是它应增强生命的时刻。豪斯曼本人出生于伍斯特，小时候他喜欢西罗普郡，是“因为它的丘陵就是我们西面的地平线”。诗中“记忆中蓝色的丘陵”乃是以局部见整体，所代表的不只是理想化的西罗普郡，而且是一种超越式的“那边”，一种幸福，而沮丧的豪斯曼从未达至这幸福。在“那是失去的满足的国度”这一宣称中，含有自我被掏空的哀婉意味，因为那满足只是一种愿望。然而，在无比的肯定中，诗人坚持说“我清楚看见它发亮”，如同朝圣者坚持认为他确实看见耶路撒冷。那些“幸福的公路”只属于未来，这就是为什么豪斯曼不能再来。那种来迟了的语气，被完美地捕捉和抓住，因为我们最终看到的，是那种最悲哀的爱情诗，那种所纪念的只是一场青春之梦的爱情诗。

豪斯曼的直接性，有助于说明如何读诗的第一个原则：细读，因为任何好诗的真正标准是它完全经得起非常仔细的阅读。这里是威廉·布莱克，他远比豪斯曼伟大得多，但给了我们一首再次是看似简单而直接的《病玫瑰》：

哦玫瑰，你病恹恹！
那只看不见的昆虫
在黑夜里，在号叫的
风暴里飞行，

找到了你那
深红色欢乐的床，
而你的生命毁灭了
他黑暗的秘密的爱。

布莱克的语调与豪斯曼不同，是难以描述的。“黑暗的秘密的爱”已成为金句，用来形容几乎任何秘密情欲关系及其连带的毁灭。《病玫瑰》的反讽是猛烈的，在其无情方面也许是残忍的。布莱克所描写的，是再自然不过的，然而诗的视角却把自然而然本身变成社交仪式，在这社交仪式中阴茎的威胁与女性的自我陶醉对峙（在昆虫找到玫瑰的床之前，它是“深红色欢乐”的床）。就像豪斯曼那首西罗普郡抒情诗一样，《病玫瑰》大声朗读出来效果最好，这可能暗示它是某种咒语，某种针对自然和针对人性的先知式呐喊。

也许只有威廉·布莱克能够以如此短小的，只有三十四个字的抒情诗，承受一种如此黑暗的视域重负，但诗人们内心总有某种东西，喜欢把很多压缩成很少，以昭示其创造力的旺盛。我所说的“视域”，是指这样一种感知方式，也即人和物都是以一种增加的强度被看见的，而且这增加的强度具有某种灵性含义。诗歌常常是视域性的，它试图把读者驯服在一个世界里，在那里读者所瞥见的事物都含有一种超越的气息。

浪漫主义诗人沃尔特·萨维奇·兰多经常与人发生文学争吵，不断跟人打官司，这些行为颇有反讽意味地证实了他的中间名①。他写了不少出色的四行诗，它们令人惊叹地自欺，例如这首《七十五岁生日感言》：

我不与人争执，因为无人值得争执。
　我爱自然，其次是艺术：
我在生命之火前温暖双手；
　它熄灭，我也该离去。

如果我们年届七十五岁，我们无论如何也会想在生日那天，为自己也为萨维奇·兰多，喃喃吟诵这首墓志铭聊以自慰，同时高兴地知道它的不真实。一些非常短的诗，尤其容易记，因此我想趁机提出如何读诗的第一个重点：尽可能背诗。背诵曾是良好教育的主食，但它被滥用为死记硬背，于是遭错误的摒弃。在专心反复默读

① “萨维奇”(Savage)意思是“野蛮人”。——译注

一首找到你的短诗之后，就应背诵它，直到你发现自己拥有这首诗。不妨从丁尼生这首精心制作的《鹰》开始：

他弯曲的手抓住悬崖；
贴近寂寞国度里的太阳，
被蔚蓝色世界所环绕，他站着。

满是皱纹的大海在他底下爬动；
他从他的山壁观望，
然后雷电般落下。

这首诗是声音配合感觉的一次（成功的）练习，然而还有崇高的一面。那只鹰向我们想象力的识别能力示意。罗伯特•潘•沃伦写过令人惊叹的关于隼和鹰的戏剧性抒情诗，他曾在一次午餐结束时背诵丁尼生这首有力的片断诗给我听，然后说："我希望这是我写的。"如果你背诵《鹰》，你也许会觉得它是你写的，因为我们人人都有这首诗那高傲的渴望。

我年纪较轻时，是一位比现在要有耐性的教师。我曾经说服我在耶鲁的维多利亚时代诗歌课的同学们跟我背诵丁尼生卓越的戏剧性独白《尤利西斯》。这是一首把自己交给记忆的诗，也是一首交给那种必须被记忆拥有才会产生的批评眼光的诗。

在丁尼生这首激情的沉思之诗的边缘，盘旋着其他版本的尤利西斯：从荷马的《奥德赛》到但丁的《地狱篇》，再到莎士比亚的《特洛伊罗斯与克瑞西达》，甚至到弥尔顿在《失乐园》前几章中尤利西斯之变形为撒旦。丁尼生的《尤利西斯》既是指涉经典的，又是复调音乐的；它卓越地可记和易诵，也许是因为在很多读者心中有某种东西，如此随时禁不住要认同这位具有含糊意义的英雄，这位西方文学中永恒的中心人物。在莎士比亚那里臻于完美的含糊，成为引起我们对一个人的强烈感情的催化剂，不管这强烈感情是正面的还是负面的。丁尼生《尤利西斯》中的作者的意图，似乎是要表现生命必须向前走，尽管丁尼生本人对挚友阿瑟·亨利·哈勒姆英年早逝怀着无比悲痛。丁尼生不少最好的诗歌，是为哈勒姆写的哀歌，包括《悼念》和《阿瑟之死》。然而，独白者尤利西斯唤起读者深刻的含糊感，他开始时似乎把他经过这么多年历险后重见的家、妻子和子民，都描绘得恶劣而没有爱：

> 这又有何益呢：一个闲置的国王，
> 坐在这安静的壁炉旁，在这荒凉的碎石地面上，
> 还有一个与之匹配的老妻；我为一个野蛮的种族
> 制定和颁发不相称的法律，而他们
> 贮藏、睡觉、吃喝，全不知道我。

最后那番责备，似乎是尤利西斯郁结的核心，这郁结远远超过他提到忠贞的妻子珀涅罗珀衰老时不够殷勤的态度，也远远超过他对他制定但一点不打算改进的法律提出的不够说服力的抗议。那些粗鲁的伊萨卡人“全不知道我”——在尤利西斯自己看来，只有伟大和光荣才能够定义他。然而，这开头五行诗所表达的令人难忘的不满，是何等生动！千百年来，多少垂垂老矣的男人，有过这种

想法：他们自觉是英雄，别人却未见得作如是想。但是，尤利西斯不管多自私，仅此数行已见雄辩，而随着他继续说下去，我们负面或哑口无言的情绪亦迅速改变：

> 不旅行我无法安定：我将尝遍
> 人生的辛酸：我永远大起大落地
> 享乐和受苦，既有与那些我爱的人一起，
> 也有独个儿的；既有在岸上的，也有
> 当多雨的许阿得斯们[①]用急流
> 来烦恼昏暗的大海的时候：我变成一个名字；
> 因为我总是带着一颗饥饿的心漫游，
> 见得多、识得广；有着各种人
> 和风俗的城市，气候，会议，政府，
> 特别是我，在他们当中最负盛名；
> 与我的伙伴们共饮战斗的乐趣，
> 在远方多风的特洛伊那喧响的旷野上。
> 我是我全部遭遇的一部分；
> 然而一切经验都是一个拱门，那个未涉足过的世界
> 透过它闪闪发光，那世界的边缘
> 随着我前进而永远永远在后退。
> 把停下来的地方当做终点，是多么地沉闷啊，
> 未被擦亮就生锈，而不是在使用中生辉！
> 仿佛有呼吸便是生命。众多生命加在一起

① 许阿得斯，向大地施水的女仙们。——译注

都还嫌太少，何况我的生命
已所剩无几：但每个小时
都要从那永恒的无声无息中救出来，做更多的事情，
带来新的事物；再没有比这更糟透的了：
给自己储存和贮藏了三个太阳的能量，
却只有这白发人在热切地渴望
追求知识，像一颗沉落的星，
去到人类思想最尽头的边境外。

这大段诗，给读者递上了英雄身份认同，而你是很难拒绝的。这里的道德观预示了海明威的道德准则：要把一生痛痛快快地用尽，不同之处是斗牛士和大猎物捕杀者根本就无法跟这位英雄中的英雄相比。读者注意到，尤利西斯说到"那些爱我的人"，而没说他爱过或在爱着的人。然而，这行诗是多么令人感动啊："我变成一个名字。"因为，当我们想到这名字就是尤利西斯及其引发联想的一切力量时，他那种无足轻重的自我主义便消失了。"特别是我，他们当中最负盛名者"一旦与"我是我全部遭遇的一部分"结合，便失去其羞耻了。那行单音节词构成的诗句起到强调的作用，这样，那个双重的"我"便部分地屈从于那个追求者所追求并且找到的"全部"。在尤利西斯这句"仿佛有呼吸便是生命"中，回荡着莎士比亚式的活力和响应了哈姆雷特骚动不安的精神。这是一个老人在说话，拒绝接受一般对老人的看法。

这首诗，把我们带到发动一次最后旅行的边缘，这最后旅行并未被《奥德赛》（第十一章，100—152行）中那个不可思议的盲人先

知提瑞西阿斯预见到，因为提瑞西阿斯那时预言这位英雄死在“富足的晚年，/你的同胞在幸福的平静中围绕着你”（罗伯特·菲茨杰拉德译本）。丁尼生的来源，在精神上与这戏剧性独白迥然不同。那来源是但丁《地狱篇》第二十六章，该诗章把尤利西斯描绘成一个越界的追求者。但丁的尤利西斯离开了与他度过漫长旅程的女巫喀耳刻，但不是回到珀涅罗珀身边，也不是回到伊萨卡岛，而是扬帆越过已知的世界的尽头，驶出地中海，进入大西洋的混沌中。但丁悄悄地意识到他在《神曲》中的旅行与尤利西斯的最后追求之间有着深刻的相似性，但是这位基督教诗人却迫使自己把尤利西斯安排在地狱第八层。旁边是撒旦，因为撒旦是尤利西斯作为狡诈的军师的罪孽的原型。丁尼生的尤利西斯使但丁的罪人扬帆作最后的疯狂旅行，但是丁尼生的主人公并不是一个英雄兼恶棍。这位维多利亚时代的尤利西斯在他的儿子忒勒马科斯身上发现了真正的维多利亚人。他把忒勒马科斯描绘成有点自命不凡：

　　这是我儿子，我自己的忒勒马科斯，
我把权杖和岛国留给了他——
他很爱我，锐意要履行这个辛苦的
任务，以谨小慎微把一个粗犷的民族
驯化成温和，通过柔软的手段
将他们降服成有用和良好的人。
最无可挑剔的是他，当我不在时
置身于共同职任的领域的中心，
做事持重，在怀柔的

职位上不失职，并给予我的家神们
应有的崇拜。他尽他的本分，我尽我的。

这"很爱"相对于"他尽他的本分，我尽我的"这一表达力，并不是很可信。当尤利西斯从他这位德才兼备的儿子转向那些将与他一道作自杀式旅行的年老的航海伙伴，跟他们讲话时，读者能听到如释重负的语气。

　　港口就在那儿；船已张起了帆：
黑暗辽阔的大海阴沉沉。我的航海伙伴们，
与我同煎熬、共患难，跟我一样思想的众灵魂呵——
你们曾神采飞扬地欢迎
雷电和阳光，与对手们强大的心、
强大的额头作斗争——我们都已苍老；
然而老人有他的光荣和他的艰难；
死亡终止一切：但是在终止之前，
仍可以做点高贵的事情，
而不只是做不体面的男人，与诸神争吵。
光开始从岩石上皱缩，
漫长的白天退去：缓慢的月亮爬上来：深深的
呻吟声不绝于耳。来吧，我的朋友们，
寻找一个更新奇的世界还为时不晚。
出发，各就各位坐好，猛力在水面上
翻出响亮的犁沟；因为我的目标是

驶向落日之外，驶出所有
西方星星的浴盆，直到我死去。
也许我们会被海湾吞没，
也许我们将抵达“快乐岛”，
并见到我们认识的伟大阿喀琉斯。
虽然克服很多阻碍，但还有很多要忍受；虽然
我们现在已没有往日那种震天
动地的力量，但我们将以我们这个样子迎上去。
我们仍有英雄之心的勇气，
虽然被时间和命运耗损，但意志坚强，
要斗争、要探索、要寻找，绝不屈服。

“死亡终止一切”更像哈姆雷特而不是但丁（或丁尼生），而理据之有力，强如宣言，尤其是与尤利西斯对光和声响的极端敏感并置，就更为强烈：

光开始从岩石上皱缩，
漫长的白天退去：缓慢的月亮爬上来：深深的
呻吟声不绝于耳。

丁尼生以另一次对偶的声音的碰撞来结束他这首诗。这对偶的声音，一个具有普遍的人性（“虽然克服很多阻碍，但还有很多要忍受”），另一个明白无误地呼应弥尔顿的撒旦（“要斗争、要探索、要寻找，绝不屈服”）。撒旦提出那个大问题：“绝不屈服绝不顺从的

勇气：除了这个是不败的，还有别的么？”但丁和弥尔顿分别是天主教和清教的大诗人，他们原应说愿意向上帝屈服，但是丁尼生的尤利西斯在经历了与海神的斗争之后，却不大可能会向任何神明屈服。在上帝或英雄主义的可能性问题上，读者无论是站在哪一边，都会被丁尼生非凡的雄辩所感动，不管这首诗多么微妙地向我们暗示对尤利西斯持怀疑态度。

有关如何读这首崇高的诗，我们已略作说明，但为什么我们应继续读它呢？伟大诗歌带来的乐趣，是很多而且很不一样的，而丁尼生的《尤利西斯》在我看来是一种无穷尽的愉悦。诗歌极少能够帮助我们与他人融为一体；这只是一种美丽的理想主义吧了，除了在某些奇异的时刻，如同坠入爱河那一瞬间。孤独是我们生命状况中较常见的标记；我们如何使这孤独住满人？诗可以帮助我们更清楚和更充分地跟自己讲话，以及*无意中听到*那讲话。莎士比亚是这种无意中听到的最雄伟的大师；他的男人和女人是我们的先驱，如同他们也是丁尼生的尤利西斯的先驱。我们跟我们自己身上的另一性讲话，或跟也许是我们自己身上最好和最古老的东西讲话。我们是为了找到自己而读，这自己要比我们在别的情况下可能希望找到的更充分也更奇异。

罗伯特·勃朗宁

多年来，我都在教学中告诉人们，无意中听到自己，乃是莎士比亚主要戏剧人物独有的原创性，至于我在哪里第一次遇到这个概念，我已想不起来。不过，写到前面那段时，我突然想起丁尼生的同代人、哲学家约翰·斯图亚特·穆勒。穆勒的随笔《什么是诗》(1833)在谈到莫扎特的咏叹调时说:“我们想象它被无意中听到。”穆勒暗示说,诗歌也是无意中听到而不是认真听到。我想讨论丁尼生的真正对手罗伯特·勃朗宁的一首杰作。勃朗宁由于确实很难懂,所以如今已大受忽略。《罗兰公子来到暗塔》,其标题来自莎士比亚《李尔王》第三幕第四场结束时埃德加所唱的一首歌的片断:

> 罗兰公子来到暗塔,
> 他的话无声,“咄、呸、啐,
> 我闻到一个英国男人的血腥味。”

这埃德加令人厌恶地装扮成一个到处流浪的“吼叫的疯汤姆”;一个汤姆·奥贝德兰式的乞丐,有时候亦称为装疯乞丐。埃德加唱的,被假设是引自一首古老民歌的片断,但这首民歌一直找不到,而我怀疑是莎士比亚自己杜撰了这些恐怖的儿歌。在本章稍后,我将引用并讨论英语中最伟大的“疯歌”、无名氏所作的《汤姆·奥贝德兰》。《汤姆·奥贝德兰》是在一本一六二〇年的文学剪贴簿中发现的,而这首诗是如此壮丽,我希望我可以把它认做是莎士比亚写的,仅仅因为它如此出色!不管埃德加的歌是不是莎士比亚杜撰的,但勃朗宁却受其启发,写下他所有戏剧独白中最令人诧异的作品:

> 1
>
> 我最先想到的是,他每个字都是谎言,

这个白发瘸子，他的毒眼斜斜地
望着他的谎言如何在我身上
生效，嘴巴几乎按捺不住
唇边那噘起又缩回的得意，
得意于又逮到一个猎物。

2

他，带着他的拐杖，还会有什么别的企图？
还会有什么，除了用他的谎言拦截和诱骗
所有看见他守候在那里并向他
问路的旅人？我能猜到他会爆出什么
骷髅似的笑声，那拐杖会开始为我写什么墓志铭
以便在尘土滚滚的大路上消遣。

3

若依他的指示，我就得转向另一边
进入那块不祥的地带，那里，所有人都认为
隐藏着那座暗塔。然而我默默听从，
真的按他的指示：与其说
看见尽头重燃骄傲和希望，
不如说高兴于也许已来到某个尽头。

4

因为，由于我已经走遍全世界，

由于我的寻找已有这么多年，我的希望
也已逐渐幻灭为一个鬼魂，再也无力对付
成功所能带来的喧闹的快乐，——
所以我已懒得去叱责我的心
因眼看就快失败而起的悸动。

这个彻底绝望的讲话者到底是谁？一个“公子”是一个仍未成为骑士的高贵青年，但仍只是骑士候选人，尽管诗中这个骑士只想加入一个失败传统，重蹈那些寻找暗塔的人的覆辙。我们从未被告知，暗塔里住着什么人，或藏着什么东西，但大概是那个大喊“咄、呸、啐，我闻到一个英国男人的血腥味”的食人魔。前景着实可怖，但并不比这位消极英雄公子沿途经过的令人心惊胆战的荒原更骇然：

10
于是我继续走。我想我从未见过
这么枯槁卑劣的自然；寸草不生：
想见到花——倒不如希望见到雪松！
但是鸟蛤、大戟，根据它们的法则
也许会繁殖它们的种类，用不着害怕，
你会这样以为；但牛蒡草已是宝。

11
不！贫瘠、无生气和丑怪，

说来有些奇怪地，却是这土地的一部分。“要么看，
　要么闭上你的眼睛，”自然悻悻地说，
“它一毛不长，我也拿它没办法：
最后审判的烈火才治得了这地方，
　焚毁它的泥土，释放我这些囚徒。”

12

如果拔起任何一株高出其同伴的
　烂蓟茎，那个头也是已经断了的；要不然
　苇草会嫉妒。是什么使酸模那粗硬黝黑的叶
穿了一个个洞窟，遍体鳞伤得
熄灭所有绿色的希望？必定是一头畜牲踩过，
　怀着畜牲的意图，踏碎它们的生命。

13

至于青草，则稀少得如同麻疯病人的
　头发；瘦小干枯的叶片刺痛泥土，
　泥土在下面看似被揉皱，带着血。
一匹僵直的盲马，每根骨头都瞪着，
它麻木站着，不管它怎样来到这里，
　反正是不中用了，被撵出了魔鬼的马群！

14

活着？说不定已死了，

那一小块憔悴的赤脖子还吊着，
眼睛在生锈的鬃毛下紧闭；
我没去过这么怪、这么惨的地方，
我没见过这么可憎的畜牲；
它一定是邪极了才落得这下场。

如果我们与这位罗兰骑马并行，是否会像他这样见到如此畸形如此破败的风景，这是一个难以回答的问题。但是看到那匹似乎被描写得不容置疑的可怕的马，既不像活也不像死，我们会惊呼“不中用了，被撵出了魔鬼的马群！”还是转而作那番孩子似的反省“我没见过这么可憎的畜牲；/ 它一定是邪极了才落得这下场”？

你甚至不会让一个小孩单独跟一只受伤的小猫在一起，而我们不禁要担心让罗兰公子单独骑马是否安全。罗兰对自己亲眼目睹感到绝望，遂试图召唤寻找暗塔的先驱者们的形象，但是他仅记得那些被他斥为叛徒的亲爱朋友。“那就回到我那黯淡的路途！”他呐喊道，然而我们要知道，读者难免要质疑公子放眼所见的事物。T.S.艾略特笔下那残酷的荒原相对于这片风景而言，似乎只是小巫：

20
如此委琐，如此怀恨！一路
低矮的桤木跪倒在它上面；
湿透的柳树在无声的绝望中
向前扑倒，像一群自杀者：

这条虐待它们的河流，不管是什么
　虐待，总之它滚滚而去，一无所碍。

21

当我涉水而过——天呀，我多害怕
　一脚踏在一个死人的脸上，
每一步都！或感到我捅下的
　探索空隙的长矛，会缠住他的头发或胡须！
——我长矛刺到的也许是一只水鼠，
　但是唷！那听上去像婴儿的尖叫。

22

当我抵达彼岸，我真高兴。
　现在该是进入个好地方了。虚妄的揣测！
谁是战斗者，他们在进行什么战争，
野蛮的践踏才会把阴湿的土
踩得这样飞溅？某个毒水坑里的蟾蜍，
　或某个赤热的铁笼里的野猫——

23

战斗看来一定是发生在那个残酷的环形凹地。
　是什么把他们逼到这里，若大一个平原竟没一处可选择？
没有脚印引向那个可怖的鸟笼，也没有脚印
引向外面。疯狂的酿制材料搅乱他们的脑子，

无疑！像土耳其人为了消遣而让划船奴隶们
互相杀戮，让基督徒跟犹太人较量。

24

还不止于此——一里外——唷，那里！
那架机器可以用来干什么样的坏事呀，那轮子，
或者车闸，不是轮子——那个耙，用来
把人肉像丝绸一样绞出来？完全是一件
地狱工具，被不知不觉留在了地面上，
或从地狱里拿上来磨利它那生锈的钢牙。

25

接着出现一小块残地，似乎曾经是一座树林，
然后是一片沼泽，而现在只是绝望而荒废的
烂土；（如同一个傻子为了找乐趣，
做了一件东西，再把他毁掉，等他情绪
变了，他便一走了之！）几尺外——
又是沼泽、黏土和碎石，沙和荒无的黑色贫瘠。

26

一会儿是化脓的疹块，颜色灰暗阴郁，
一会儿是干瘪的土壤皱成
一团团或疖或疮之类的物质；
接着是一棵瘫痪的橡树，树身一条裂缝

像一个扭曲的嘴巴，对着死亡时惊恐地张口，
　周边裂开，然后在退缩时死去。

诚如爱默生所言，我们是什么，我们便只能看见什么。正是基于这点，读者在勃朗宁的罗兰身上看到一个如此满目疮痍的求索者，以致我们很难在文学上找到一个对等者。但丁在巡视地狱时，总是避免像“但是唷！那听上去像婴儿的尖叫”之类恐怖地含糊的效果。第二十四诗节中的耙，也许是一件酷刑工具，但读者已开始怀疑了。看来，好像是罗兰本人破坏和扭曲他所见的每一样事物，因而，也是他无法看见他所求索的目标，直到已经太迟：

27

还远远不是终点！
　不是指距离，而是指夜晚，别
　再把我的脚步往前移了！这个念头刚冒出，
便有一只巨大的黑鸟，魔鬼亚坡伦的知心朋友，
掠飞而过，龙翼似的大翅膀擦过我的帽子时
　并不猛击——也许它正是我想要的向导。

28

因为，抬头一望，虽然暮色苍茫，
　但我渐渐发现，平原已让位给
　周围的群山——说是群山，实际上
无非是映入眼帘的丑陋的高处和土丘。

它们怎样让我吃惊——这谜你来解吧！
　摆脱它们绝不是容易的事。

29

然而我似乎隐约看出某种恶作剧的诡计
　发生在我身上，天知道什么时候——
　也许是在噩梦中。这里是终点，那就
朝另一边进前。就在要放弃的当儿，
又一次，突然咔嚓一声明白到，
　如同陷阱关上——你已在笼子里！

那只巨大的黑鸟绝不可能是魔鬼亚坡伦的知心朋友。在《圣经·启示录》中，亚坡伦被称为"无底坑的天使"。就我所知，在激起崇高感方面，英语诗歌很少能达到这首诗最后几节那样的效果：

30

炽烈地，我一下子恍然大悟，
　这就是那地方！右边那两座山
　蹲伏如两头公牛角抵着角在打架；
而在左边，一座剥去头皮的高山……笨蛋，
糊涂虫，一辈子的训练就是为了看这个，
　却当着它面前打瞌睡！

31

在中间屹立着的，不正是那座塔吗？
那座蹲伏着的圆塔，盲目如愚人之心，
　用褐石砌成，在世界上见不到
另一个。暴风雨恶作剧的小精灵
也是这样，等到船板剧烈震动时
　才向船长指出他撞上的暗礁。

32

没看见？也许因为夜晚？——那就等到
　白天再来看个究竟吧！夕阳在离开前
　透过一条裂缝作垂死燃烧：
那些丘陵，像狩猎的巨人，躺下来
手托着腮，看着猎物挣扎，——
　“现在一刀捅死它——重重地！”

33

听不见？当周遭都是喧嚣！它像钟声
　愈来愈响。我耳中升起所有
　其他丧命的冒险者的姓名，——
这个曾经多强壮，那个曾经多勇猛，
另一个又多幸运，然而失去了的，
　就让它失去吧！一刻的丧钟敲响多年的悲痛。

34

他们站在那里，并列在山边，齐齐来看
　我的结局，一个活框架
　用来多装一幅画！在一片光焰中
我看见他们，我全认识他们。然而，
无畏地，我把号角凑到嘴边，
　吹响。“罗兰公子来到暗塔。”

从第三十节开头的“炽烈地”，一直到“在一片光焰中 / 我看见他们，我全认识他们”，你与罗兰一同站在威廉·巴特勒·叶芝所称的“火的状况”中。在一生受了去辨识你旅程的最终目标的训练之后，你竟完全看不见你在哪里，直到太迟了才发现。此时罗兰所面对的，是什么样的食人魔，或这个食人魔是谁？这首雄伟的诗告诉你根本没有什么食人魔，只有暗塔：“在中间屹立着的，不正是那座塔吗？”而那座暗塔是某种卡夫卡式或博尔赫斯式的不解之谜；它没窗户（“盲目如愚人之心”），并且既是平凡得无以复加，却又独一无二。罗兰听到的暗塔的声音，不是食人魔的声音，而是他的前驱者们的鬼魂的声音，那些出发去进行死亡冒险的兄弟们。罗兰追求的——也许是朦朦胧胧地——不只是失败，而是直接面对他先前的所有失败的冒险者。在垂死的落日余晖中他似乎听见巨钟敲响，但他辉煌地集中意志和勇气，迎接那应是他的最后时刻。他顽强地吹响那号角（它是十八世纪少年诗人和伪诗作者托马斯·查特顿误

拼“口号”来指“号角”的词)[1],如同雪莱在《西风颂》结尾时吹响“预言的号角”:

把我的死思想驱赶到全世界,
像枯叶一样,来加快新生!
并且,通过这首诗的咒语,

如同从不灭的火炉扬起灰烬
和火花,在人类中散播我的话!
通过我的双唇向沉睡的大地

吹响预言的号角!啊,西风,
如果冬天来了,春天还会远吗?

勃朗宁在“吹响”之后不是加上冒号,而是句号,这显然表示最后一句“罗兰公子来到暗塔”不是号角发出的信息。由于这首诗是勃朗宁在一场噩梦中获得的,因此这可能意味着整首诗是循环式的,意味着罗兰必须一次次重新经历。但我认为,普通读者不会这样看待此诗,而普通读者是对的。勃朗宁这首他最伟大的戏剧独白,并不是在循环式的绝望中结束,而那个冒险者,虽然是一个虚无主义者和自我毁灭者,却在最后面对所有他之前那些失败的暗塔寻找者时,挽回荣誉。根本没有食人魔,只有其他自我,以及自己

① “号角”原文为slug-horn,这是苏格兰文slughorne(意为口号)的误拼,查特顿误拼之后,用它来指号角。——译注

的自我。在最后四节，激昂的精神涌起，而这光荣之属于同情的读者，一点不亚于属于罗兰公子。我们已更新了自我并扩大了自我，尽管它是绝望的，尽管它自杀式地追求失败。这首诗下降的深度，变成了它最后的胜利的音乐的证据。

沃尔特·惠特曼

丁尼生和勃朗宁的戏剧独白代表着诗歌的一个重要形式：内省的，以及最终除了那个强大的自我及其忍耐和顽强的力量外，就是对一切绝望。是英语诗歌传统，从莎士比亚的哈姆雷特和弥尔顿的撒旦直至浪漫主义，塑造了《尤利西斯》和《罗兰公子来到暗塔》。丁尼生和勃朗宁在美国的两位伟大同代人，是沃尔特·惠特曼和埃米莉·狄金森。惠特曼和狄金森都是独创者，他们与英诗传统的关系要含糊得多。如果，像我所说的那样，我们为什么读的一个理由是增强自我，那么惠特曼和狄金森就是这方面的根本性诗人。美国的"依靠自己"的宗教，是决定性地由拉尔夫·沃尔多·爱默生发明的，这宗教在惠特曼和狄金森身上发扬光大，但是以令人震惊的不同方式。爱默生教导人们自我信任：别在你自己以外寻找你自己。沃尔特·惠特曼的《我自己之歌》是爱默生的教导的直接后果。埃米莉·狄金森则较闪避，她的抒情诗把自我信任推至意识的音高的更高位，几乎比莎士比亚之后任何其他诗歌都要高。

在莎士比亚那里（如同我已指出的），非凡的意识最擅长于无意中自己听到：哈姆雷特、埃古、克娄巴特拉[1]、普洛斯佩罗。狄金森

① 又译克莉奥佩特拉。——译注

保留这一莎士比亚特质，但惠特曼常常试图超越它。无意中听到你自己，其震撼在于，你认识到一个意想不到的另一性。惠特曼，尤其是在《我自己之歌》和《海流集》里的《当我与生命之海一起退潮》，把自己的存在分成三个：我自己、“真正的我”或“我本人”和我的灵魂。这种通灵制图学是高度原创性的，很难纳入弗洛伊德模式，或任何其他心灵地图。然而，它却是我们为什么应该读惠特曼的主要理由之一。他是一个巧妙而细微的诗人，与他大多数过去或现在的诠释者所理解的非常不同。

虽然他宣称自己是民主的诗人，但惠特曼在他最好和最典型的时候，是一个难懂的诗人，一个隐逸的、精英主义的诗人。我们绝不需要怀疑他对他所设想的读者的爱，但他的自我描绘常常是一个面具，他通过这个面具来歌唱。没有一个单独*真正*的惠特曼；这个诗人（不同于这个人）常常更多是自我性爱而不是同性爱，更多是“孤独的歌手”而不是受侮辱和受损害者的颂扬者（尽管他也很在意成为这样的颂扬者）。我不是要暗示说，惠特曼是一个变戏法似的人，但有时候他拿走了他所给予的，也即他对民主前景的意识，因为他的艺术就像一个梭子。然而，他永远有一种丰富性；在美国诸多诗人中，只有他和狄金森显示出华莱士·史蒂文斯后来向他们偷师的那种“繁花般的丰饶”。

我们最熟悉（或以为我们最熟悉）的惠特曼，是“惠特曼，一个粗人，一个美国人”，但这只是《我自己之歌》的吟唱者的面具。惠特曼对此远远更自知，因为他是一个令人吃惊地难懂的诗人，尽管他自己的看法恰恰相反。他的作品*看上去*可能很容易，但却是精细而闪避的：

这一切日日夜夜来我这里又从我这里离开,
但它们不是那个我本人。

离远拉拉扯扯,站着那个我所是,
逗乐地、满足地、怜悯地、悠闲地、单个地站着,
俯视、直立,或把一只臂搁在某个触摸不到的支架上,
斜歪着头看,好奇地想知道接着会发生什么,
在游戏中又在游戏外,对着它观望和讶异。

这个“我本人”既优雅又孤独,他是平静的,却又很敏感,担心受侵扰。惠特曼以一个拥抱来开始《我自己之歌》,这拥抱更多是裸体派的而不是同性爱的,介于他的外部自我与他的灵魂之间。那灵魂对他而言似乎基本上是一个谜,但可视为性格或道德观,不同于人格或那个粗鲁“男子气概”的自我。然而,那真正的我或“我本人”与惠特曼的灵魂的关系只能是一种消极的关系:

我相信你我的灵魂,那另一个我所是一定不可以让它自己对你卑躬屈膝,
你也一定不可以让自己对另一个卑躬屈膝。

“我”是《我自己之歌》中的“我自己”,或惠特曼的诗歌人格。“那另一个我所是”是那个“我本人”,他真实、内在的人格。惠特曼害怕他的性格与他的真实自我之间的互相卑躬屈膝,两者似乎都只有能力维持一种施虐受虐式的主仆关系,最终会互相摧毁。读者

可以推测，“惠特曼，一个粗人，一个美国人”之所以存在，是为了防止这种势必会发生的互相摧毁。惠特曼非常清楚他的诗歌面具，因为（按维柯的说法）我们只知道我们自己所做的。他也清楚他的内在自我或“真正的我”，应该说，当我们想到我们之中很少人能对自己有这种认识时，惠特曼对自己的认识之透彻是令人震惊的。惠特曼知之甚少的，是他所称的“我的灵魂”；“相信”即是不知道，而是纵身作信仰的一跃。惠特曼式的灵魂，有点像永恒的美国的灵魂，是一个谜，而读者从未觉得惠特曼对它感到放心，尽管他在《我自己之歌》开头来一个和睦的拥抱。我们逐渐觉得，“我本人”是惠特曼最好和最古老的部分，可追溯至创世之前，而灵魂则属于自然，是自然中的未知元素。我们通过阅读惠特曼而清楚地认识到很多美国人似乎模糊地认识到的东西：也即美国的灵魂是不能感到自由的，除非它是单独的，如同我们的福音派教徒们所说的，“单独与耶稣在一起”。惠特曼是他自己的基督，然而他与那个美国灵魂共搏动，并把它转化为也许是他众多不同力量中最伟大的力量，那力量藐视自然，而与他的灵魂结合，因为它们在彼此之间找到自己的力量：

那日出将多么眩目而巨大地迅速扑灭我，
如果我不能现在和永远地把日出从我身体里赶出去。

我们也眩目而巨大地升起如太阳，
我们在破晓的平静和清冷中找到我们自己噢我的灵魂。

从我（面具的惠特曼）到我们（也即自我和灵魂的融合）的运动，是这个崇高的日出的胜利。惠特曼是所有美国作家中最雄伟的（甚至盖过埃米莉·狄金森和亨利·詹姆斯），他超越了发现他自己的灵魂是不是可知的这个局限。自然与惠特曼之间的争持，是控制权，而这里的解决有利诗人。如何读这个段落，应着重那个大胆的“现在和永远”，这是那巨人式的“依靠自己”发出的非凡宣言。我现在和永远都发现“为什么读”这个问题愈来愈引人入胜。对《我自己之歌》作一次耐心、深度的阅读，有助于我们找到“那不可知的东西”之真相。一个孩子问惠特曼：那草叶是什么？诗人无法回答：“它是什么，我知道的并不比他多。”然而正是那不知道刺激诗人去作一系列形象的描绘：

我猜它一定是我的性情的旗帜，用充满希望的绿色材料织成。

或者我猜它是上帝的手帕，
一件散发香味的礼物和故意掉下的纪念品，
在角落某处刻着主人的名字，好让我们能看见并问道：谁的？

或者我猜那草叶本身即是一个孩子，植物产生的婴儿。

或者我猜它是一种标准的象形文字，
而它的意思是，在广阔地带和狭窄地带都一样抽芽，

在黑人中生长如同在白人中，
卡努克人、茯苓人、国会议员、库伏人，我给他们同样的东西，也接受他们同样的东西。①

而现在我觉得它似乎就是墓头那未剪过的美丽头发。
我将温柔地使用你鬈曲的草叶，
也许你是从年轻男子胸膛生长出来的，
也许如果我认识他们我会爱上他们，
也许你来自老人，或来自很快离开母亲襁褓的婴儿，
而在这里你就是母亲们的襁褓。

这草叶非常暗，不会是来自老母亲们的白发，
比老翁无颜色的胡子还暗，
来自微红的口腔顶的暗。

“我的性情的旗帜，用充满希望的绿色材料织成”表明新鲜的草叶是拉尔夫·沃尔多·爱默生所称的“新鲜性”的象征。爱默生的“新鲜性”是指新鲜精神能量的超验性涌入。对惠特曼来说，这种新鲜性是紧接着《我自己之歌》开头——也是一生作品开头——那个假定的自我与未知的灵魂之间的象征性拥抱而来的。他与他的灵魂之间的关系是有希望的，但以伊壁鸠鲁的方式接受其局限②。《草叶集》，他的谜一样的书名，把西方诗歌的主要隐喻“叶”——它是

① 卡努克人指讲法语的加拿大人；茯苓人指弗吉尼亚州东部人，他们吃茯苓；库伏人指非洲为星期五出生的男子起的表明星辰的名字。——译注

② 指上面所引的“那不可知的东西”（伊壁鸠鲁的话）。——译注

荷马式对个体生命之短暂的接受——与来自《以赛亚书》和《诗篇》中关于一切肉体都令人痛苦地短暂如草的意象结合起来。然而书名《草叶集》超越其必死性的阴郁暗示，变成了对我们身上一种普遍存在的实质的肯定。“而无边无际的是田野里僵硬或低垂的草叶，”就在那一系列有关“什么是草叶”的猜测之前，惠特曼这样写道。卖弄风情的“上帝的手帕”的巨大魅力，让位给草叶本身即是孩子、即是消解一切种族和社会差别的标准形象文字这一视域，以及让位给那美妙地独创却又是荷马式的“而现在我觉得它似乎就是墓头那未剪过的美丽头发”。

一种预示着海明威风格的美国风格，从草叶诸多变形中最具超现实主义的变形中显现:“这草叶非常暗，不会是来自老母亲们的白发。”我们需要读惠特曼，不仅因为他提供给我们新视角的震撼，而且因为他依然在预言着那个未解的美国意识之谜。一个不断变得更加美国化的世界，同样需要读惠特曼，不只是为了理解美国，而是为了更好地理解它在生成的过程中到底是什么。

狄金森、勃朗特、民谣和《汤姆·奥贝德兰》

埃米莉•狄金森，从社会角度看，属于彬彬有礼的传统，却在她众多最强大的诗作中打破西方思想和文化的延续性。在这方面，她与她最伟大的同代人惠特曼恰恰相反，后者紧跟他的导师爱默生，而且主要是一个在形式和诗歌立场上的创新者。狄金森像莎士比亚和威廉•布莱克一样，为她自己而把一切都透彻地重新再思考一遍。我们读狄金森，就得准备好与她在认知上的原创性作斗争。而我们得到的奖赏将是独一无二的，因为狄金森教导我们更微妙地思考，且带着更清醒的意识，意识到打破在我们内心根深蒂固的惯常反应方式，是多么地困难。

狄金森是如此原创，以致要准确地归类她，几乎像归类莎士比亚一样不可能。他们是基督徒诗人还是虚无主义诗人？莎士比亚隐藏在他的人物中，且似乎很小心地不让我们知道到底哈姆雷特和福斯塔夫是不是代表他说话，或是不是只说给他听。狄金森数十首强大的诗中，哪一首特别代表她那灵巧而多变的意识？她的书信无助于回答这个问题（就像它们无助于破解她的性心理），因为它们并不是任何普通意义上的书信，而是散文诗，都写得犀利如她的抒情诗。

复活的基督和救世主基督对狄金森没有什么意义；然而基督的受苦却非常接近她，任何战胜受苦的暗示就更加接近了，因为受苦是她主要的模式之一。狄金森虽然从来不是一个正式基督徒，却浸透着《圣经》，她可以把自己写成“骷髅地的女皇”[①]和“圣灵的新婚”。这些隐喻是含糊的，在很大程度上是个人神话的一部分，而她坚持活在个人神话中，尤其是在她晚年。她熟读《圣经》就如同她熟读莎士比亚和狄更斯，寻找可以拿来融入她自己的戏剧的人物。狄金森是一位如此令人望而生畏的反讽家，以致那个故事中的任何部分都不能按其字面意义来解读。我们有足够的传记资料，知道狄金森的戏剧是一部爱欲的丧失的戏剧：也许是失去查尔斯·沃兹沃思[②]，以及她的嫂嫂苏珊；更有可能的是，塞

① 骷髅地是耶稣被钉上十字架之地。——译注

② 沃兹沃思（1814—1882），狄金森与他建立强烈而深刻的友谊，很多学者认为狄金森爱上了他。——译注

缪尔·鲍尔斯[①]和法官奥蒂斯·菲利普斯·洛德[②]。然而，就连爱欲的丧失也被狄金森转化为诗歌意象。在所有这些关于人类丧失的壮丽诗篇中，最使我难以忘怀的是"诗第1260号"：

因为你就要走了
且永不会再回来，
而我，不管多么绝对
也有可能忽略你的足迹。

因为死亡是最后的，
不管它最初是什么，
所以愿这个瞬间悬挂
在必死性之上——

我俩都曾活过，这意义
却要留给我来发现，
这发现就连上帝自己
也不可能将它消除。

永生立即变成假设，
当我在那一刻觉察到

① 鲍尔斯(1826—1878)，美国出版家和编辑，狄金森的知交。——译注

② 洛德(1812—1884)，狄金森的朋友，据猜测，在洛德妻子逝世后，他可能与狄金森发生浪漫关系。——译注

曾经是存在的你
已经忘了活——

那就是说对“此生”
我也一无所知——
如同天堂是假的
除非它是你的王国——

“来生”对我来说
也就会是一个太单调的地方
除非我在我的救世主的脸庞
认出你的面容——

至于怀疑不朽的人，
他可以跟已被你朦胧的脸庞
缩减了的我交换
除了上帝外的一切——

至于天堂和地狱，我也愿意
把斥责的权利让给任何人
只要他愿意拿这面容
交换他较不宝贵的朋友。

如果“上帝就是爱”，就像他承认

我们一定会对他作如是想的，
因为他显然告诉我们
他是一个“嫉妒的上帝”；

如果就像他也承认的，
对他而言“一切都有可能”，
那么他最终将退还给我们
我们被没收的诸神——

法官洛德是不是“我们被没收的诸神”中的一个例子，我们不知道，但是当我们读到“曾经是存在的你/已经忘了活”时，我们任何人都可能会生畏。“绝对”的意思可能是“完美”，也就是“纯粹”，因而是“完整”的。我觉得这首猛烈的诗，是绝对狄金森式的：强大、不妥协，并且随着灵魂自己的音乐大踏步前进。她吁请她那位也许是临死的情人在诗中那片刻“悬挂/在必死性之上”。她的争执，不是与死亡或上帝的争执，而是首先与那位即将离去的情人，其次是所有用来安慰丧痛的传统见识。读者如果对自己大声吟朗这首诗，也许可以在一定程度上感受到狄金森超自然的力量，而这力量在某种程度上正是藐视幼稚的安慰。然而这首诗最大的力量在于它那非凡的依靠自己，在这点上狄金森堪与惠特曼和他们的共同先行者拉尔夫•沃尔多•爱默生匹敌。“诗第1260号”如同赞美诗，阔步穿过它的十个四行诗节，带着一种成就感，这成就感就是爱情所发现的东西，它是连上帝也无能力把它毁灭的。

最能与埃米莉•狄金森这种激情的权威媲美的，可以在《呼啸山庄》的非凡洞察者埃米莉•勃朗特几首不朽的诗中找到：

常常遭叱责，然而总是回来，回到
　那些我与生俱来的最初感觉，
离开对财富和知识的忙碌追逐
　宁愿不切实际地梦想不可能的事情：

今天，我将不会寻找那个多阴影的地区；
　它那难以维持的辽阔笼罩着郁闷；
幻象升起，一团又一团涌现，
　把不真实的世界带来，太陌生地逼近。

我将散步，但不是走往昔的英雄路，
　也不是走高度道德的途径，
也不是走在似曾相识的面孔中间，
　那些早已逝去的历史的朦胧形体中间。

我将走在我自己的本性指引我的地方——
　选择另一个向导会使我心烦——
那里灰色的羊群在多蕨的山谷吃草，
　那里狂野的风在山边吹袭。

那些寂寞的群山有什么值得显露？
　其光荣之眩目悲伤之痛切我无法说清：

那片唤醒一颗人心去感觉的土地，

可成为天堂与地狱两个世界的中央。

这在根本上就是《呼啸山庄》视域中天堂和地狱的宇宙，希思克利夫和凯瑟琳·恩萧童年时一起在此分享"那些最初的感觉"，那是一个既"不真实"却又比任何社会现实更丰富的世界。埃米莉·勃朗特微妙地选择第三个王国，既不是那叱责她的"忙碌的追逐"也不是那个有着崇高的"难以维持的辽阔"的"多阴影的地区"，而是凭着狂野的冲动走在"我自己的本性指引我的地方"，某种完全属于她自己的东西，既不是社会的，也不是纯粹幻想的。她这首《诗节》很不容易，因为它既不是走呼啸山庄之路，也不是走画眉山庄之路，这两个庄园是她仅有的这部小说中两个对立的地点。她只关心"一颗人心"，她自己的心，如何接受启示，不是教条的启示而是"寂寞的群山"的启示。她大胆而又生气勃勃的最后意象，是向她的北方风景敬礼，在她自己的创作精神内部把北方风景视做天堂与地狱这一对立的中央位置。勃朗特这首诗如同狄金森的《因为你就要走了》一样，既对立又依靠自己，但它表明一种甚至比狄金森的自由更寂寞的自由，因为狄金森是纪念情欲丧失，而勃朗特的浪漫故事却完全是视域性的。孤独是灵魂的状态而埃米莉·狄金森和埃米莉·勃朗特都充满激情地分享这状态。

《呼啸山庄》的世界和埃米莉·勃朗特的抒情诗的世界，与英格兰和苏格兰民谣的世界有很多共通之处，后者也具有埃米莉·勃朗特作品中弥漫的狂野自由所带来的充沛创作活力，尽管民谣在效果上甚至更富戏剧性和更突如其来。民谣存在于所有民族中，它们是一些短叙事诗，总是无名氏的，并且常常从一片土地传至另一片土地。它们源自中世纪末期，由传奇故事的歌手们朗诵，但很多民谣直到十八世纪才被写成文字记载下来。我们有大量作于大约一二〇〇年至一七〇〇年的诗歌，无疑，它们在这过程中被严重修改过。由于它们属于英语中最好的诗，因此读它们是非常有裨益的，不仅因为它们本身的价值，而且也因为它们被众多诗人模仿，包括威廉·布莱克、罗伯特·彭斯、威廉·华兹华斯、塞缪尔·泰勒·柯尔律治和约翰·济慈，以及稍后的D.G.罗塞蒂、威廉·莫里斯、A.C.史文朋，以及现代时期的豪斯曼、吉卜林和叶芝。

我们大多数人都有自己最喜爱的民谣，我本人最喜爱《帕特里克·斯彭斯爵士》：

邓弗林镇上坐着国王，
　喝着血一样红的酒：
"啊，我哪里去找好水手，
　来驾驶我这艘好船？"

坐在国王右脚边
　一个老骑士起身说：
"帕特里克·斯彭斯爵士
　是海上最顶尖的船长。"

国王写了一封公函，
　并亲自署了名字；

然后寄给了帕特里克·斯彭斯爵士，
　他正散步在沙滩上。

帕特里克爵士读罢第一行，
　便哈哈大笑：
帕特里克爵士读罢第二行，
　泪水便模糊了双眼。

"啊，是谁作了这孽，
　对我作了这恶孽；
偏偏在一年中这时节，
　要我扬帆出海。"

"快，快，我的伙计们，
　我们的好船明早就开航。"
"别，噢别，我亲爱的船长，
　恐怕会遇上致命的风暴。

"昨、昨晚我看见新月，
　怀中还抱着老月；
所以我怕、我怕，我亲爱的船长，
　我们会遭殃。"

啊，我们的苏格兰老爷们无可厚非，

　他们不想弄湿他们的软木跟鞋，
但戏都还远远没演完，
　他们的帽子已漂浮在海面上。

啊，他们的女人也许还要坐着，
　手里摇着扇儿很久很久，
等待帕特里克·斯彭斯爵士
　扬帆驶向陆地。

啊，他们的女人也许还要站着，
　发上别着金梳子很久很久，
等待她们自己的老爷们，
　因为她们将再见不到他们。

在前往阿伯多尔的半途，半途中，
　在五十噚深处，
躺着好帕特里克·斯彭斯爵士，
　脚边是他的苏格兰老爷们。

柯尔律治对《帕特里克·斯彭斯爵士》着了迷，遂把它作为《老水手谣》的范本。在民谣中，有某种预示电影技术的东西——尤其是蒙太奇，例如，在本诗第三节最后一行和第八节最后一行的突然转换。作为一首叙事诗，《帕特里克·斯彭斯爵士》简直没有出其右者；故事跃向其不可避免的结局，使我们对开头喝酒的国王与其老侍臣之间的对话感到不解。显然，先笑后哭的帕特里克爵士，把这次对话的后果，视为一次成功的阴谋，旨在使他丧命。

这首诗从第七节对死亡风暴的严峻预感，奇妙地跃向第八节至第十节，从而省掉了实际的翻船和溺水场面。溺毙的苏格兰贵族们的华丽服饰——他们不想让他们所穿的软木跟鞋被弄湿；他们的帽子在水面晃动——与他们的寡妇的扇子和金梳之间，构成高度反讽的对比。最好的诗节，向帕特里克致敬的诗节，留在最后：我们先看到深海的画面，然后才看到英雄式地尽职的帕特里克爵士，而苏格兰老爷们则躺在他们应躺的地方：这位伟大水手的脚边。

我喜爱《帕特里克·斯彭斯爵士》是因为其清苦的英雄主义中具有一种几乎独一无二的悲剧性的简洁。全诗始终贯穿着一种感觉，也即英雄主义必然是自毁的，却依然值得钦佩。当我给自己大声诵读《帕特里克·斯彭斯爵士》，我总是想起埃米莉·狄金森和埃米莉·勃朗特的寂寞的英雄主义，她们都深知她们要证明自己作为想象性的作家的能力，需要付出怎样的代价。

《不得安宁的墓》是取得最富诗意的成果的民谣之一，它可能是写于十八世纪后期，至少我现在引用的这个版本是作于十八世纪后期[1]：

> 今天刮风了，我的爱，
>
> 　还下了一点儿雨：
>
> 我只有一个真爱，
>
> 　她躺在寒冷的墓里。

① 英国民谣由于流传各地，因此同一首有各种版本。——译注

我要为我的真爱做任何
　年轻男子会做的事情：
我要坐在她墓边哀悼
　一年又一天。

一年又一天过去了，
　死者开始说话：
“啊是谁坐在我墓边哭泣，
　不让我好好安息？”

“是我，我的爱，坐在你墓边，
　让你不能好好安息；
因为我渴望吻一吻你那冷土般的唇，
　就为了这个。”

“你渴望吻我这冷土般的唇，
　但我的呼吸充满淤泥的浓味；
如果你吻了我这冷土般的唇，
　你的日子将不会长久。

“我们常常散步的地方，爱呵，
　是在那绿色的花园里，
我们以前见过的最美花朵，

现在已凋剩一支梗。

“那梗已枯干，我的爱，
　我们的心同样也将腐烂，
那你就知足吧，我的爱，
　直到上帝把你唤走。”

恋人们之间这番雄辩而又令人心寒的交流，实在无与伦比。很多传统告诉我们，情欲哀悼期超过一年，是不安全的，而《不得安宁的墓》则令人难忘地加强这种看法：只不过多哀悼了一天，那死去的恋人便从睡梦中惊醒。这失去情人的年轻男子明知自己所冒的风险，也明知他的真爱不会给他幻觉，只有死亡，而他还要冒险，其中含有某种阴毒的喜悦。双方都不存在欺骗，而是都意识到一年又一天之后，哀悼对未亡人是危险的，对死者则是麻烦的。但在这首余味无穷的不卫生的民谣中，那黑暗的意义重负与感官的音乐之间存在着一定程度的不协调。最初，读者因听到死者的抱怨“不让我好好安息”而震惊。继而，那年轻男子只渴望在她冷土般的唇上吻一下，其阴郁的精确性同样令读者震惊。三次重复吻那“冷土般的唇”，成为诗的主脉，并加强最有力的一节诗的效果：

你渴望吻我这冷土般的唇，
　但我的呼吸充满淤泥的浓味；
如果你吻了我这冷土般的唇，

你的日子将不会长久。

我们不禁会想，这死去的女人，在她活着的时候，其讲话是否也有这种直言不讳的风格。这不是某个没有特定身份的鬼魂或活死人在说话，而是一个相当有趣的人。她的主题是爱的消亡：在自然中，在她本人中，在她的恋人中。她将按他的情人明知有危险的要求，给予他那个死亡之吻。爱会死亡，心会腐烂。她是非常反讽的："那你就知足吧，我的爱，"这是指她就要满足他一吻的要求。如同在《帕特里克·斯彭斯爵士》中，这首民谣的强烈反讽缓和了其否则将是巨大的感伤力。

民谣之迷人，有一部分源自民谣作者是无名氏。但哪怕是最著名的民谣，其知名度也无法与英语中最伟大的无名氏抒情诗《汤姆·奥贝德兰》[①]匹比。《汤姆·奥贝德兰》最早发现于约一六二〇年也即莎士比亚死后四年的一本抄录簿：

为免那干瘪老妪和饥饿妖怪
把你们撕成破布，月书里
站在那裸汉身边的精灵
会保护你们，保护你们
健全的五官
永不会被抛弃，保护你们

① 《汤姆·奥贝德兰》亦可译为《贝德兰的汤姆》。贝德兰是指伦敦一家精神病院，据说该医院允许精神病患者到外面去讨吃。因此，"汤姆·奥贝德兰"也用来统称患有精神病的乞丐或流浪汉。——译注

永不会从你们自身游离出来，与汤姆一起
沦落到外面去乞讨咸猪肉，
　　当我卖唱，请施舍，任何食物，
　　吃的，喝的，或穿的；
　　来吧夫人或小姐，别怕，
　　可怜的汤姆不会伤害你们。

在三十年荒凉岁月中
我有两个二十年发疯，
四十年中有三个十五年
严严实实被禁锢在
贝德兰高大威严的顶层楼上，
享受又软又嫩的草垫，
又硬又冷的手铐，甜蜜的皮鞭叮当，
和大大有益身体的饥饿，
　　而现在我卖唱，请施舍，任何食物，
　　吃的，喝的，或穿的；
　　来吧夫人或小姐，别怕，
　　可怜的汤姆不会伤害你们。

我只在意毛德琳，
和一锅炖杂草，
有这样一个高高的尤物，老天保佑你们，
我跌入这种沉溺。

自征服以来我就睡着，[1]
直到那时我从未醒过来，
直到那个无赖的爱情少年[2]
看见我躺在那里，并把我剥光。
　　而现在我卖唱，请施舍，任何食物，
　　吃的，喝的，或穿的；
　　来吧夫人或小姐，别怕，
　　可怜的汤姆不会伤害你们。

当我草草刮我这懒猪的脸，
猛喝我皮革瓶里的水，
在橡树旅馆把我的皮肤
当做一套华服来典当；[3]
月亮是我永恒的情人，
可爱的猫头鹰是我的老伴，
火焰龙和夜乌鸦为我奏乐[4]
抚慰我的忧伤。
　　当我卖唱，请施舍，任何食物，
　　吃的，喝的，或穿的；
　　来吧夫人或小姐，别怕，

---

① 征服指征服英国。——译注

② 可能是指爱神丘比特。——译注

③ 旧时旅客会把衣服交给旅馆作押金。汤姆一无所有，故只能睡树丛（“橡树旅馆”），用皮肤来典当。——译注

④ 火焰龙可能是指流星。——译注

可怜的汤姆不会伤害你们。

麻痹揪住了我的脉搏，
当我偷你们的猪或鸡，
抓你们的鸽，或叫你们的雄鸡
变成鳏夫或发怒。[1]
当我饥肠辘辘，我吃，当我看见天黑了
便在圣保罗教堂墓地跟那些醒着的灵魂
一起休息，然而我一点也不害怕。
但我卖唱，请施舍，任何食物，
吃的，喝的，或穿的；
来吧夫人或小姐，别怕，
可怜的汤姆不会伤害你们。

我所知道的，比太阳神还多，
因为常常我看见群星激战
在受伤流泪的穹苍里，
而他却睡大觉；
月亮拥抱她的牧羊人，
而爱神拥抱她的战士，
一个让晨星做乌龟，
另一个让天上的铁匠戴绿帽。[2]

---

① 指偷走母鸡，使公鸡无伴。——译注

② 在神话中，月神嫁给晨星，却拥抱一个牧童，而爱神维纳斯拥抱火星，却嫁给了武尔坎(铁匠)。——译注

当我卖唱，请施舍，任何食物，
吃的，喝的，或穿的；
来吧夫人或小姐，别怕，
可怜的汤姆不会伤害你们。

吉卜赛人斯纳普和佩德罗
都不是汤姆的同道，
那妓女我鄙视，那小偷我咒骂，
还有那街头小混混的虚张声势。
那温顺的，白发的，和蔼的，
我抚摸他们，安慰他们，无一例外；
但对那些敢跟犀牛汤姆作梗的，
我会干豹子不敢干的事。
虽然我卖唱，请施舍，任何食物，
吃的，喝的，或穿的；
来吧夫人或小姐，别怕，
可怜的汤姆不会伤害你们。

有一支狂暴的幻想军队，
而我是它的总指挥，
握着燃烧的长矛，跨着空气的战马
我奔向荒野，到处漫游。
一个鬼魂和影子派来的骑士

召唤我去参加比武大会，
远在广大世界尽头一百里外：
我想这可不是旅行。
　　然而我卖唱，请施舍，任何食物，
　　吃的，喝的，或穿的；
　　来吧夫人或小姐，别怕，
　　可怜的汤姆不会伤害你们。

我提到这首令人诧异的诗与勃朗宁的戏剧独白《罗兰公子来到暗塔》有联系。《汤姆·奥贝德兰》是诸多“狂歌”之一，尽管“狂歌”这一体裁中没有任何一首诗能与它相提并论，哪怕是威廉·布莱克的《狂歌》也不能。不妨尝试反复大声吟朗这首诗。其汹涌的力量会使专注的读者感到一股深沉而磅礴的活力，而我强烈推荐读者背诵这首诗。诗中的歌手，大概是一名曾在贝德兰（伦敦的伯利恒医院）待过的病人，他行乞，并声称自己不会伤害人。他讲述他个人历史的一个版本，最后表达了一种在诗歌史上罕见的视域性景象。就我所知，没有几首诗的开篇，能够达到汤姆·奥贝德兰这首歌中那样的速度、直接性和戏剧张力：

为免那干瘪老妪和饥饿妖怪
把你们撕成破布，月书中
站在那裸汉身边的精灵
会保护你们，保护你们
健全的五官

永不会被抛弃，保护你们
永不会从你们自身游离出来，与汤姆一起
沦落到外面去乞讨咸猪肉，
　　当我卖唱，请施舍，任何食物，
　　吃的，喝的，或穿的；
　　来吧夫人或小姐，别怕，
　　可怜的汤姆不会伤害你们。

“月书”可能是一部通俗的占星书，那时占星学之流行与现在是一样的。那个裸汉可能是赫耳墨斯，赫耳墨斯是这类手册中常常出现的人物。汤姆被自己的疯狂撕成破布，但他把疯狂解释成中了干瘪老妪或妖怪的邪，然而他却异想天开，呼唤赫耳墨斯式的裸汉来保护我们——他的听众。他这首歌的功能，是要为读者驱除疯狂，也即他诗中描述的那种病况，然而却带着苦涩的反讽，例如第二节诗回忆“贝德兰高大威严的顶层楼”：手铐、鞭打、近于饥死。

汤姆的“沉溺”所包含的情欲因素是否幻想，我们无从知道，但这对他来说已成为另一个视域：“只在意毛德琳”，毛德琳要么是指一个从良的妓女，要么是一个妓女，或者指所有女人，但不管是什么，她是一个纯粹的幻境，使他不能自拔：

自征服以来我就睡着，
直到那时我从未醒过来，
直到那个无赖的爱情少年
看见我躺在那里，并把我剥光。

他是爱神丘比特的受害者，尽管没有具体时间和地点，但显然发生在一〇六六年诺曼征服[1]之后。汤姆歌唱一种永恒的浪漫主义，不囿某个特定时代，如同莎士比亚：

月亮是我永恒的情人，
可爱的猫头鹰是我的老伴，
火焰龙和夜乌鸦为我奏乐
抚慰我的忧伤。

我们能够想象这样的歌可以在莎士比亚诸多戏剧中吟唱，而且完全对得起莎士比亚的剧本。慧星——那“火焰龙”——的照耀使汤姆与猫头鹰结为夫妇，然而月亮依旧是这个贝德兰病人“永恒的情人”，也即得不到的爱的象征。与汤姆的饥饿生活的感染力糅合在一起的，是一些纯粹的视域性时刻，莎士比亚式的，并且预示着后来的布莱克和雪莱：

我所知道的，比太阳神还多，
因为常常我看见群星激战
在受伤流泪的穹苍里，
而他却睡大觉；
月亮拥抱她的牧羊人，
而爱神拥抱她的战士……

---

① 诺曼征服指诺曼公爵对英国的军事征服。——译注

知道得比睡懒觉的太阳神阿波罗还要多，意味着知道得比理性还要多。汤姆仰望夜空，流星飞坠（“受伤流泪的穹苍”），并把这些战斗拿来跟月神狄安娜与其青年牧羊人情人恩底弥翁拥抱和金星（维纳斯）与其战士火星（马耳斯）拥抱对照。“疯狂的汤姆”是一个神话诗人，同时也是复杂的意象的大师：新月把晨星包裹在其月牙钩内，而维纳斯的丈夫铁匠武尔坎，也在另一个意义上被纳入钩内——被好色的马耳斯戴绿帽。一旦我们明白这些典故，这节诗便产生神奇的效果，给美增添了陌生感，而这是浪漫主义高峰的公式，作《汤姆·奥贝德兰》的无名诗人似乎是从莎士比亚那里学到这个公式的。在接下去那个诗节的非凡过渡中，我似乎听到莎士比亚本人的声音。在这一节诗中，音调突然降至第五、六行的温柔，然后猛升至第七、八行的藐视一切：

> 吉卜赛人斯纳普和佩德罗
> 都不是汤姆的同道，
> 那妓女我鄙视，那小偷我咒骂，
> 还有那街头小混混的虚张声势。
> 那温顺的，白发的，和蔼的，
> 我抚摸他们，安慰他们，无一例外；
> 但对那些敢跟犀牛汤姆作梗的，
> 我会干豹子不敢干的事。

在“那温顺的，白发的，和蔼的，我抚摸他们，安慰他们，无一例外”中，有一种令人惊叹的感染力。

作《汤姆·奥贝德兰》的诗人，在卓绝的最后一节诗中所达到的视域高度，令人既想起塞万提斯又想起莎士比亚。我想不出英语中有任何别的作品具有这种似乎把堂吉诃德精神与哈姆雷特精神共冶一炉的融合：

> 有一支狂暴的幻想军队，
> 而我是它的总指挥，
> 握着燃烧的长矛，跨着空气的战马
> 我奔向荒野，到处漫游。
> 一个鬼魂和影子派来的骑士
> 召唤我去参加比武大会，
> 远在广大世界尽头一百里外：
> 我想这可不是旅行。

有时候我外出散步，会不自觉地想起这节诗，而如果我是单独一人，我就会背诵它。这个骄傲地自我意识的结尾诗节，本身就是诗歌品质的试金石。哈姆雷特，如果被“一个鬼魂和影子派来的骑士”召唤去复仇，大概也会选择这趟“远在广大世界尽头一百里外”的堂吉诃德式的比武大会。对哈姆雷特来说，死亡就是那个未被发现的国度，任何旅行者进入它的边境，便是踏上不归路。如果与疯狂的汤姆同行，哈姆雷特也许会说出更具视域意味的召唤：“我想这可不是旅行。”

威廉·莎士比亚

作为诗歌，如果还有比《汤姆·奥贝德兰》更好的，那只能在威廉·莎士比亚的十四行诗和戏剧中去找对手。我在本书稍后将花较大篇幅讨论如何读《哈姆雷特》，现在我先谈他的几首十四行诗。由于莎士比亚如博尔赫斯所言，既是每一个人又不是任何人，因此我们也可以说这些十四行诗既是自传性的又是普遍性的，既是个人的又是非个人的，既是反讽的又是激情的，既是双性恋的又是异性恋的，既是受伤的又是完整的。这是一个警告读者的好场所，警告他们勿听信那种愈来愈没用的文学教条，该教条认为诗中讲话的“我”永远是一个面具，而不是一个人类。莎士比亚十四行诗中的“我”是戏剧家和演员莎士比亚，福斯塔夫、哈姆雷特、罗莎琳德、埃古和克娄巴特拉的创造者。当我们读这些十四行诗，我们是在听一个戏剧声音，一个既像又不像哈姆雷特的声音。不像之处，是我们是在听莎士比亚本人，他并不完全是他自己的创造物。然而，十四行诗中的“威尔”与哈姆雷特或福斯塔夫之间，仍有一种相似性；莎士比亚凄然地粗雕他的自我描述，即使他不能完整地塑造它。十四行诗中那沉思的声音，非常小心地使它自己与它自己的痛苦保持距离，有时候甚至与它自己的羞辱保持距离。我们在这些十四行诗中听到一个可称为背叛的故事，然而我们从未听到爱的消亡，尽管有充分的理由证明爱应该消亡。

在文学所有不可思议的效果中，对我来说最不可思议的效果是莎士比亚在十四行诗中的自我疏离与自我肯定之间取得的平衡：

倒不如卑贱，也好过卑贱受尊重，
当不想成为那样子的人受那样子的人指责，
而正当的快乐失去，作如此想的，不是
我们自己的感情，而是别人的看法。
因为为什么别人虚假的通奸眼光
竟要向我欢愉的血液敬礼？
或为什么我的脆弱竟要被更脆弱者偷窥，
他们总非要把我认为好的说成坏的？
不，我就是我所是的，那些对我胡言的人
是在计算他们自己的乱语；
我可以是直的，尽管他们自己是斜的。
他们的臭味思想，我的行为岂可与之相投。
除非他们维持这种普遍的恶：
所有人都坏，并以坏为王。

这是莎士比亚一百五十四首十四行诗的第一二一首；我们不知道现时的次序是不是莎士比亚亲自编排的，但看来可能是。头一百二十六首十四行诗，是写给一个俊美的青年贵族，据猜是莎士比亚的赞助人（有些人还认为是他的情人）南安普敦伯爵，而我们来到了这组诗接近结尾的地方。我很想把这首十四行诗推荐给威廉·杰斐逊·克林顿总统，只是没机会这样做。这是英语中最强烈表达的措辞，表达情欲活动怎样遭到那些“自己是斜的”也即欺诈的“虚假的通奸眼光”的谴责。我希望这首诗能够在我们近期全国陷入道德恐慌的狂潮——它在接受电视采访者和国会议员的言论中展露无遗——之际，被大声地，频繁地，在电视上朗读出来。但我关心的是如何读和为什么读，因此我的任务是仔细检视这首诗无比激昂的措辞。

莎士比亚所说的“卑贱”可能是指某些道德卑劣性，然而该词(一如他自己知道的)还含有廉价、低价或低格之意，因此可能含有社会地位卑微的弦外音。头四行的复杂性之一，是“作如此想的”。这是指“卑贱”还是指“正当的快乐”？莎士比亚刻意保留这种含混，因此我们解读时必须两者兼顾。“倒不如卑贱，也好过卑贱被尊重，/当不想成为那样子的人受那样子的人指责”这两行诗的剧烈反讽，部分是指我们的行为也可能受贬抑，因为即使我们实际上是品行端正的，别人也会用另一种眼光来看。他们会说你卑贱，而这将会结束你的爱情带给你的快乐。然而，另一种解读更有趣，因为反讽更剧烈。“正当的快乐”可以是观察者的看法，但那是他们的判断，而不是莎士比亚的，因为莎士比亚知道他的爱情是贞洁的。接下去的十行，也都没有解决这种模棱两可性。

观看者因为他们的嘲弄而被嘲弄：他们侵犯地“向我欢愉的血液敬礼”，仿佛他们是在为假想中的莎士比亚的性爱表演欢呼打气，把这表演当成体育运动。他们自己的脆弱性比他们敬礼的莎士比亚的脆弱性更严重之处，在于他们心术不正，不管是他们把清白的关系当成坏，或以道德训诫来对待一桩实际的通奸。再次，莎士比亚不告诉我们到底他要我们相信什么，而是用一句不寻常的宣告来惊吓我们：“不，我就是我所是的。”莎士比亚，以及他过去和现在的读者，都不可能不知道《出埃及记》的典故，在“3:14”节中，摩西要求耶和华说出他的名字，耶和华答道："我就是我所是的（I am that I am）。"[①]在希伯来语中，是ehyeh asher ehyeh——这是"耶和华"这个名字的大胆创新的双关语，而字面意思大致是"我将是我将是的（不管在什么地方，在什么时候）"。莎士比亚大概不知道这层意思，因此他的"不，我就是我所是的"主要意思是"我就是我"（I am what I am），但带有颇大的亵渎之味。莎士比亚本人没有发表或出版十四行诗，而第一二一首有可能是一首独立的诗，而不一定指涉与那个俊美青年贵族的任何同性爱关系。由于我们不知道，这首诗反而可能因此而更强大。如同在他那部崇高地向喜剧作厌恶的告别的《一报还一报》[②]中，莎士比亚既不赞成也不否定这个黑暗公式：所有人都坏，并以坏为王。

在卓绝的十四行诗第一二九首中，愤怒变成受控制的狂暴。它是一首哀怨之诗，仅仅暗示遭到十四行诗中那位著名而匿名的"黑暗夫人"的背叛：

精神在浪费的羞耻中消耗
乃是欲望在行动；而在行动之前，欲望
是伪证，凶悍、血腥、充满罪责，
野蛮、极端、粗鲁、残酷、无信；
才刚要享受就立即遭鄙视；
冲昏头脑去猎取，刚获得
又憎恨冲昏头脑，憎恨它吞了

① 中译"和合本"译做"我是自有永有的"。——译注
② 又译《请君入瓮》。——译注

那个要使吞者疯狂的诱饵；
疯狂追求，也疯狂拥有；
曾经、仍然、还要继续极端；
得到证实便幸福，证实后又苦涩，
之前，想那是欢乐；之后，是一场梦。
　　这一切全世界都懂，然而没人懂得
　　回避那通往这地狱的天堂。

这首诗的愤怒能量，近乎擂鼓，如同欲望的连祷文，但那只是预兆着更多的欲望和更多的情欲灾难。诗中没有人物，那个俊美青年远远不在这里，就连那个“黑暗夫人”的存在也只是暗示性的。欲望是这道精神夜景中的英雄兼恶棍，是男人对这首十四行诗最后一行中的“地狱”的欲望，而这地狱是伊丽莎白与詹姆斯一世时期“阴道”的俚语。有关“性交后悲伤”这一古老常识在这首诗中达到其顶点，但远远不只是以精神耗损为代价。这首十四行诗的语言是如此紧凑，使得它规避了它对文艺复兴时期一种看法的明显依附，这种看法认为每次性行为都会缩短男人的寿命。读者可以在这首十四行诗中的“地狱”，听到性病的暗示，它预示着莎士比亚在众多戏剧中的一个关注点，尤其是在《特洛伊罗斯与克瑞西达》和《雅典的泰门》中。这似乎也是十四行诗第一四四首的最后负担，这首诗不仅仅是反讽：

我有两个情人，一个舒适一个绝望，
像两个精灵，仍在继续怂恿我；

那较好的天使是一个俊美的男子，
那较坏的精灵是一个有病色的女人。
为尽快赢得我入地狱，我那女邪恶者
把我较好的天使从我身边诱走，
要把我的圣人腐蚀成一个魔鬼，
用她下流的骄傲追求他的纯洁。
我的天使是否被变成恶魔，
我虽然怀疑，却直接分辨不了；
但既然两个都来自我，又彼此是朋友，
我猜一个天使是在另一个的地狱里。
　　然而我永不会知道，而是活在怀疑中，
　　直到我的坏天使把我的好天使撵出去。

“继续怂恿我”意思大致是“持久诱惑我”。那个英俊、年轻的“更好的天使”显然不是以其纯洁著名，而“地狱里的魔鬼”则是交媾的俗称。“猜”只是一种说辞，因为其中并不涉及猜测。“直到我的坏天使把我的好天使撵出去”更多不是指关系的终结，而是指那“黑暗夫人”把梅毒传给那青年，可能还暗示莎士比亚已从她那里获得这个礼物。

为什么读十四行诗第一四四首？莎士比亚的反讽和抒情天才，在另数十首十四行诗中显然给予读者更多乐趣，但是这首诗中那种顺从而又可怕的感染力，本身具有独特的美学价值，令人不安地难忘，且其暗示性差不多是放诸四海而有效的。这些十四行诗，是莎士比亚骇人的成就中的一个独特的要素。并不奇怪的是，这位西方的中心作家，这位继续作为人的发明者而被我们所认识的戏剧家，也同时是英语中最具穿透力和沉思力的诗人。我不觉得我们非要了解这些十四行诗中那位内在或最内在的莎士比亚不可，因为他在这些诗中似乎如同他在戏剧中，也是谜一样地把自己隐蔽起来。沃尔特·惠特曼，一如我们已经看到的，他呈现给我们三个有关他的存在的隐喻：我自己、我的灵魂、真正的我或我本人。而在莎士比亚的十四行诗中，有关莎士比亚的存在的隐喻几乎像他的十四行诗一样多。不知怎的，莎士比亚竟设法做到把所有这些自我的形象，都变得既有说服力却又是试探性的。在十四行诗第五十三首开头，他是不是在向那位俊美的青年贵族致敬，是颇成疑问的，如果这是莎士比亚在问自己，也许更说得通：

> 你的材料是什么，成了这样的你，
> 竟使数百万个陌生的影子侍候你？

约翰·弥尔顿

虽然我在这里只预留了一点儿空间来讨论弥尔顿的《失乐园》，但我觉得一本关于如何读和为什么读的书，在讨论这位继乔叟和莎士比亚之后最伟大的英语诗人时，应说点有用的东西。《失乐园》中的英雄兼恶棍撒旦，是一个非常莎士比亚式的人物，当上帝忽略他而偏爱基督时，他“痛感于成就受伤”，这显然是呼应了奥赛罗忽略埃古而偏爱卡西奥时，埃古所受的心灵伤害。麦克白和哈姆雷特也渗入撒旦。雪莱认为，撒旦的一切都源自弥尔顿；他大可以补充说，弥尔顿的魔鬼很大程度上源自莎士比亚。按弥尔顿原来的构思，是要写一部关于人类堕落的舞台悲剧《亚当被逐出乐园》，却变成了史诗《失乐园》。我怀疑弥尔顿遇见了莎士比亚那些英雄兼恶棍的陌生影子，吓得向后退，于是意识到英语英雄史诗依然向他敞开大门，至于英语悲剧，已永远被关闭了。

已故的C.S.路易斯以其教条小册子《纯粹的基督教》[①]而受到很多美国基要主义者的推崇。他曾建议《失乐园》的读者先“好好用一个早晨来憎恨撒旦”。以我的判断，这不是如何开始读《失乐园》的好建议。弥尔顿并不像克里斯托弗•马洛或威廉•布莱克那么异端，但他显然是一个“单人教派”，实际上还是一个非常异端的清教徒。他是一个道德主义者，相信灵魂与肉体一起消亡，也将一起复活；他还否认正统的无中生有创世观。《失乐园》认为能量即是精神；撒旦在这两方面都非常充沛，然而，埃古也是如此。约翰•弥尔顿自己在很大程度上也是如此，尽管他小心地把他的撒旦变成既是他的替身又是他的戏仿。我们可以充满反讽意味地跟C.S.路易斯和其他教会堂区理事式的批评家们争辩说，撒旦是一个比弥尔顿更加正统的基督徒（不管他怎样颠倒过来）。虽然撒旦是能量和精神结合的体现，但他并不认为能量即是精神，而是大叫：“恶啊，愿你是我的善！”我们倒是期望弥尔顿——他非常接近于一个马格莱顿教派（一个空想、激进的异端清教徒教派）信徒——会狡猾地把撒旦塑造成既真正地具有英雄主义（更遵循莎士比亚模式而不是古典模式），同时又是一个诡计多端的天主教徒，对人类本质和天使本质都瞧不起。

---

① 又译为《返璞归真》。——译注

如何读这个非同凡响的撒旦，是打开《失乐园》大门的钥匙。这部史诗，对当今大多数读者来说，也许会显得像一部在宇宙电影院里放映的浩瀚的科幻小说。伟大的俄罗斯电影导演谢尔盖·爱森斯坦首先指出《失乐园》如何预示电影的诞生，因为该诗出色地利用了蒙太奇技巧。我深爱《失乐园》，但我担心它能否挺过我们视觉性的资讯时代而存活下去，在这个资讯时代似乎只有莎士比亚、狄更斯和简·奥斯汀还能承受得起电视和电影的改编。弥尔顿作品要求沉思；他博学深奥，引经据典。如同二十世纪的詹姆斯·乔伊斯和博尔赫斯，失明既有助于刺激巴罗克风格的文字丰富性，也有助于刺激视觉的清晰性，而这两者都不容易转移到屏幕上。我们电影中模糊的蒙太奇，不足以驾驭《失乐园》。

从根本上说，弥尔顿比任何时候都更需要普通读者的沉思，因为他的人物尽管具有莎士比亚式色彩，却不是莎士比亚和简·奥斯汀作品中那种易辨认的人类。他们也不是狄更斯式大怪人。他们要么是诸神要么是天使，或理想化的人类（亚当、夏娃、《斗士参孙》中的参孙）。这里是撒旦最令人印象深刻的时刻：他在地狱里一座燃烧的湖畔醒来，发现身边围绕着他那些目瞪口呆、饱受创伤的追随者。他早前与他们一起，在天堂之战中被基督打败。弥尔顿的基督是某种巴顿将军[①]式的人物，领导一支天使装甲进攻部队，骑着燃烧的"父神的战车"，这战车俨然是以色列"战车"坦克的宇宙学版。他们带着怒火把反叛的天使们统统扔进深渊里。当燃烧的堕落天使们跌到底端，冲击力把地狱烧成一个混沌王国。读者必须自己去

---

① 指电影《巴顿将军》中的同名人物。——译注

想象她与撒旦和他的末日军团一起醒来，置身于如此崇高地难受的环境！这样一来她就能更好地欣赏撒旦那真正的英雄主义：当他恢复意识，看到他的情人别西卜焚毁的容貌（弥尔顿的天使，是雌雄同体的、堕落的和不堕落的天使）。

想到别西卜，撒旦必须迅速无比地克服一场自恋危机，因为弥尔顿清楚表明，撒旦曾是众天使中最美丽的。如果可爱的别西卜如今看上去像地狱，那么我自己是什么样子呢？撒旦一定想到这个，但作为一个英勇的（尽管是失败的）将军，他不愿说出来：

　　如果你就是他；但是啊，多堕落，变化多大，
跟他相比！他在快乐的光明王国
曾浑身焕发超凡的光明，盖过了
虽然也光明的群星：如果这就是他，那个
曾经与我结成同盟，统一思想和意见，
在荣耀的事业中同希望
共冒险的人，现在多么悲惨地
共同陷入毁灭：你从何等的高度
跌到何等的深坑，又是何等有力地证明
腾雷驾电的他多强大：直到那时，谁又知道
那些可怕的武器多犀利！然而我
不会为这些，也不会为那个暴怒的强劲胜利者
以其他方式带来的打击，而后悔或改变，
尽管外表的光华改变了；不变的是那坚固的思想
和孤高的藐视，出自痛感于成就受伤，

它曾以最强劲的力量使我挺身对抗,
敢于在激烈对抗中带头
武装起来,藐视他的统治的
无数军队,面对他最强大的势力
我选择相反的势力,在那场
胜负难测的天堂平原战役中与他作对,
震撼他的宝座。失去战场又怎样呢?
一切都没失去;那不可征服的意志,
还有复仇的决心,不朽的憎恨,
还有绝不屈服或顺从的勇气:
除了这个是不败的,还有别的么?
这个荣誉,他的愤怒或威力
都永无法从我这里夺走。带着哀求的双膝
低头俯首,神化他的威力,
不用我军的气势来动摇他那迟迟
不怀疑他的帝国的信念,那将是低劣行动,
那将是这次失败中最大的侮辱
和羞耻;既然命运注定诸神的力量
和这个天朝的实体不能倒塌,
既然经验告诉我们这场大战
并不是最坏的,展望起来还有很多优点,
那么我们还可以带着更成功的希望,
决心用实力或计谋,发动不可和解的
永恒战争,跟我们的大敌针锋相对,

他现在是胜利了，并在过度的喜悦中
大权在握，维持天堂的独裁。

那些把自己视为属于上帝阵营（作为一个人物在《失乐园》中出现的浮华、独裁的上帝，但这个上帝并不是弥尔顿本人的异教视域中的上帝）的弥尔顿学者们，在评论这个段落时总是认为实际情况不是这样。如果上帝的宝座被震撼，那也是基督那支凶猛的装甲部队进攻造成的效应。这种正统论调，自有其魅力，但撒旦是在绝望中，如同任何吃败仗的将军会有的一样，因此他的夸张法是可以理解的。这篇宏伟演说最精彩的部分，并不是夸张法：

绝不屈服绝不顺从的勇气：
除了这个是不败的，还有别的么？

这是说：战场是失去了，但勇气还在，而除了你不承认自己失败，还有什么更重要的呢？你可以否认撒旦的英雄主义，如果你是站在弥尔顿的上帝一边，但如果你是弥尔顿的真正读者，你就不可以否认撒旦的英雄主义。弥尔顿本人插入主观评论，称撒旦是在“大吹大擂”，但承认这个叛逆天使陷于痛苦中。不可以对撒旦的“痛感于成就受伤”嗤之以鼻，如同不可以对埃古。撒旦的天分远远不如埃古，然而撒旦抱负更宏大，他要推翻的是整个人类而不是一个勇猛但有限的将军。

我已说过，当今的普通读者需要沉思力，才能充分欣赏《失乐园》，而我担心愿意作这种尝试的读者将是相对较少的。这是巨大的悲哀，也是真正的文化损失。为什么读一部如此困难和如此博学的史诗呢？我们可以仅仅提出其历史价值；弥尔顿作为清教的中心诗人的地位，一点不亚于但丁作为天主教的中心诗人兼预言家的地位。在美国，我们的文化和感受力，甚至我们的宗教，在很多微妙的方面更多是后清教而不是清教，然而如果不具备某种清晰的清教精神的意识，这些方面就几乎难以理解。那种精神在《失乐园》中达到其顶点，而我诚意建议有进取心的读者排除困难去读它。

威廉·华兹华斯

如果你平时有读现代诗，那么在某种意义上你已读过威廉·华兹华斯了，即使你从未读过他。但每个人（仍在阅读的人）都应当读华兹华斯，理由不只是因为他几乎影响了他之后所有英语诗人（再次，不管他们是否读过他）。如果你被要求，或被命令，去写一首诗，你很可能会想到要写自己，而不是自己以外的某个题材。华兹华斯的年轻同代人威廉·哈兹利特（他个人对华兹华斯的感情是复杂的），就很能理解华兹华斯奇妙的原创性：

> 他写一个题材或故事，只是把它当做一个钉或环，用来挂思想和感情；事件是微不足道的，而这与他鄙视威风的外表相符；他的省思是深刻的，所根据的是他心灵的重力和心灵的非凡抱负。

华兹华斯的心灵的抱负，确实是决定性的；他不信任肉眼，因为它是“我们五官中最独裁的”，而是永远依靠他想象力的力量。如果华兹华斯不是拥有情感准确性的超自然天赋，他可能就不会那么成功：

沉睡封住了我的精神；
我已没有人类的恐惧：
她似乎是一个物件，不能感觉
尘世多年的接触。

现在她已没有运动，也没有力量；
她不听，也不看；
随着巉岩、石头和树林
在地球的日夜运转中滚动。

华兹华斯的“自然”并不是十分自然主义的，而是一种精神，它向我们招手，把我们引向崇高的暗示，或引向恐怖，例如在这首关于丧失的瞩目抒情诗中。这首诗结束时，远远谈不上有什么超越。它是五首“露西”诗之一，华兹华斯本人并没有把这五首诗合成一组诗。它们（可能是）哀悼玛格丽特·哈钦森，她姐姐玛丽嫁给了华兹华斯，另一位姐姐莎拉则是柯尔律治想娶但不能娶的（因他已结婚）。玛格丽特·哈钦森于一七九六年逝世，仅二十余岁，因此显然是一个失去的或未能实现的恋人，至少在华兹华斯式的想象力中是如此。

这首抒情诗的第一节，把这位年轻女子描写成幻象式存在物，

“不能感觉 / 尘世多年的接触。”第二节开始时，读者将体验到那近乎创伤的震惊。在某种意义上，玛格丽特•哈钦森依然是她原本的样子，是一个幻象式人物；华兹华斯无法使自己相信她实际上已经死了。地球每天转动，而她那已埋葬的遗体“随着巉岩、石头和树林滚动”。是不是诗人太迟钝，难以表达他的哀痛？创伤似乎是这首诗的主要影响，然而这只是一个标签，我们可能会抓住这个标签而把诗撇在一旁。

如何读这首“露西”诗，以及读明白它，是耐力和接受力的一次颇艰巨的操练，然而也是一次快乐的操练。诗人雪莱在某些方面是华兹华斯的非自愿的信徒，他曾把诗学上的崇高，定义为一种说服读者舍弃较容易的快乐而获取较困难的快乐的经验。鉴于读最好的诗、短篇小说、长篇小说和戏剧构成的困难的快乐，必然多于由电视、电影和录像游戏在视觉上给予我们的大部分快乐，因此雪莱这个定义对本书十分重要。《沉睡封住了我的精神》第二节是一次使我们进入诗学上的崇高性的简便的冒险。“崇高”作为一个文学概念，其原意在被认为是批评家朗吉努斯[①]所作的一篇论风格的亚历山大文学学派论文中，是“高高在上”。后来，在十八世纪，崇高的意思开始表示自然和艺术中可见的高高在上，包括力量、自由、野性、强度，以及恐怖的可能性等方面。有关这个崇高的概念的其中一些因素，渗入了华兹华斯这首写给玛格丽特•哈钦森的奇特挽歌中。运动和力量属于地球的日常活动；玛格丽特现已具有了巉岩、石头和树林的属性。这不是一种安慰，然而它启动一个更大的程序，一个可爱的年轻女子之死只是这个更大的程序的构成部分。

---

① 朗吉努斯（213—273），古希腊新柏拉图主义哲学家和文学批评家，《论崇高》的作者。——译注

让我们尝试读华兹华斯另一首短诗，同样著名但较不那么崇高：

我的心一阵激动，当我看见
　天空里一条彩虹：
也是这样，当我生命开始时；
也是这样，当我现在成了男人；
也是这样，当我变老了，
　否则让我死掉！
那孩子是那男人的父亲；
而我能希望我一个个日子
彼此被自然的虔敬连结。

《我的心一阵激动》本身已是一首不同凡响的诗，它还是那首伟大的《颂歌：来自早期童年回忆的不朽的暗示》的种子，在后一首诗中，华兹华斯把这个片断（如果这首诗是一个片断）的最后三行抽出来作为题词。《我的心一阵激动》显然是记起了挪亚与耶和华的契约是用彩虹作象征的，遂利用彩虹来颂扬另一个契约，也即华兹华斯对自我的意识的延续性。这首小诗，其结构和语言无疑都很简单，但读者可以从中揭开某些复杂的东西。那孩子的狂喜的彩虹，是最原始的，几乎是本能的。“也是这样，当我现在成了男人”必定是次要的，因为它依赖对童年的欢乐的回忆。“也是这样，当我变老了”则明显是居第三位的，因为它依赖回忆和回忆的恢复。这首诗的震撼力，开始于“否则让我死掉！”华兹华斯不想活下去，如果他的日子——过去、现在、将来——不能“彼此……连结”，这里“连结”有双种意义，既指“联系”，又指契约的“缔结”。“否则让我死掉！”既表白一种潜在的绝望，又表白对他的一个信念的渴望，也即他相信自己是被选中的诗人，但他也许是误导性地把他自己的诗歌选中权称为“自然的虔敬”。他的意思不是指启蒙运动那种“自然的宗教”，这种宗教用自然理性来对抗启示。威廉·布莱克对华兹华斯的用词不当做出反应，令人难忘地厉声斥道：“没有自然的虔敬这回事，因为自然的人与上帝为敌”。

华兹华斯对布莱克的回答，可能已隐含于《我的心一阵激动》中我们还未讨论过的一行诗，也即那个明白无误的悖论“那孩子是那男人的父亲”。这个说法，对西格蒙德·弗洛伊德可能只是小菜一碟，但华兹华斯的意思也许带有某种很不弗洛伊德的反讽。挪亚看到彩虹，把它当做是契约的标志来接受：不再有洪水，以及赐予更多生命注入没有边界的时间。华兹华斯虽然借用耶和华的标志，却是希望保存他的诗歌才能，而他的诗歌才能有赖于恢复他童年的欢乐。回忆是华兹华斯的伟大资源，也是他诗歌焦虑的来源。他还得继续追求自己是被选中的诗人的证据，而这方面的证据在一八〇七年他年仅三十七岁之后就变得非常稀少了。华兹华斯又活了另四十三年，写了大量实际上很糟糕的诗歌。现代诗的参数，就建立在他卓绝的原创性与他继之而来的衰落之间。

塞缪尔·泰勒·柯尔律治

华兹华斯的至交是塞缪尔·泰勒·柯尔律治，一个诗人、批评家、哲学家、世俗神学家、政治理论家，以及偶尔为之的剽窃家。他伟大的诗，是六百二十五行、分成七个部分的歌谣《老水手谣》[1]。这首如同一场巨大的梦魇的歌谣，至今依然是根本性的诗之一，产生一位好读者在别处也许找不到的乐趣。

柯尔律治这首诗的根源，是民谣《流浪的犹太人》，但老水手与卡夫卡《猎人格拉胡斯》或《一个乡村医生》中的人物的共同点，要多于与那个传统的基督嘲笑者。在柯尔律治之前的文学中，老水手的先人是莎士比亚的埃古和弥尔顿的撒旦。在柯尔律治与卡夫卡之间，则有爱伦·坡的皮姆[2]、梅尔维尔的亚哈[3]和陀思妥耶夫斯基的斯维德里加依洛夫和斯塔夫罗金。卡夫卡之后又有纪德、加缪、博尔赫斯和其他很多作家，因为柯尔律治这首神奇地雄辩的歌谣是无缘故犯罪这个西方传统的中心作品，所谓无缘故犯罪也就是柯尔律治在谈到埃古时所说的（我认为他说错了）“无动机的恶毒”。

老水手所乘的船，被风暴吹到南极，困在冰封的大海里。一只信天翁来帮助这艘船，水手们欢呼，喂它吃东西，它神奇地导致坚冰破裂，救了大家一命。信天翁被驯养，留在船上，直到那个老水手无缘无故地用石弓射杀它。这之后，我们陪着老水手和船员们下地狱。

上述单调的概述，等于是略去了所有诗学上重要的东西，因为柯尔律治达至的是一种独一无二的艺术：

---

① 又译《古舟子咏》。——译注

② 爱伦·坡小说《南塔克特的亚瑟·戈登·皮姆的叙述》的主人公。——译注

③ 梅尔维尔小说《白鲸》的船长。——译注

“这时浓雾和大雪掩至，
天气变得出奇地冷：
桅杆般高耸的冰山漂浮而过，
绿如翡翠。

“冰崖透过雾团
射来惨淡的光，
前不见人，后不见兽——
只有白茫茫的冰天雪地。”

这是极致的幻景，由缺乏想象力的老水手向我们道出。他可以把他所见绘声绘色地讲给我们听，却几乎完全不知道他看见的是什么。柯尔律治就是要这样；我们全依赖这个老水手，他是一个如实讲述者，漂浮在柯尔律治所称的“一部纯粹的想象力的作品”中。这个悲惨的老水手，变成了现在会被我们称做“生态”的原教旨主义者：

他诚心祈祷，为那些诚心
爱一切大大小小事物的人；
因为爱我们的亲爱上帝
创造并爱这一切。

这是老水手眼中的道德；由于他疯狂又固执，因此我们不必把他与柯尔律治等同起来。我们实际上还有柯尔律治自己的话作为佐证。当那位著名的女才子(或过早的女性主义批评家)巴尔博德夫人对柯尔律治提出异议,说该诗缺乏道德寓意时,诗人巧妙地回答说:

> 我对她说,按我自己的判断,这首诗的道德寓意已经太多了;并说唯一或主要的缺点,如果可以这样说的话,是在一篇纯粹的想象力的作品中,如此公开地把道德情绪作为一个原则或诉求强加给读者。它的道德寓意不应多于《天方夜谭》中那个商人的故事,他在井边坐下来吃海枣,并把果壳扔在一旁,但你瞧!一个魔仆突然跳出来说,他必须杀死上述商人,因为其中一个枣壳似乎弄瞎了那魔仆的儿子的眼睛。[1]

这才是名符其实的无缘故犯罪,而我们可以感到,柯尔律治在写了这首他最伟大的诗之后三分之一世纪,如果重写,可能会写得还要更邪恶些。[2]但是,这首诗已够崇高地邪恶的了,如果我们学会相信故事,而不是相信讲故事的老水手。不射杀信天翁,不乱扔枣壳,但你还是要坐着你的死亡之船下地狱[3]:

> 在炽烈、铜色的天空里,
> 在中午,血腥的太阳

① 原故事说,枣壳击中魔仆儿子的眼睛,造成他死亡。——译注

② 柯尔律治这席话,是在写《老水手谣》之后三分之一世纪的一八三〇年说的。——译注

③ 指两百名无辜船员也全部死去。——译注

高悬在桅杆正上端，
不比月亮大。

日复一日，日复一日，
我们僵住，不能呼吸或活动；
像一艘油画里的船
在油画的海上。

水，水，到处是水，
所有的船板都已缩减，
水，水，到处是水，
又没有一滴可喝。

海底已经腐烂：基督啊，
竟会有这样的结局！
不错，黏糊糊的有腿生物，
爬上黏糊糊的海面。

如果你把这四节诗与我较早时引用的描写翠绿冰山的两节诗加以比较，那么很明显，那些悲惨的船员现在更悲惨了，但只是程度而已。陷在一个眩光冰的宇宙里已是十足的地狱了，即使它没有那令人不寒而栗的“不错，黏糊糊的有腿生物，爬上黏糊糊的海面”可以炫耀。

我认为，老水手，还有他的诗，在他杀死那只讨人喜欢的信天翁之前，就已经有明显的强迫症。读者将明白，我们确实是从一开始就在一首“纯粹的想象力”的诗中，因此整个旅程不用说也就是幻想的。但是，为什么老水手要杀死那只通人性的信天翁？在整首诗中，他都是令人震惊地被动的，尤其是在他射杀信天翁时。他仅有的另外行动，是喝自己的血以便高喊他已看见一条船，以及后来他做了一次祈福。他令人想起斯威夫特的莱缪尔·格利佛和笛福的鲁滨孙·克鲁索；像他们一样，老水手似乎是一个准确的观察者，却缺乏感情和感觉。我一度相信柯尔律治的主人公是在绝望地尝试通过他的无缘故犯罪来建立一个自我，但我已不想再为一个如此“现代主义”的观点寻找任何证据。毕竟，老水手在诗结尾时，对自己的身份并没有任何更强烈的感觉。他是一部机器，用来永远讲同一个故事。

一如柯尔律治后来所说的，诗中没有道德寓意，而且也不应该有。因此，为什么要杀死信天翁这个问题，也就没有答案。我促请读者不要给这首诗施洗；它不是讨论原罪和人类的堕落，这两者涉及违抗和恶行；《老水手谣》不是《失乐园》。在一定程度上，柯尔律治的诗在其语调的超脱上，是莎士比亚式的，但其视域性的语言有时候与行吟诗《汤姆·奥贝德兰》有契合之处：

移动的月亮升上天空，
不作一丝儿停留：
她轻轻地上升，
此外有一两颗星——

她的清辉像四月的白霜抛撒，
嘲弄闷热的大海；
但在船体的巨大阴影下，
着魔的海水一直燃烧，
把周围染成炎炎赤色。

在那巨大的船影外，
我看见水蛇出没：
它们在滑行中闪耀磷光，
而当它们竖起来，小精灵似的磷光
便像霜花般抖落。

在那巨大的船影内，
我看见它们华丽的斑纹：
蓝、碧绿、丝绒般的黑，
它们蜷缩和游动，留下
一条条亮闪闪的金沟。

啊快乐的生物！没有语言
可以形容它们的美：
我心中涌出一股爱的喷泉，
我不自觉地祝福它们：
肯定是我仁慈的圣人垂怜我，
使我不自觉地祝福它们。

就在我要祈祷的瞬间；
那只信天翁顺势
从我颈上跌落，铅一般
沉入海里。

这不只是《老水手谣》的解决方案（如果它有一个解决方案的话），而且是柯尔律治在诗意上达到的最强烈效果。在别的情况下是如此绝望地不胜任的老水手，此刻是如此受到水蛇的美和明显的快乐所感动，情不自禁地在心中默默祝福它们，从而达至从咒语中解放出来——不管他可以达至的是什么样的解放。受感动的读者，在享受《老水手谣》的美之余，还享受它那复杂的陌生感，而当她走完这段黑暗旅程之后，她将获得一种加强的自由感，而这正是我们为什么读的另一个理由。

雪莱和济慈

雪莱和济慈是十分不同的诗人，也不是什么深交的朋友（济慈对雪莱的财富和风风火火的生涯颇不以为然），但两人永远被雪莱那首哀悼济慈的挽诗《阿多尼斯》联系在一起。他们是我在这本书中花较大篇幅去介绍的最后两位诗人，因为我必须满足于仅以简短篇幅谈论几位我最欣赏的二十世纪诗人：W.B.叶芝、D.H.劳伦斯、华莱士•史蒂文斯和哈特•克莱恩。

关于雪莱，我将仅限于介绍他那首卓绝、未完成的辞世之诗

《生命的凯旋》的几个段落。如果有任何人想说服我们相信他写出了一部要是《神曲》作者但丁用英语写诗就会写成那样子的作品，则在我看来，最接近这样的作品的，莫过于《生命的凯旋》。《生命的凯旋》是一种地狱式视域，它是一部残篇，共约五百五十行，使用但丁式的三韵句，在我看来也是英语中写得确实出类拔萃的最绝望的诗。雪莱在他最后日子(虽然年仅二十九岁)把他关于人类本质和人类命运的视域给予我们——然后扬帆驶向他最后的旅程。他是溺死的，至于是不是意外，我们迄今未能肯定。雪莱把《生命的凯旋》作为遗嘱抛给了我们，他的读者；这个遗嘱要不是因为它那增强的诗歌力量，一定会使我们感到迷惑和沮丧。

我想我是坐在大路旁，

　夏天浓尘滚滚，密集的
人群熙来攘往在赶路，
　数不清如暮光中的蠓虫，

一个个行色匆匆，然而似乎不知道
　他要去哪里，或从哪里来，或为什么
自己置身在这庞大群众中，却

　漂浮在这人海里，如同从天空里掉下
千万片夏季棺木的叶子中的一片。——
　老人和少年，男人和婴儿，

似乎都混杂在这巨大的洪流中，
　有些飞快躲避他们害怕的，有些
追求别人所恐惧的，

　另一些仿佛正步步逼近坟墓，
凝视脚下踏碎的蠕虫，
　另一些悲恸地走在他们自己那

与死人无异的影子的昏暗里……
　还有一些以为那是鬼，于是撒腿就跑，
在喘不过气的痛苦中几乎晕厥。

　但更多人只是做出互相阻碍的动作，
追赶或避开云团投下的影子，
　或正午天空里迷失的鸟儿，

　他们走在未曾长过花的人行道上；
在无望的跋涉和焦渴中累倒，
　听不到那永远有甜美的甘露

从多苔藓的洞眼溢出的清泉，
　也感不到那在叙述着青葱小径的
森林之风，和那点缀着婆娑的榆树

和寒冷的洞穴的林中草地，
还有做着甜美的梦的紫色河岸，但他们
依旧在追求他们认真的蠢事……

这死亡之舞是我们互相竞争的生活的“认真的蠢事”：“作出互相阻碍的动作”。《生命的凯旋》是一个苦涩的反讽书名，因为在这首诗中那战胜我们大家的“生命”的，乃是“虽生犹死”，它是个性和完整的摧毁者：

我放眼望去，心想这人群
逐渐疯狂的样子，就像六月的树林
当南风摇撼熄灭的白天。——

一片寒光，比正午还强烈
但冰冷冷，光芒遮蔽太阳
如同太阳遮蔽星星。就像那新月——

在阳光照耀的黑夜边缘上，
她的白壳在暗红色天空中颤栗，
而沉睡的暴风雨正在聚集力量，

而她，在露出她的端倪时，仍
带着她那死去的母亲的鬼魂，在黑暗的苍穹里

母亲朦胧的影子从她的婴儿车后俯身,[1]

一辆战车也是这样冒现,疾驰在
它自己飞腾的光辉的无声风暴上,一个形状
坐在里边,仿佛被岁月扭曲得不成样子,

戴着黑黝黝的头巾和双重斗篷,
蜷缩在一座坟墓的阴影里,
而在那看似是揉皱的云团头上,

笼罩着一片淡淡、稀薄的昏暗
减弱那强光;在战车前部
一个像四面神的影子,是他在负责

引领那支有神奇翅膀的队伍。
那些推动它的形状们则迷失
在电光中:我仅听到在空气柔和的流水上

传来他们不停地鼓动的翅膀的音乐。
那个驾车者的四个面孔
全都用绑带蒙着眼睛……车前的速度

① 这是指新月从旧月中显现,而这整段(六行半)有关新月出现带着过去历史痕迹的描写,都是用来比喻下面要出现的战车。——译注

和车后的盲目都对它们毫无意义，

　　那些使太阳失色的强光也同样没用，

他那些用绑带蒙着的眼睛也同样不能穿透

　　所有那些当前的，刚过去的，或将至的领域。——

战车是如此疯狂地被引领，却继续

　　以庄严的速度辉煌地飞驰……

以"旧月在新月怀抱中"（源自民谣《帕特里克·斯彭斯爵士》，曾被柯尔律治引用，作为其颂歌《沮丧》的题词）这个意象为先声，生命的战车向我们奔驰而来。雪莱大胆地戏仿《以西结书》、《启示录》、但丁和弥尔顿著作中的神车，而那个形状，被称做"生命这征服者"，它是由一个魔鬼般的车夫引路的，这车夫是对神车的四个天使的可怕的戏仿。这个地狱般的驾车者，有四个面孔，像罗马神话中的四面神杰纳斯那样看前看后，但他什么也看不见，而从他的战车喷发出来的寒光则使我们目眩。读者逐渐明白到，雪莱区别三个王国的光——星星（诗歌）、太阳（自然）和那战车的寒光（生命）。自然比想象力更胜一筹，使我们丧失；接着战车那破坏性的光辉比自然更胜一筹，使我们毁灭。

在那凯旋的战车背后，跌跌撞撞地跟着一大群俘虏。这群俘虏最后一批中，混杂着陷于情欲疯狂的青年恋人和"无耻地散乱"、仍在努力跟上生命战车的老人。绝望地想明白究竟的雪莱，遇见他的引路人卢梭，后者如同但丁的引路人维吉尔。卢梭以先知似的雄辩和紧迫性，告诉诗人：

"在你有记忆之前

"我怕过，爱过，恨过，受苦过，生活过然后死去，
如果天堂那点燃我的精神的火花
获得人间更纯粹的营养的补充

"腐败就不至于像现在这样，严重地
侵蚀那个曾是卢梭的人——这副打扮也就不会
玷污内心那个仍然不屑于穿戴它的人。——

这是我迄今介绍给任何读者的最困难的诗，但我们一直都在学习如何读和为什么读诗。卢梭那令人畏惧的骄傲，是掺杂着他可怕的堕落感而来的，但是他这番话却具有普遍的人性，并超越了历史的卢梭。雪莱的这位迟来的引路人，说出了隐藏在每一个读者内心的某种东西。确实，我们之中，谁敢说她或他不是被伪装起来，被那"虽生犹死"的腐败遮蔽着，从而看不见真正的自我(那火花)？

我希望读者在不需要我作陪的情况下，继续读完这首伟大的残诗的剩余部分，并且牢记要放缓下来，非常慢地细读，最好是大声读出来，不管是读给自己或别人听。雪莱最后遗诗的强度和生动，将奖赏读者的努力，既以它那猛烈的雄辩，也以它对人类状况的洞察力。

这里，我想用雪莱的悲剧终曲，来与济慈的一首壮丽的歌谣并

读。济慈的《残酷的美妇人》[1]不管它有着多么迷人的渴念，在终极意义上却是一首跟《生命的凯旋》一样绝望的诗：

骑士啊，是什么使你苦恼，
　孤单又苍白地游荡？
湖中的莎草已经枯槁，
　也没有鸟儿歌唱。

骑士啊，是什么使你苦恼，
　如此憔悴，如此忧伤？
松鼠的粮仓已经盈满，
　收获已经完成。

我看见你眉头皱起百合，
　带着痛楚的潮湿和灼热的露珠；
而你脸颊上一朵凋谢的玫瑰，
　也已迅速枯萎。

我在草地上遇见一个妇人，
　美丽如斯——像一个仙女，
她的头发好长，她的脚步好轻，
　她的眼睛好野。

---

① 又译《无情的妖女》。——译注

我为她做了一个花冠，
还有手镯和芬芳的腰带；
她望着我，仿佛她真心爱我，
然后发出甜美的叹息。

我把她扶上我那踱步的俊马，
整天我别的什么都没看见；
她会斜斜地弯身，唱一首
仙女的歌。

她给我采来甜美的根茎，
还有野蜜和甘露，
并用陌生的语言肯定地说——
“我真心爱你。”

她把我带到她的仙洞，
在那里她流泪，又痛苦地深深叹息，
在那里我闭上她野性野性的眼睛，
给了她四个吻。

在那里她哄我入睡，
在那里我做梦——啊！遭殃！
那是我做的最后的梦，
在那寒冷的山边。

我还看见苍白的国王和王子，
　苍白的战士，全都苍白如死人：
他们大喊："残酷的美妇人
　已把你变成囚徒！"

我在朦胧中看见他们大张着
　干瘪、恐惧、惊慌的口，
这时我醒来，发现自己在这里，
　在这寒冷的山边。

这就是为什么我羁留在这里，
　孤单又苍白地游荡，
虽然湖中的莎草已经枯槁，
　也没有鸟儿歌唱。

这可能是中世纪后期"边境民谣"以来，在诗意上最成功的英语歌谣。对一位警醒的读者来说，它成为更好地学习如何读诗的一个非凡场合。《残酷美妇人》中，发生了什么非常严重的事情。它绝不像已故的诗人小说家罗伯特·格雷夫斯所理解的那样，是一首庆祝的诗。在格雷夫斯看来，美妇人同时是肺痨（它导致济慈在二十七岁英年早逝）、范妮·布劳恩（济慈爱她，但从未拥有她）、爱情、死亡、诗歌和白色女神——神话中的缪斯，她生了她真正的诗人，然后跟他们结婚，然后埋葬他们。格雷夫斯是一位老练的诗歌读者，但是他用他自己与美国女诗人劳拉·里丁崇高地毁灭性的关系，来解读济慈这首歌谣。

济慈的《残酷美妇人》的标题，取自一首中世纪法国诗，但依然如此原创和微妙，使得我们永远无法肯定我们正确读懂了它。然而，专心地读，我们也许会深深怀疑那“仙女”是不是残酷的，尽管有证据表明她有一大群受害的情人：苍白的国王、王子、战士，他们大概是吃了仙女的美食之后无法再吃人间烟火，于是饿死了。但这是那骑士的梦，我们应相信它吗？

我们是在晚秋或初冬，那个骑士又是痛楚，又是生病，可能还挨饿。开头三节诗，是济慈说的，其余九节诗，则是仙女的哀伤的情人说的。当最后一节诗兜了一个大圈又回到原点时，我们才发现济慈这首歌谣的组构已避免了回到以他本人作为叙述者。这是不是微妙地暗示济慈与骑士是同一个人？格雷夫斯就是这样理解的。

这首诗最关键的，是美妇人与骑士不明白彼此的语言，而他可能误解了她的姿势语言和脸部表情。骑士对这位美丽的女巫一见钟情；我们感到他根本就不能不这样！然而，骑士自己的话使我们怀疑他是否正确理解她：“她望着我，*仿佛她真心爱我*，/ 并发出甜美的叹息。”这叹息，可能更多不是爱意而是凶兆，而当骑士唱道“并用陌生的语言*肯定地*说——‘我真心爱你’”时，我们能感到他自己并不敢肯定。他的解释似乎是错误的，而我们的担心则是正确的：“她流泪，又痛苦地深深叹息”是因为又一个受骗的情人自找死路来了。

虽然这两句诗属于英语中最悲伤的诗句，完美地表达了被遗弃的情人的感受，然而它们却可能包含进一步的自我欺骗：

这时我醒来，发现自己在这里，
　在这寒冷的山边。

他在“她的仙洞”入睡，为了什么实际的目的，他没有告诉我们，但是那“四个吻”可能是他的满足的数目。他如何从她的幸福居所（如果那是幸福居所）被转移到他醒来时的寒冷的山边？那种力量可能是魔术的，但我们敢肯定他整个经验不是妄想吗？他的梦是什么时候开始的？

这首诗太机灵了，很难肯定地回答任何这些问题。我们满腹疑问，然而我们自己也被施了魔法了，如同济慈自己在这里似乎也被施了魔法。为什么读《残酷的美妇人》？因为它奇妙地表达了人们对浪漫爱情的普遍向往，以及它深深地意识到所有浪漫爱情，不管是文学的还是人生的，都依赖不完整和不确定的知识。

结　语

在刚刚结束的二十世纪，重要英语诗人肯定将包括美国人罗伯特·弗洛斯特、英国籍美国诗人T.S.艾略特和英国诗人小说家托马斯·哈代。但我在这里想把我的讨论仅限于四位至少同等卓著的诗人：英国籍爱尔兰诗人W.B.叶芝、美国诗人华莱士·史蒂文斯和哈特·克莱恩，以及英国先知式诗人小说家D.H.劳伦斯。叶芝继承了威廉·布莱克的象征主义抒情诗、维多利亚时期的戏剧独白，以及济慈和雪莱的视域性立场。史蒂文斯和克莱恩也部分地共享这个系谱，但也继承惠特曼和狄金森的美国传统。既亲近布莱克又亲近惠特曼的劳伦斯，是一种视域性绝望的高潮，这种视域性绝望在我看来似乎是英语最伟大诗歌的中心。

“但是，那些有不同特征的诗歌在哪里？”读者也许会问，“难道所有卓越诗歌都要绝望吗？”当然不是，但如果重读我对丁尼生的《尤利西斯》、对惠特曼和狄金森、对《汤姆·奥贝德兰》和莎士比亚十四行诗、对弥尔顿和华兹华斯的评论，将证明“视域性绝望”并不是你我在我们日常生命中也许会体验到的绝望。我选择一批我喜爱的诗，恰恰是因为它们的视域性品质超越了俗世的黑暗。如同我已促请读者去注意的，诗歌能够成为一种超越方式，至于是世俗超越还是精神超越，则视乎你如何接受它而定。但我将首先简短地在这四位现代诗人中说明这点。

叶芝巧妙地利用神秘学，自称精灵带给他“诗歌的隐喻”。他写了那首强有力的《人与回声》，作为他的死亡诗之一。受尽了个人悔痛的折磨（“我夜夜难以入眠”），老人只从回声那里听到冷酷的回答：“躺下来死”和“沉入黑夜”。然而，诗人以苦行的、不可知论的勇气作出结论：对他自己提出的问题，“我们会在那个伟大的夜里满心喜悦吗？”他自己用那不可回答的人类状况的真相来回答：

> 除了在这地方互相面对，
> 我们知道什么呢？

读者，不管是什么年龄的读者，可以在这回答中找到一种超越绝望的品质，类似于罗兰公子把号角凑到嘴边，吹响了雪莱式的预言的号角。另一首直面终极问题的死亡诗，是D.H.劳伦斯那首雄伟的《阴影》。在诗中，人到中年但如同年轻的济慈一样就快死于肺痨的诗人，也找到迎接一种全新视域的勇气：

而如果今夜我的灵魂可以在睡眠中找到
她的平静，沉入慷慨的遗忘，
然后在早晨醒来像一朵新开的花，
那么我就是又一次浸在上帝里，被全新创造。

在惠特曼的英雄主义节奏（约翰•霍兰德指出，惠特曼的诗不是"自由诗"，因为任何真正的诗都不是自由的）解放下的劳伦斯的诗歌声音，把自己开放给"慷慨的遗忘"，而不是我们普通意义上的死亡，在我们的观念里，死亡要么是消灭要么是一种超自然的存活。作为那可以称为"全新创造"的探究者，劳伦斯意味深长地承认自我失败的恐怖："我的手腕折断了。"然而，从《阴影》中升起的，是劳伦斯的精神的复苏感，这种精神得到他正在写的这首诗的支援。我本人相信，诗歌是唯一有效的"自我帮助"，因为大声诵读《阴影》增强了我自己的精神。我想提醒读者，所有伟大诗歌都应大声朗读出来，不管是在孤独中或读给别人听。

华莱士•史蒂文斯，面对他癌症带来的死亡时，在他最后日子所写的最激扬的诗《关于纯粹的存在》中，看见了"心灵尽头那棵棕榈树"的幻象。在面对他知道是幻境的东西时，临死的诗人得以知晓"并不是理性 / 使我们快乐或不快乐"。在心灵的尽头，一棵棕榈树升起。我不清楚史蒂文斯是否知道那个美丽的什叶苏菲派神话。

神话说，真主用黏土造了亚当之后，还剩下一点，于是用它来造了一棵棕榈树，即“亚当的妹妹”。史蒂文斯知不知道这则异想天开的美丽神话是否重要？这就牵涉到一个问题，也即为什么阅读困难、引经据典的诗人，普通读者就需要沉思，如果他想充分领会这类诗人的话。弥尔顿也许是有史以来所有诗人中最博学的，用沉思来阅读他肯定是有益的。读史蒂文斯也是如此，尽管要求的强度不那么高。莎士比亚在诗人中几乎是独一无二的，因为他既是最伟大的大众娱乐者，又是终极的最高艰深者，而这又是因为他的心灵具有无可匹比的力量。史蒂文斯引经据典，有时候很腼腆，但他的最后幻象既简单又像谜一样：

鸟儿歌唱。它的羽毛闪亮。

那棵棕榈树站在空间的边缘。
风在枝叶间缓缓拂动。
鸟儿那受热变质的羽毛悬荡。

凤凰原是一个埃及神话，活五百年，然后被内心的火焚烧掉，并立即从自己的灰烬中升起来。史蒂文斯不知道(我们也不知道)他视域中那只艳丽的鸟儿是不是凤凰。这重要吗？那鸟儿歌唱，它的羽毛闪亮，那棕榈树站着(不管多么岌岌可危)，那风拂动：这些都是令人放心的现象，是尽头的安慰。悬荡是含糊的；读者也许记得史蒂文斯很早之前，比《关于纯粹的存在》早了四十年的《星期天早晨》一诗中的死亡意象：“张开扩大的翅膀，降向黑暗。”但是，这最后一行——“鸟儿那受热变质的羽毛悬荡”——要远远有生机得多，是对强大意识的最后维护。至于史蒂文斯究竟是给了我们一个世俗超越的意象，抑或是一个灵性的暗示，则再次应由读者来决定。

在所有现代诗人中，我个人最喜欢的是哈特·克莱恩，他三十二岁时，从船上跃入加勒比海里自尽。他的死亡诗（很可能不是要作为死亡诗）是那首非凡的自我挽歌《破碎的塔》，其中一节诗，自我十岁起，在近六十年来每天都萦绕我心头：

> 因此是我进入这破碎的世界
> 追踪幻想中爱的伙伴，它的声音
> 是风中的一瞬间（我不知道投向哪里）
> 而不是久得足以抓住每一个绝望的选择。

这其中包含的美学尊严，是令人难以抗拒的，部分原因是克莱恩是一位咒语大师，有能力使我们着魔，而这正是诗歌不容置疑的魅力之一。进入破碎的世界是一次诞生，这诞生同时也是灾难的创造，把克莱恩罚入终生“追踪”的地狱。这追踪同时又是对“幻想中爱的伙伴”的一次追踪和描述。这“幻想中爱的伙伴”对克莱恩来说，显然包括布莱克和雪莱和济慈。克莱恩一系列同性爱关系——每个选择都绝望而短暂——都是对一个声音的无望但有效的追求，那声音的方向和持续时间都受到风的阻滞，这风等同于他自己那不容置疑的灵感。

当你背诵他，克莱恩甚至比大多数诗人都更随时愿意把他的秘密和价值给予你。在这里我想重提我较早时所强调的背诵的乐趣，它对于读诗的帮助是巨大的。一旦你好好默记它，诗就会拥有你，你就更能细读它，而细读是伟大诗歌所要求并给予奖赏的。初读哈特•克莱恩，很可能会听到令人陶醉的声音和节奏的奔涌而来，却难以吸收。反复重读《破碎的塔》或《开场白：致布鲁克林大桥》将使你永远拥有这首诗。我知道很多人继续背诵诗，是因为他们意识到拥有诗和被诗拥有，能帮助他们生活下去。

这类帮助，在埃米莉•狄金森那里是很慷慨的，她心智的原创性使细读她的读者可以打破深植于我们身上的常规反应。在这方面，她是莎士比亚的弟子。哈姆雷特的沉思的超凡价值，是对读者的自主权的另一次加强，一如我在本书稍后将证明的。像《哈姆雷特》一样，莎士比亚的十四行诗，我们每次重读，会因其意义的变化而带来源源不绝的新鲜乐趣。

当我们读沃尔特•惠特曼最强大的诗，我们总会受到重新认识的震撼。诗歌在最好的时候，确能给予我们一种散文虚构作品难得尝试或达至的猛烈。浪漫派诗人明白这点，把它视为诗歌的真正效力：使我们从死亡的睡眠中惊醒过来，进入一种更宽广的生命感。读和重读我们最好的英语诗歌，再没有比这更好的动机了。

长篇小说(Ⅰ)

导 言

在某些方面，读一部长篇小说与读莎士比亚或读一首抒情诗不应有太大差别。最重要的是你是谁——既然你无法使自己不阅读。由于我们大多数人还怀着一些明确的期待，因此在阅读长篇小说时会出现一种差别，我们想在小说中遇见如果不是我们的朋友和我们自己，也是某种可辨识的社会现实，不管是当代的还是历史的社会现实。艾丽丝·默多克一部最新出版的小说，在我心中引起的感觉，不同于约翰·阿什伯里一本新出版的诗集。坏作品永远是一样的；伟大的作品却千差万别，各种体裁又构成伟大作品内部真正的分野。现时仍有些健在且值得阅读的戏剧性和叙述性诗人，但他们确实少之又少：我读阿什伯里是为了重新遇见阿什伯里，一个渴望其他人和渴望另一性的孤独者。默多克是我们优秀长篇小说家中最传统的，我们读她，是为了人物，为了故事，为了形而上学的省思和情欲的省思，以及为了某种带反讽的处世哲学。我不要求默多克给我一本《荒凉山庄》或《米德尔马奇》，而是希望她与这些经典维持一种延续性，这种延续性也许有一天会再次催生足以跟这些经典匹敌的作品。也许默多克那些生气勃勃的新人物将会消失在延续性之中，如同往常那样。但是，仍将有重复的乐趣，使文明传统保持鲜活的乐趣。

极致的抒情诗的读者，必然是稀少的。这使我们最好的诗人们感到伤心，但他们有务实的示范性前驱者，例如威廉·布莱克、沃尔特·惠特曼、埃米莉·狄金森和杰拉尔德·曼利·霍普金斯，他们在他们有生之年获得的读者是如此少。惠特曼自己出版诗集，布莱克也是，而狄金森和霍普金斯则是死后才出版。伊丽莎白·毕晓普找到虽然极少却是知音的读者，并有我们三两位当代最佳诗人追随她。即使在新千年中我们重返一个神权时代（如同詹巴蒂斯塔·维柯在《新科学》中预言的），我们仍可寄望一种精英的诗歌会留存下来，但是长篇小说的运气可能会较黑暗。长篇小说需要比诗歌更多的读者，这个说法是如此奇怪，使得我感到迷惑，尽管我也同意这说法。丁尼生、勃朗宁和罗伯特·弗洛斯特都有大量读者，但也许不需要他们。狄更斯和托尔斯泰有庞大读者群，而且需要他们；大量的无意中听到者构成了他们的艺术的一部分。如果你怀疑自己也是日益缩小的精英中的一员而不是庞大的人群中的代表，你又如何与众不同地阅读一部长篇小说呢？

除非你大声诵读并读给别人听，否则即使有其他人在场也不能把阅读从一种孤独行为变成一种社会行为。五十年来，我读长篇小说，为了它们的人物、故事，为了它们作者的声音和叙述的声音之美。如果长篇小说确实注定要消失，那么就让我们为了它们的美学价值和精神价值，也许甚至还为了它们的英雄主义（主人公的英雄主义和作者体现的英雄主义的一面），而向它们致敬。让我们读它们，在第三个千年的未来岁月里，如同它们在十八世纪和十九世纪被阅读那样：为了美学乐趣和为了精神洞见。

伟大长篇小说中的人物，不是白纸上的符号，而是后莎士比亚时代的画像，描绘男男女女的现实：真实、很有可能和可能的男男女女。在我们的世纪，仍有长篇小说可读，并且增添了普鲁斯特、乔伊斯、贝克特和众多美洲小说家——既有西班牙语的，也有北美的——大大地丰富了奥斯汀、狄更斯、福楼拜、司汤达和其他经典作者的传统。乔伊斯在《为芬尼根守灵》中，预言性地哀叹说，他缺乏莎士比亚的环球剧院观众。而我担心，《守灵》将消失在视觉新时代。也许普鲁斯特也会消失，而这是特别具有反讽意味的，因为在我看来，在这个坏年代，当我们在所有长篇小说都渐渐淡出的黑暗背景下重读普鲁斯特的长篇小说，似乎没有任何长篇小说像它这样占尽优势。

米格尔·德·塞万提斯：《堂吉诃德》

任何有关如何读和为什么读长篇小说的讨论，都必须包括塞万提斯的《堂吉诃德》，它是所有长篇小说中最早和最好的，却又不止是一部长篇小说。在我最喜爱的塞万提斯批评家、巴斯克作家米格尔·德·乌纳穆诺看来，这本书是真正的西班牙语圣经，而“我主堂吉诃德”则是真正的基督。如果我可以从完全世俗的角度看，则塞万提斯似乎就是过去四百年来的想象性文学中莎士比亚唯一可能的对手。堂吉诃德是哈姆雷特的同袍，而桑丘则是约翰·福斯塔夫爵士的难兄难弟。我不知道如何给出更高的赞美。作为一点不差的同代人（他们完全有可能是同一天逝世），莎士比亚显然读过《堂吉诃德》，但塞万提斯绝不可能听说过莎士比亚。

喜爱《堂吉诃德》的小说家包括十八世纪英国的亨利·菲尔丁、托比亚斯·斯摩莱特[1]和劳伦斯·斯特恩；他们的作品如果没有塞万提斯，是不可想象的。塞万提斯对司汤达和福楼拜的影响是巨大的，福楼拜的包法利夫人是"女吉诃德"。赫尔曼·梅尔维尔和马克·吐温都是塞万提斯式的，陀思妥耶夫斯基、屠格涅夫、托马斯·曼和实际上所有现代西班牙语小说作家，也都是塞万提斯式的。

《堂吉诃德》是如此浩瀚的一部书（虽然，我跟塞缪尔·约翰逊博士一样，不希望它短哪怕一点点），所以我想把我关于如何读它的建议，仅限于探讨该书的中心关系，也即堂吉诃德与桑丘·潘沙之间的友谊。莎士比亚作品中没有任何相似的友谊，因为哈尔王子变成亨利五世国王时，毁掉了他与福斯塔夫的友谊，当我们在《亨利四世》第一部开头首次见到他们在一起时，他们的友谊已变得高度地含糊不定。霍拉旭无非是哈姆雷特的一个配角，莎士比亚作品中其他亲密的男性友谊，全都有其模糊的方面，尤其是在十四行诗中。莎士比亚的女人都有能力彼此保持真正的友谊，但他的男人都不能。有时我觉得，这，不仅在莎士比亚作品中如此，而且在真实生活中似乎也如此，又或者这是莎士比亚影响生活的另一个例子？

堂吉诃德和桑丘有很多争吵，但总是和解，而且从未在爱、忠诚以及在堂吉诃德伟大的没智慧与桑丘可敬的智慧中令彼此失望过。在莎士比亚作品中（如同在生活中？），每个人都难以互相听进对方的话。李尔王几乎不听任何人的话，而安东尼和克娄巴特拉

① 斯摩莱特（1721—1771），英国小说家。——译注

（有时候兴高采烈地）则完全听不进彼此的话。莎士比亚本人一定是拥有最超自然天赋的倾听者，尤其是在本·琼森面前，后者总是说个不停。我怀疑，塞万提斯也是一个精神抖擞的倾听者。

虽然几乎所有能发生的事情，都发生在《堂吉诃德》里了，但最重要的是桑丘与堂吉诃德之间进行中的谈话。随便打开这本书，你很可能就置身于他们的某次交锋，愤怒或反复无常，但最终总是充满爱的，而且是在互相尊重的基础上。即使当他们最激烈争辩的时候，他们也永远谦恭有礼，而且他们从未停止过从互相倾听中学习。而通过倾听，他们发生改变。

我想，我们可以建立这样一个原则，也即当我们把塞万提斯和莎士比亚放在一起，改变——自我的深化和内化——就绝对是互相对立的。桑丘和堂吉诃德通过彼此倾听而发展更新鲜和更丰富的自我，而福斯塔夫和哈姆雷特却只有通过无意中听到自己才会完成同样的发展。西方重要小说家受惠于莎士比亚，一点不亚于他们受惠于塞万提斯。梅尔维尔《白鲸》中的亚哈没有桑丘，他孤立如哈姆雷特或麦克白。在其他方面是吉诃德式人物的可怜的爱玛·包法利，也没有桑丘，最后死于自我无意中听到。哈克贝里·费恩有了吉姆做他的桑丘，并因此而得救，避免了在孤独环境中光荣地枯萎。陀思妥耶夫斯基《罪与罚》中的拉斯科尔尼科夫在埃古式虚无主义者斯维德里加依洛夫那里，遇到了也许可称为“反桑丘·潘沙”的东西。陀思妥耶夫斯基的《白痴》中的梅诗金公爵明显是得益于堂吉诃德那种高贵的“疯狂”。托马斯·曼高度意识到自己受惠于塞万提斯，遂刻意重复诗人歌德对《堂吉诃德》作者的复杂的致敬，以及西格蒙德·弗洛伊德对塞万提斯的称赞。

在堂吉诃德与桑丘之间热情的(尽管常常是暴躁的)辩论中，他们逐渐吸纳了彼此的一些特质。吉诃德的视域性的疯狂，开始获得了某种更机灵的特点，而潘沙那明白事理的敏锐，亦开始改变，进入了探险的游戏世界。他们的本质没有互相交融，但他们学会互相依靠(达到滑稽的程度)。堂吉诃德在向桑丘解释他的目标时，列举了他那些善妒的前辈们——阿马迪斯和奥兰多——的情欲疯狂，然后明智地补充说，也许他只会模仿阿马迪斯，因为，与奥兰多不同，阿马迪斯是通过给每个走近的人带来疯狂的伤害来成名的：

> "我觉得，"桑丘说，"做这些事情的骑士们，都是被驱使这样做……但是……你为什么这样疯狂？是哪位小姐拒绝了你？"
>
> "正是如此，"堂吉诃德答道，"这正是我精心策划的——因为，一个游侠骑士有十足理由才疯狂，这到底值几个子儿呢？我的看法是，应当毫无理由地变得疯疯癫癫……"
>
> (伯顿·拉费尔译)

像哈姆雷特，堂吉诃德只在刮西北偏北风时才疯狂[①]，他绝不是傻瓜，桑丘也不是。像哈尔王子和福斯塔夫，他们是在玩一场非常复杂的游戏，但相对于哈尔和福斯塔夫，他们较快乐，因为他们毫不含糊。事实上，他们的游戏是如此复杂，以致读者读的，注定是她自己的《堂吉诃德》，因为塞万提斯再次像莎士比亚一样，其不偏

---

① 语出哈姆雷特："我只在刮西北偏北风时才疯狂，当南风吹来时，我不会把苍鹰当成白鹭。"这里的意思是必要时才疯狂。——译注

不倚就如同其复杂。很多学者不同意我最喜爱的塞万提斯批评家乌纳穆诺的看法，而是赞成埃里希·奥尔巴赫的意见，后者从《堂吉诃德》读出一种毫无疑问的欢乐。而在乌纳穆诺看来，吉诃德体现了生命的悲剧意识，而吉诃德的“疯狂”则是对必死性的抗议，你甚至可以说，是对西班牙气质的反抗，西班牙气质在不同时代都崇拜死亡。塞万提斯虽然是一个饱受摧残的战士(他在对抗土耳其人的勒班陀海战中受伤，左手永远残废)，但是他身上有某种永远濒临大声疾呼的东西，如同约翰·福斯塔夫：“给我生命！”我想乌纳穆诺是对的，他说这部小说的欢乐完全属于桑丘·潘沙的伟大，他就像福斯塔夫和拉伯雷的巴汝奇，是我们身上的不死性的另一个伟大例子。

在莎士比亚戏剧中，没有两个人物同等地赢得想象力至上的荣誉。在想象力方面，福斯塔夫胜过哈尔，朱丽叶胜过罗密欧，克娄巴特拉胜过安东尼。在塞万提斯所有的辉煌中，最美妙的莫过于他给了我们堂吉诃德和桑丘这两个伟大人物，以及他们互相爱护互相尊敬。

令人耳目一新的是，他们频频争吵、热烈争吵，而这与两个具有强烈性格、知道自己是谁的人物是十分相称的。虽然堂吉诃德，以及后来的塞万提斯，都受到巫师的困扰，但是个性并未受到危害。莎士比亚把个人身份认同的连贯性称为“如一”，这种“如一”在堂吉诃德身上未曾受损，尽管他的骑士游侠行为带有明显的疯狂。这个“如一”的一个关键因素，是堂吉诃德怀着巨大的激情，忠诚于他自己想象出来的创造物，那个令人讶异地美丽和惊人地高尚的杜尔西内娅，他情深意长地呼唤她：“啊，托沃索的杜尔西内娅，我黑夜里的白天，我苦难中的光荣，我每一次旅途的真正北斗和罗盘，我命运的指路星……”这个女人实际上只是邻近一个可以说是粗俗得可以的村女阿尔东萨•洛伦索。巫师们把独一无二的杜尔西内娅变成普通的阿尔东萨，然而堂吉诃德知道自己的虚构，知道自己壮丽的发明在这场游戏中的位置：“我把我所说的一切都看成是绝对真实的，也没有什么缺陷，并按照我想让它成为的样子，原原本本描绘在我头脑里……”我奉劝读者把杜尔西内娅当做有一定可信性来接受，因为在某种程度上她之于堂吉诃德就如同俾德丽采之于但丁，是一个有别于自然世界的另类世界的中心。这个浪漫主义兴盛期的概念，或雪莱式概念，被桑丘•潘沙戳破，也以另一种方式被堂吉诃德本人戳破，后者知道又不知道游戏的界线：“我知道我是谁，以及我可以是谁，如果我选择。”学会喜爱堂吉诃德和桑丘•潘沙的读者，将因为他们而更好地了解自己。塞万提斯像莎士比亚一样，可娱乐任何读者，但是再次像莎士比亚，他可根据读者的能力来创造更主动的读者。当堂吉诃德见到笼中的狮子时，是他知道这些高贵的狮子是不是要来袭击他。当主动的读者骑马与堂吉诃德和桑丘同行时，她也逐渐跟他们一样，认识到他们是一个故事中的人物，而在这部巨著的第二部，堂吉诃德和桑丘则反过来充分参与读者的认识，因为他们变成公开的批评家，欣赏他们自己的冒险。

莎士比亚拥有至高的天赋，使自己消失在他二十余部伟大戏剧中；读者或玩游戏者也许想知道莎士比亚有什么想法，但莎士比亚已作了安排，使我们无法接近他，而在很多方面，多亏他这样做，我们亦不需要他。塞万提斯，特别是在《堂吉诃德》第二部，发明了刚好相反的艺术，把事情安排得我们不能没有他。他在他为我们创造的幻觉中切开一个豁口，因为堂吉诃德和桑丘在第二部从头到尾都一再评论他们在第一部扮演的角色。塞万提斯甚至更具巴罗克风格和更有学识地加入堂吉诃德对巫师的抱怨，就塞万提斯而言是抱怨那个将替他完成他的小说的剽窃者兼冒充者。

托马斯·曼在评论《堂吉诃德》时，佩服一个"靠自我荣耀的荣耀活下去"的英雄独一无二的特质。桑丘因为太敏锐，所以去不了那么远，然而他说他"也将出现在这故事中并被称做桑丘·潘沙"。如果读者变得有点儿困惑，那她只会更需要塞万提斯本人。塞万提斯以米格尔·德·塞万提斯·萨韦德拉的身份讲话，他取得并维护了一种新的讲故事的权威，其终极继承人很有可能是马塞尔·普鲁斯特，因为普鲁斯特把塞万提斯这部小说带到也许是它最可能远的地方。或者，也许这终极继承人是写《尤利西斯》的詹姆斯·乔伊斯，或乔伊斯和普鲁斯特的弟子，写《莫洛伊》、《马龙之死》和《无法称呼的人》三部曲的塞缪尔·贝克特。

读《堂吉诃德》是一种无穷的乐趣，而我希望我已指出了如何读它的某些方面。我们很多人都是塞万提斯式人物，是吉诃德型和潘沙型的混合。为什么读《堂吉诃德》？它依然是所有长篇小说中最好以及最早的，如同莎士比亚依然是所有戏剧家中最好的。你自己身上有些部分是你无法充分认识的，直到你尽可能深入地认识堂吉诃德和桑丘·潘沙。

司汤达:《帕尔马修道院》

司汤达,马里一亨利·贝尔的笔名,一七八三年生于法国格勒诺布尔,一八四二年卒于巴黎。滑铁卢之役(1814)是拿破仑职业生活的终结,却是司汤达作家生涯的开端。他生活在意大利,直到一八二一年被奥地利警察驱逐,之后他住在巴黎,于一八三〇年在巴黎出版他第一部不朽小说《红与黑》。在这里,我将讨论他另一个伟大成果《帕尔马修道院》,它是他在身体很差的时候口述的,以仅略多于七周的时间完成,一八三九年出版时受到巴尔扎克的好评。我选择《修道院》(后面我将用这个简称)而不是选择司汤达更出名的杰作《红与黑》,是因为我对它的喜爱甚至高于《红与黑》,还因为现时有一个出自诗人理查德·霍华德的卓绝新译本。

司汤达与巴尔扎克和福楼拜一起,形成法国重要长篇小说家的三位一体,然后法国长篇小说在普鲁斯特那里达到高峰。与福楼拜和普鲁斯特不同,甚至与著作浩瀚、细节无比丰富的巴尔扎克不同,司汤达是浪漫主义兴盛期的最高代表,是莎士比亚的虔诚信徒,以及在较小的程度上也是拜伦勋爵的虔诚信徒。

理查德·霍华德在谈到《修道院》时令人击赏地指出:"没有什么是固定的……(司汤达)是反福楼拜者。"《包法利夫人》是一部自治作品,优美地把自己包围起来,如同詹姆斯·乔伊斯的《尤利西斯》在庞大无比的规模上把自己包围起来。然而,如同霍华德还指出的,相对无形式的司汤达,在其最好的时候要求我们重读,他总是一再令人意料不到。普鲁斯特也许比司汤达更加莎士比亚式,但他爱司汤达,因为福楼拜也许会威胁他,而司汤达不会。为什么读司汤达？因为没有另一个（我所欣赏的）长篇小说家使你如此变成一个共谋者；热情的读者变成司汤达的共犯。

巴尔扎克在赞扬《修道院》时说，它“常常在一页中包含整本书”。这番话会使一个冷淡的读者不止一点儿发狂，但如果你有一定的兴味（威廉•哈兹利特爱用的批评术语），那么《修道院》就是一部能满足你的小说。司汤达疯狂地理性，而只有一个浪漫主义兴盛期的作家才会这样，然而他却在其显然是无形式的《修道院》中记录拿破仑时代的衰亡，以及欧洲回归较早的十八世纪意大利，而这个意大利正是滑铁卢之后梅特涅[1]试图恢复的世界的一部分。

我喜欢历史小说，从华特•司各特的《红毛大侠》到戈尔•维达尔的《林肯》，但《修道院》其实不是一部历史小说，尽管它是要成为历史小说，如同莎士比亚的《罗密欧与朱丽叶》（它深深地影响了《修道院》）在本质上不是一部历史剧。像《罗密欧与朱丽叶》一样，《修道院》是悲剧，尽管永远迷人地反讽的司汤达绝不沉溺于某种悲剧情绪；他太好玩了，可以说是太堂吉诃德了。《修道院》开始时，喜气洋洋，那是一七九六年，拿破仑的年轻军队在意大利得胜。如果说司汤达除了对某些回避他的女人怀着难以实现的渴望之外，还有什么激情的话，那就是对拿破仑式理想主义的激情。这种理想主义的产物，就是司汤达的罗曼蒂克主人公法布利斯，他是一个英俊潇洒、年轻、渴望灾难的捣蛋鬼，被他的姑妈吉娜（没有血缘关系）爱上，吉娜是一个迷人、灵魂高洁的女人，她自己则被和蔼可亲、诡计多端的莫斯卡爱上，他是帕尔马亲王的首相。然而法布利

---

① 梅特涅（1773—1859），奥地利外交大臣、首相，曾于十八世纪初代表奥皇出席维也纳会议，参与组织“神圣同盟”。——译注

斯爱的却是克莱莉娅，她是他的监狱看守人的女儿，也是他这个罗密欧的朱丽叶。每个人都经历过最沮丧的伟大时刻，除了读者，读者愉快地欣赏这两个三角关系：莫斯卡 / 吉娜 / 法布利斯；吉娜 / 法布利斯 / 克莱莉娅。

司汤达从莎士比亚（以及从他自己历次的恋爱灾难）那里学习到所有伟大激情的任意性，他还从塞万提斯那里学习到激情是一种游戏形式，即使当激情杀人的时候也是如此。一切都是反讽，除非你碰巧是四个被困在这盘棋局里的其中一个情人。诚如巴尔扎克所言，这场游戏是私人激情的游戏；拿破仑时代已经过去。我们是在后骑士时代，重要的是四个情人。一旦威灵顿[①]得胜，浪漫便是一切。《红与黑》中的于连，作为追求其自杀式生涯和多多少少是英雄式的情欲生涯的拿破仑的翻版，注定要在王朝复辟中承受“英雄撕裂”。但是，维也纳会议后的帕尔马，是一种崇高的疯狂状态，那里什么事情都会发生，但都不会持久，除了那个悲哀而高贵的幸存者莫斯卡，他最后变富了，却失去了他的吉娜，而吉娜失去她的法布利斯，而法布利斯失去了克莱莉娅。

《修道院》使读者感到奇妙的，是吉娜和法布利斯、克莱莉娅和莫斯卡的风格和潇洒气质在我们身上激起何等纯粹的感情。他们愉悦我们大家：他们有令人击赏的骄傲、热忱、荣誉、真实的渴望，以及一副全然若无其事的样子：他们真的是司汤达的不快乐 / 快乐的少数人，他可以把他们交托给快乐的少数人，也即作为他的读者的我们。司汤达勇敢地对我们讲话，仿佛我们是亨利五世在阿金

① 率领联军在滑铁卢之役打败拿破仑的英军元帅。——译注

库尔的军队[1]，就快要跟着他去夺取光荣。

帕尔马修道院本身是一个谜，不是一个象征而是一个转移注意力的东西。我们直到小说最后一页才找到它；法布利斯度过他最后的一年，一个悲痛的罗密欧，没有了他那失去的朱丽叶——克莱莉娅。作为一个书名，《修道院》是误导的，但话说回来，在这部英勇地草就的小说中，其他一切也都是误导的。在小说中，所有事情都同时是充满悖论和充满激情的。司汤达作为一个伤痕累累的谈情说爱者，颂扬那超越一切极限的欲望。如同在莎士比亚和塞万提斯那里，我们在那疯狂中——也即恋爱中——接受教导。

但读者何等愉悦于由吉娜、法布利斯、克莱莉娅和莫斯卡构成的象棋或桥牌游戏！如同在《红与黑》中，司汤达创造了莎士比亚式人物，他们赢得我们的深情，打动我们，使我们感动得又悲惨又惊异。《红与黑》中的于连相对于《修道院》中的法布利斯而言，是一种更完整的意识，但是法布利斯那多少有点儿轻率的心灵，使他巨大的魅力更添神采。小说中最可爱和有说服力的人物是吉娜，她是莫斯卡的情人却爱上了法布利斯，后者差不多完全屈从于吉娜，直到他遇见他的监狱看守人的女儿克莱莉娅。

虽然法布利斯是某位罗贝中尉的亲生儿子（罗贝是拿破仑那支队伍里的军官，只在小说开头数页里露过面），但他也是罗贝中尉的情人台尔·唐戈侯爵夫人的儿子，因此我后面将称他为唐戈的法布利斯，这也是理查德·霍华德活泼的译本中对他的称呼。这年轻人的所谓姑妈也就是台尔·唐戈侯爵夫人的妹妹吉娜，比他大十五岁，但这并不妨碍她长久地爱上他。

---

① 亨利五世在法国北部阿金库尔村重创兵力数倍的法军。——译注

法布利斯对吉娜的感情，虽然强烈，却是有限的；像罗密欧一样，他对克莱莉娅一见钟情，而这段关系如同在莎士比亚那里一样，将变成爱与死的关系。他从未真正爱上他的半姑妈吉娜，尽管他对她比对任何人都要尊重。司汤达关注的焦点，也即小说的焦点，是吉娜单恋的激情，因为她是小说中最非凡和精彩的人物。《修道院》最终之所以重要，是因为她重要；司汤达作品中没有另一个人物如此富于活力和迷人，或在终极意义上如此莎士比亚式和塞万提斯式。吉娜是司汤达作家生涯的荣耀。

吉娜和法布利斯从未变成性爱上的恋人，一部分是因为他的谨慎（会不会是乱伦？），另一部分是因为环境的啼笑皆非。这部小说的英译者、诗人翻译家理查德·霍华德认为，《修道院》是一部没有男女英雄的小说。我们可以同意法布利斯太变态，不能完全称得上是英雄，但是，英译者认为已被我们读者爱上的吉娜算不上是这本书的女英雄①，则似乎有点儿硬心肠。

桑塞维利纳公爵夫人吉娜·彼埃特拉内拉，其个性和道德品质都有巨大缺陷，但这些缺陷反而增强了我们对她的兴趣。吉娜很不谨慎，被当下的可能性所迷，她是以其激情的（和毁灭性的）真诚征服（和惊吓）我们的。作为一个痴迷女人的浪漫主义兴盛期的作家，司汤达获得西蒙·德·波伏瓦的认可，她在《第二性》中称赞他是"一个活在有血有肉的女人中间的男人"。吉娜是司汤达所刻画的这类有血有肉的女人中最具说服力的。

虽然司汤达常常被称赞为异性恋的心理学家，但在我看来，他更像一个探索几乎不为人知的欲望的真相的玄学家。他发现，虚荣

---

① 英语中男主人公又可译为英雄，女主人公又可译为女英雄。——译注

是激情之爱的中心，或者说，如果你在恋爱，那么你的处境中所有不是病理学的东西都是虚荣。读者，尤其是如果她正恋爱，司汤达也许会使她不安，然而也会使她大受启发。

《帕尔马修道院》的乐趣如同《红与黑》一样，并非那些持久的销魂。司汤达是受到灵感激发才写作的，但他并不想激发我们的灵感，而是希望我们学会把情欲的冷酷视为虚荣，把激情视为升至疯狂的虚荣。他的男女都不是吉诃德式的，而是拿破仑式的，就连他们最真实的依恋，不管多么英雄，也是自我毁灭的。司汤达更接近拜伦而不是莎士比亚，尽管这可能不是司汤达所希望的；《修道院》企图把法布利斯和克莱莉娅变成罗密欧和朱丽叶，但是他们有时显得更像《唐璜》中的恋人。保罗•瓦莱里是刚结束的二十世纪最有才能的法国诗人和文人，他曾说过《修道院》“有时候令人想起轻歌剧”，瓦莱里这样说并不是贬意。司汤达那惊人的机智，他那源源不绝的活力，使才智过人的瓦莱里着迷。

瓦莱里对司汤达的总结是：“一个相信爱情的怀疑主义者。”他这个总结用来形容《修道院》是否准确？我怀疑成熟的莎士比亚会“相信爱情”，我完全不敢肯定司汤达会“相信爱情”。

不过，瓦莱里还指出司汤达犀利地把读者吸引成为共谋，而我猜司汤达这一招是偷自塞万提斯。司汤达真正的信仰（一如瓦莱里也暗示的）是相信他自己身上和读者身上那个天然的自我。有时候读者也许会感到司汤达在讨好读者的自我主义（和他自己的），但他是善意的。成为他的“快乐的少数人”中的一员，是有巨大裨益的，因为读者将因此获得更透彻的自我澄清。司汤达赞扬个人能量，但永远站在一个与自我欺骗保持距离的位置上。吉娜的伟大，最佳地体现在第十六章她约见她的情人莫斯卡伯爵的时候。在这里，作为一个三十七岁的女人（“我站在老年的门槛上”），她道出了她对法布利斯的爱的清白与绝望：

> ……我本能地爱他……我爱他的勇敢，这勇敢是如此单纯和如此完美，甚至可以说他自己都没有意识到……我开始在我侄儿身上发现一种完美的高雅。他伟大的灵魂自己显示给我……简言之，如果他不快乐，我也不可能快乐。
>
> （理查德·霍华德译）

在这里，司汤达已远远超越怀疑主义或反讽，并得到我们的认同。我们要吉娜和法布里斯在一起，幸福快乐，但我们知道这不可能，因为二十二岁的法布利斯爱上了克莱莉娅。司汤达只对不幸的爱情感兴趣，于是鲁莽又幽默的《帕尔马修道院》结束时变成一场悲剧。克莱莉娅与法布利斯所生的儿子死去，几个月后伤心过度的克莱莉娅也香消玉殒。法布利斯遁入书名中那座谜一样的修道院，自己也在一年后去世。已经与莫斯卡结婚的吉娜，在一个没有了法布利斯的世界上郁郁不乐，不久亦跟着他死去了。莫斯卡还活着，而我们似乎是在《罗密欧与朱丽叶》或《哈姆雷特》结束时的舞台上：每一个生气勃勃的人都已消逝。

巴尔扎克在一八四〇年评论《修道院》时向司汤达敬礼，既因为该小说超越一般的现实主义，也因为司汤达只描写那些具有非凡气质的人物。这听起来有点像巴尔扎克自己的实践，但同样的称赞确实都适合这两位小说家，尽管他们很不同。阅读司汤达（或巴尔扎克），是扩大读者的现实，而又不必——就司汤达的作品而言——屈从于任何幻想。

简·奥斯汀：《爱玛》

认为长篇小说具有社会功用，要比认为短篇小说或诗歌具有社会功用容易。但是，读者应警惕那些人，他们坚称长篇小说如果要存活下去，就必须成为改革的工具。在英语中，可能没有一个比简·奥斯汀更好的小说家，但是《傲慢与偏见》、《爱玛》、《曼斯菲尔德花园》和《劝导》可有希望改革什么吗？它们的女主人公要求在个人立场上作出一定的调整，而这方面奥斯汀提供给她们了；以及有一个和蔼可亲的丈夫，而她们也都有了。奥斯汀是一个深刻的反讽家，莎士比亚发明了人，而她利用她的反讽来改善这发明的某些方面。奥斯汀太务实了，不会去操心那些和蔼可亲的丈夫们的财富的模糊来源。她的实用主义是值得赞扬的，因为如果那些资金更干净，一点儿也没沾上譬如对西印度群岛苦工的剥削，那又会有什么不同呢？奥斯汀既不是先知也不是政客。她太聪明了，不会不知道太多社会现实是经不起仔细审视的，但对她来说社会秩序是一种既定事实，是某些需要接受的东西，这样她才可以讲她的故事。亨利·詹姆斯走的是奥斯汀的传统，他在《一位女士的画像》中把伊莎贝尔·阿切尔塑造成“所有时代的女继承人”，但是，在她所继承的所有时代的遗产中，金钱因素对詹姆斯的重要性只是用来使梅尔夫人策划针对伊沙贝尔·阿切尔的阴谋。

狄更斯是一位社会改革家；奥斯汀和詹姆斯不是。《远大前程》

一书因其金钱和法律问题的错综复杂而蓬勃发展，但我们绝不能通过一个法律，强制要求小说承担改善社会的重负。所有长篇小说家之父塞万提斯的社会目的又是什么呢？如果大家都放弃阅读骑士故事，西班牙会因此得到道德上的改善吗？司汤达，伟大的浪漫主义者，把他的心献给了拿破仑神话，但是《帕尔马修道院》与《罗密欧与朱丽叶》的密切关系，要强于与拿破仑以滑铁卢告终的巨人生活。只有文学可以构成文学，虽然生活必须掺杂其中，但几乎总是作为饲料而不是作为形式。

虽然《劝导》是我最喜爱的小说，但是我已在我的《西方正典》中讨论过它，我在这里选择《爱玛》来谈，因为它是第二部我最喜爱的，然后才是《傲慢与偏见》和《曼斯菲尔德花园》。但我讨论《爱玛》时会直接提一提《傲慢与偏见》，因为爱玛•伍德豪斯和伊丽莎白•班内特之间的相似性和差异性对我们努力以这两部小说应得的方式阅读它们，是非常有用的。

简•奥斯汀在病了一年之后，于一八一七年逝世，享年仅四十一岁。要是她活得长些，毫无疑问我们将获得另几部跟《爱玛》和《劝导》一样出色的小说，这两部小说都是在她最后岁月完成的。虽然奥斯汀十八岁就开始写小说，但是她要等到一八一一年才开始充分发挥她的力量，那一年她开始根据一个要早得多的版本《最初印象》进行重新修改，变成《傲慢与偏见》。在根本上说，她四部小说是历时仅五年的工作成果，因此可以说，我们的损失是巨大的。

说爱玛•伍德豪斯的想象力比伊丽莎白•班内特的强，而伊丽莎白比爱玛机智，这已是老生常谈。爱玛的想象力并非总是一种美德（而这也是另一种老生常谈），而伊丽莎白的机智有时则误导她。

两个女人都具有强大意志力，都有自我欺骗的共同弱点，而她们都将把自己从自我欺骗中解放出来。

伊丽莎白和爱玛，都不可避免地有某种莎士比亚式的东西，尽管奥斯汀显然是在她的长篇小说家前辈们的作品的基础上构筑她的小说：塞缪尔·理查逊奇妙的《克拉丽莎》和《查尔斯·格兰迪森爵士》，范妮·伯尼的《埃维莉娜》。然而，令人惊异的克拉丽莎·哈洛和埃维莉娜都缺乏伊丽莎白和爱玛所显示的那种莎士比亚式的机智和想象力。伊丽莎白·班内特会使读者想起《无事生非》中的比阿特丽斯，而爱玛的神采飞扬则会令人想起《皆大欢喜》中的罗莎琳德。作为一个反讽家，奥斯汀并不是特别莎士比亚式的；哈姆雷特的反讽更多是进攻型而不是防御型的。然而，莎士比亚之后，英语中没有任何一个作家像奥斯汀那样，如此出色地给予我们这样一些人物，他们不管是中心人物还是边缘人物，其各自的言谈和意识都是如此绝对地前后一致，彼此却又如此强烈地各不相同。她的女主人公的强大自我都是用一种精细的个性雕琢而成的，印证了奥斯汀本人的能量储备。如果她不是死得那么早，她应有能力创造莎士比亚式的多样性人物，尽管她表现的社会范围是狭窄和深思熟虑地有限度的。她掌握了莎士比亚最困难的功夫：显露对她所有人物，哪怕是最不敢苟同的人物的同情，同时又超然地与哪怕是她最喜爱的人物爱玛保持距离。奥斯汀担忧，只有她会喜欢爱玛，但这种担忧本身很可能是反讽的。我未遇见过任何读者不深深喜爱既令人生畏又无比迷人的爱玛·伍德豪斯。

从想象力的角度看，奥斯汀的女主人公，是否像莎士比亚喜剧中的女主人公那样，嫁给了不如她们的人？令人目眩的达西（《傲慢与偏见》)和善良的奈特利先生(《爱玛》)胜过罗莎琳德的奥兰多和比阿特丽斯的班尼迪克，更不要说海伦娜那个没教养的贝特伦(《终成眷属》)和维奥拉那个疯狂的奥尔西诺公爵(《十二夜》)。如果奥斯汀明显对达西和奈特利先生感到满意，难道我们应当不满意吗？或者，难道读者应当屈服于当前的学院时尚，认为在奥斯汀和莎士比亚的作品中，杰出的女主人公都总是成为社会专制制度的受害者，这些制度的利益不是她们的利益？我建议不想到处寻找屈辱的证据的谨慎读者，不要低估奥斯汀或莎士比亚。同样地，他们也不可能在健在的女小说家中发现任何足以跟奥斯汀或乔治•艾略特相比的天才。也许是历史捉弄人，但我们也没有一个足以跟埃米莉•狄金森和伊丽莎白•毕晓普匹比的健在女诗人。意识形态的啦啦队式欢呼喝彩不见得就能催生伟大甚至优秀的读者和作家；似乎反而使他们变成畸形。

简•奥斯汀或乔治•艾略特或埃米莉•狄金森作品中都没有憎恨男人。伊丽莎白•班内特和爱玛•伍德豪斯都与维护或削弱父权制没有关系。她们像罗莎琳德一样，都是无比聪慧的人，都不以意识形态来思考。要好好读她们的故事，你需要有一点奥斯汀本人的智慧，因为她聪明如塞缪尔•约翰逊博士。像约翰逊一样，奥斯汀也促请我们消除头脑中的“虚伪套话”，尽管她的说法要含蓄得多。在约翰逊的意义上，“虚伪套话”是指平庸、道貌岸然的措辞和群体思想。这类东西对奥斯汀毫无用处，对我们也应如此。现在那些“政治地”读奥斯汀的人，根本就不是在读她。

像很多伟大的男作家和女作家，奥斯汀含蓄地认为女人在想象力上优于男人。莎士比亚虽然给了我们哈姆雷特、福斯塔夫和埃古，但他也给予我们罗莎琳德、鲍西娅[1]和克娄巴特拉，因此我想，大概可以说他把荣誉摊分给男女。虽然奥斯汀在《爱玛》中给了我们值得赞赏的伍德豪斯先生（被A.C.布雷德利[2]称为小说中除堂德诃德之外最完美的绅士），但是她更关心爱玛本人和简·菲尔费克斯，她们也值得每位读者给予富于想象力的尊敬。

爱玛是奥斯汀最复杂的人物。华特·司各特爵士在一八一五年评论《爱玛》时，反讽地指出，这位女主人公"像一位好君主，把她的海伯利的子民的康乐置于自身利益之上，慷慨地为她的朋友们撮合姻缘，而不去为自己的婚事作打算"。奥斯汀本人对她的爱玛的态度，是一种反讽的爱，而她希望爱玛能迷倒我们。读者确实被迷倒了，既被爱玛也被简·菲尔费克斯，但爱玛是更优胜的"想象主义者"，最终也更为我们所倾倒，因为她比简·菲尔费克斯要有趣得多。想象主义者是简·奥斯汀自己的话，毫无疑问是反讽的，但据我所知，从未有其他作者用过。成为一个想象主义者就是成为这样一种意识，它没有充分明白到其他自我的现实。在为别人撮合姻缘时总是大错特错的爱玛，必须进行颇费力的自我发展，然后她那唯我论的性情才多多少少治愈。伊丽莎白·班内特则相反，她从一开始就完全没有唯我论。

甚至在爱玛与伊丽莎白之间，奥斯汀也更偏爱爱玛，其原因读者有必要去探究。这是爱玛的小说；她的视角影响了作为叙述者的奥斯汀。对奥斯汀而言，爱玛的缺点只是她过量的美德。想象得更大胆些，如果爱玛只追求自己的愿望，她大概会变成一个华兹华斯

---

① 《威尼斯商人》的女主人公。——译注

② 布雷德利（1851—1935），英国文学批评家，莎士比亚学者。——译注

式的幻象家。但爱玛对做媒的着迷，是想象力的一种特殊模式；它实际上是对艺术家奥斯汀的游戏场的戏仿。把奥斯汀视为塞万提斯并把爱玛视为吉诃德，似乎会显得很怪，但是爱玛替哈丽埃特安排的一个个反常场面（埃尔顿、丘吉尔，最后是奈特利这一令人向往的前景）与英勇的堂吉诃德匆匆出发去与风车、狮子和看管苦役的士兵作战何其相似。

爱玛那些滑稽的窘境，不会使读者感到痛苦，只要它们离开爱玛就好。当她担心奈特利想娶哈丽埃特时，紧接着而来的，对读者是猛烈的喜剧，对爱玛则是羞辱性的痛苦。她释放的天马行空的想象力曾伤害别人，现在却使她自己饱受精神折磨。这是奥斯汀把其天才发挥到极致的时候，在喜剧缪斯的要求下，她使自己与爱玛保持超然的距离：

> 哈丽埃特把她的证据陈述完毕，便恳求她亲爱的伍德豪斯小姐，要她说说她是不是还有怀着希望的良好理由。
>
> 她说："最初要不是你，我根本就不会去想这件事。你要我小心观察他，把他的行为当做我的行为规则——我照做了。但现在我似乎觉得，也许我配得起他；而要是他真的选择我，那我真是三生有幸了。"
>
> 这席话引起的苦涩的感觉，诸多苦涩的感觉，使爱玛要费尽最大努力才能回答。
>
> "哈丽埃特，我只想冒昧地宣称，如果世界上还有最后的一个男人，在他向任何女人表达他对她的感受时，绝不会故意说出比真心更多的话，那么这个人就是奈特利先生了。"

哈丽埃特似乎随时愿意为这句如此满意的话而崇拜她的朋友;而爱玛也几乎被狂喜和深情淹没,这狂喜和深情此刻对她而言原本会变成可怕的自我惩罚,好在她父亲的脚步声及时解救了她。他正穿过厅堂。哈丽埃特太激动了,不宜让他撞见。“她不能平息自己——伍德豪斯先生会被她吓一跳——最好还是让她走”——因此,在她的朋友最快捷的鼓动下,她悄悄从另一道门离开——而她刚消失,爱玛便情不自禁地爆发出一句:“天啊!但愿我从未见过她!”

当天其余时间,还有接下来的夜里,都不够她用来思考。——过去几个小时里向她汹涌而来的混乱,使她困惑不已。每一刻都带来新的吃惊;而每一次吃惊都一定是对她的羞辱。——如何理解这一切!如何理解她一直以来都在欺骗自己,并活在这欺骗之下!——那些一再铸成的大错,她自己那盲目的脑和心!——她静静坐着,她走来走去,她试着回到自己的房间,她试着穿过灌木丛——她觉得她在每一个位置上,在每一个姿势中,所作所为都是最软弱的;觉得她在最可丢脸的程度上被别人骗了;觉得她在更丢脸的程度上被自己骗了;觉得她很悲惨,而且今天很可能只是这悲惨的开始。

这场精彩的喜剧,全赖于爱玛那绝望的叫喊“天啊!但愿我从未见过她!”与那奇妙的“她静静坐着,她走来走去,她试着回到自己的房间,她试着穿过灌木丛——她觉得她在每一个位置上,在每一个姿势中,所作所为都是最软弱的”之间的对比。她的意志已经与她的想象力融合起来,这意志此刻饱受着拒绝“她试着穿过灌木从”这有趣的喜剧之苦。“每个姿势”现在似乎都是对爱玛的精神的羞辱，她所有的想象物现在全部沦为纯粹的谬误。已接近于把自己等同于爱玛的奥斯汀，通过奈特利先生这一中介，而把她的女主人公从这炼狱中拯救出来。奈特利先生为人成熟，有足够容量忍受爱玛的视域，终于成了陪伴她左右的人。

奥斯汀这些卓绝的女主人公——尤其是爱玛和伊丽莎白——接近于《皆大欢喜》中的罗莎琳德的光辉。她们把机智与意志融合起来，并在这融合中取得成功。

查尔斯·狄更斯：《远大前程》

重读旧书，诚如威廉·哈兹利特所言，是最高形式的文学乐趣，并使你懂得什么才是你自己最深刻的渴望。我习惯于一年读两次狄更斯的《匹克威克外传》，至今已读烂好几本。如果这是逃避，我乐意逃避，尽管匹克威克们都没有提供给我身份认同的快乐。在狄更斯那漫画式和怪异的世界，读者一般没有被邀请去（或企图去）与人物融为一体，这些人物与本·琼森和托比亚斯·斯摩莱特那些猛烈的讽刺画有更多共通点，而不是与莎士比亚的男男女女。然而狄更斯小说中有一些复杂地内向的人物，尤其是《荒凉山庄》中的埃斯特·萨默森和《远大前程》中的皮普。皮普无疑是狄更斯所有人物中最内向的，他对我在这里要讨论的尤其有用。要明白皮普所有的细微变化，就得读透《远大前程》，而这也是如何读一部长篇小说的良好开端。

狄更斯的长篇小说，只有三部是用第一人称叙述：《远大前程》

中的皮普、《大卫·科波菲尔》的同名主人公和《荒凉山庄》中的埃斯特·萨默森，不过狄更斯并非总是牢记让埃斯特·萨默森做好她的第一人称叙述者的本分。狄更斯的爱好者极少把《远大前程》列为他小说中的首选；它也没有加入《雾都孤儿》的行列，成为大众神话；狄更斯本人偏爱《大卫·科波菲尔》，而很多文学批评家（包括我自己）则会选择《荒凉山庄》。但是，《远大前程》有点像《双城记》，是伟大的大众娱乐。它加入简·奥斯汀的《傲慢与偏见》和《爱玛》，以及莎士比亚十余部戏剧的行列，成为肯定将在我们这个发展中的资讯时代之后继续存在下去的作品，而不只是作为改编的电影或电视长存下去。我们将继续读《远大前程》，如同我们将继续读《哈姆雷特》和《麦克白》：

> 我父亲的姓是皮里普，我的教名是菲利普，我那婴儿舌头对两个名字的发音，都不会比"皮普"更长或更明白。因此，我叫自己皮普，后来也就成了皮普。

皮普对自己的哀婉的意识是持续不断的，从他的诨名开始，直到小说来到原本的（也是更好的）结尾他与他的教子小皮普在一起时才结束：

> 我在英格兰——在伦敦，与小皮普一起沿着皮卡迪利大街散步——突然一个仆人从背后跑来问我能不能退一步，见一下马车里的一位夫人，她希望跟我说话。那是一辆小马车，由那位夫人驾驶；夫人和我都十分悲伤地对望着。

“我改变很大，我知道；但我想，你一定也希望跟埃斯特拉握握手，皮普。抱起那个小孩子，让我亲一亲他！”（我想，她一定以为那孩子是我的孩子。）

之后，我对这次见面感到很高兴；因为，她用她的神色、她的声音、她的碰触，叫我放心，让我知道痛苦要比哈维沙姆小姐的教诲更强大，并给了她一颗心去明白我曾经有一颗什么样的心。

狄更斯不是一位莎士比亚式的小说家；他与本·琼森的幽默喜剧有着更深的契合。莎士比亚式的小说家——简·奥斯汀和陀思妥耶夫斯基、歌德和司汤达、菲利普·罗斯和科马克·麦卡锡（还有很多其他人）花很多心血去刻画人物的转变，但皮普在没有发展的情况下变暗。然而，狄更斯在《远大前程》中操纵《哈姆雷特》：戏仿它，然后把复仇反转过来，变成了皮普的全面宽恕。马格维奇——皮普的替身父亲，实际上也是埃斯特拉的前身——以哈姆雷特的父亲的“鬼魂”的方式回来，然而并没有把皮普变成哈姆雷特。

与弗洛伊德相反，我完全不能肯定是否有任何人会有一种无意识的犯罪感，但是哈姆雷特和皮普都颇意识到污染的痛苦。随着剧情推进，很多事情足以使哈姆雷特感到自己犯罪：他残暴对待奥菲莉亚，他对杀死波洛尼厄斯毫无悔意，他无端端地使罗森克兰茨与吉尔德斯特恩枉死。但是，这些事情没有一件可以说是困扰他的；他的恶毒是形而上的，而不是心灵上的，并且有深远的根源。皮普没错是另一回事，但是他的叙述从未清楚说明他被定罪的实情。《远大前程》更多是一部浪漫传奇而不是一部现实主义小说，因此我认为这应足以使我们把皮普在那宗无名罪案中的共谋，视为一种“已知的事实”，视为这本书启动并继续发展下的必要条件之一。重要的是，读者喜爱并信任皮普这个有着伟大善意的男孩，并把他的精神的黑暗当做是这部浪漫传奇中的哥特式因素而加以接受。从狄更斯那里受益匪浅的卡夫卡，一定是从皮普（以及狄更斯其他主人公）身上找到另一个刺激，刺激他在他的故事《在流放地》中创造那个可怕的公式“不得怀疑有罪”。皮普像哈姆雷特一样，在我看来似乎不是弗洛伊德所称的那种无法忍受快乐和成功的“道德受虐狂”。如果皮普娶了尚未被哈维沙姆小姐摧残的埃斯特拉，他是会快乐的。但我们很难想象哈姆雷特这个具有巨大领袖魅力的人物坐在丹麦王位上，身边陪伴着奥菲莉亚王后。丹麦王子是一个唯美主义者和不满现状者，他身上某种东西永远会苦苦思索如何设法把另一宗“贡扎戈谋杀案”改编成《捕鼠机》[①]。皮普永远是一个丢失的孩子，在小说结尾，当他与他的教子一起散步时，他对加格瑞夫妇抚养他已感到很满足了。狄更斯修改过的结尾，显示皮普可能跟埃斯特拉结婚，变成蛇尾，经不起猜测。皮普会不会重蹈她那个虐待狂丈夫的覆辙，经常打她？当我回忆皮普在小说中的感情，我无法立即想起他对埃斯特拉曾经有过的受挫的激情，以至他对乔•加格瑞的深情。在我记忆中燃烧着的，是皮普对马格维奇最后的深厚的爱（他对待皮普比对待埃斯特拉更显得像父亲）；还有马格维奇长期以来对皮普展示的持续的爱。

如何读《远大前程》？带着我们自己的恐惧、希望和感情中最深

① 哈姆雷特为了试探叔父是否杀父凶手，遂演出一个戏，叫做《捕鼠机》，讲的是贡扎戈被谋杀事件，并让亲信霍拉旭观察叔父的反应。——译注

刻的元素来读：以仿佛我们还可以是一个孩子那样的心态来读。狄更斯邀请你这样做，而且使你可以这样做；这也许是他最伟大的才能。《远大前程》并不像莎士比亚和塞万提斯那样把我们带入崇高，而是要我们重回我们的本源，尽管这些本源也许是痛苦和愧疚的。我们有着孩子似的对爱的需要，对拾回自我的需要，而这部小说在这方面的吸引力几乎是难以抗拒的。因此，“为什么”读它便不言而喻：又回到家里，治疗我们的痛苦。

陀思妥耶夫斯基：《罪与罚》

拉斯科尔尼科夫，一个愤懑的学生，突发一个可怕的奇想，要杀死一个贪婪的老太婆，这老太婆是一个剥削他的当铺老板。他的幻景变成现实，他不只杀了她，还杀了她那个弱智的同父异母妹妹。犯了这桩罪之后，拉斯科尔尼科夫的命运便踏上了与小说中三个主要人物相遇的旅程。第一个是索尼雅，她是一位虔诚、天使似的年轻女子，牺牲自己，去当妓女，以便照顾穷困的兄弟姐妹们。第二个是波尔菲里·彼得罗维奇，他是一位聪明的警察调查员，成了拉斯科尔尼科夫的耐心的克星。最有吸引力的是斯维德里加依洛夫，一座虚无主义的唯我论和冷酷的欲望的纪念碑。

在情节的复杂推进中，拉斯科尔尼科夫爱上了索尼雅，并逐渐意识到波尔菲里知道他的罪行，且越来越从聪敏的斯维德里加依洛夫身上看到自己彻底伏法的可能性。读者渐渐明白到，拉斯科尔尼科夫存在着深刻的分裂，一方面急切想悔过，另一面内心确信他那拿破仑式的自我需要充分表达出来。陀思妥耶夫斯基本人也是微妙地分裂的，因为拉斯科尔尼科夫是直到小说尾声才支撑不住，终于悔过的。

《罪与罚》出版一百三十多年来，至今依然是所有谋杀故事中最出色的。我们必须读它——尽管它令人心寒——因为它像莎士比亚一样，改变我们的意识。虽然我们之中很多人拒绝莎士比亚那些血腥的绝世悲剧《哈姆雷特》、《奥赛罗》、《李尔王》和《麦克白》中的虚无主义，但他们是陀思妥耶夫斯基伟大的虚无主义者们不可回避的源头：斯维德里加依洛夫、《群魔》中的斯塔夫罗金和《卡拉马佐夫兄弟们》中的父亲老卡拉马佐夫。我们将永远不知道莎士比亚实际相信（或怀疑）什么，而陀思妥耶夫斯基则成为一个其程度几乎超出我们想象能力的教士式反动分子。但是，尤其是对《罪与罚》，我们应遵循D.H.劳伦斯的格言：相信故事，不要相信讲故事者。

陀思妥耶夫斯基相信一种尚未到来的基督教：那时我们所有人都将无私地爱，因此也将牺牲我们自己来成全别人，如同索尼雅在《罪与罚》中所做的。那样的基督教阶段，已超出我们所知道的文明，在那样的世界里还有可能写小说吗？我们大概已不需要小说了。坚称《汤姆叔叔的小屋》要比《李尔王》更有价值的托尔斯泰，想让陀思妥耶夫斯基成为俄罗斯的哈丽埃特•比彻•斯托。

陀思妥耶夫斯基在本质上是一位悲剧家，而不是史诗式的道德主义者，他不同意托尔斯泰。有时候我会思索这件事：陀思妥耶夫斯基二十三岁离开俄罗斯军队，以便追求他的文学事业，而罗季翁•拉斯科尔尼科夫则在二十三岁的时候，在那个可怕的夏天无缘无故谋杀两个女人，以便扩充他那拿破仑式的自我的幻象。拉斯科尔尼科夫拒绝背离他的自尊，与陀思妥耶夫斯基追求写以《卡拉马佐夫兄弟们》为顶点的永恒小说这一英雄行为之间，有着某种隐蔽的契合。拉斯科尔尼科夫在小说那无法令人信服的尾声中终于真正地悔过，向抹大拉式的索尼雅和盘托出，作为他的希望，希望像拉撒路那样复活，获得救赎。但是，由于拉斯科尔尼科夫悲剧性的冥顽是与陀思妥耶夫斯基那立志要创作伟大悲剧的英雄式动力难分难解地纠结在一起的，因此读者不大可能被说服相信拉斯科尔尼科夫迟来的基督教式谦恭。陀思妥耶夫斯基在小说开头时是超凡的，中间的发展是骇人的，但结尾则是无力的，而这很奇怪，因为他的末世式性情（我们作如此想）本应使他在善后时应付自如才对。

愿意向《罪与罚》的黑暗经验敞开怀抱的读者，也许不仅会深思拉斯科尔尼科夫身上的分裂，而且会深思陀思妥耶夫斯基自己身上那隐含的裂缝，并有可能会认为是小说家本人某种戏剧性的而不是道德上或宗教上的冥顽，使他不愿意把拉斯科尔尼科夫完全变成一个获救赎的人。快乐结局，是与塑造了像斯维德里加依洛夫和埃古这样可怕的虚无主义者的作品不协调的。当我想起《罪与罚》，斯维德里加依洛夫的形象便映入脑中，并对他扣动扳机自杀时的解释感到不寒而栗："到美国去。"就是这个后虚无主义者（仅仅称作虚无主义者已不够），他告诉拉斯科尔尼科夫，永生是存在的：它就像俄罗斯乡村一个邋遢的澡堂，爬满了蜘蛛。可怜的拉斯科尔尼科夫，当他发现斯维德里加依洛夫——穷途末路的化身——知道真相，并渴望一种更安慰的幻象（不管他是否相信）时，他是可以原谅的。

在我看来，拉斯科尔尼科夫与杀人者麦克白之间，似乎有一种真正的契合，如同斯维德里加依洛夫与《李尔王》中的埃德蒙——另一个冷酷的感觉主义者。陀思妥耶夫斯基本人生于一八二一年，他更明显地把令人不安的斯维德里加依洛夫与拜伦联系起来，拜伦因俄罗斯民族诗人普希金而在俄罗斯家喻户晓，普希金还是陀思妥耶夫斯基和屠格涅夫与莎士比亚意气相投的先行者。斯维德里加依洛夫的犯罪欲望，尤其是由小女孩刺激起来的犯罪欲望，是埃德蒙和拜伦的倾向的堕落版。但是，本人也非常令人不安的拉斯科尔尼科夫，距离成为斯维德里加依洛夫尚远，如同凶残但仍有同情心的麦克白也是一个英雄兼恶棍，而不是埃古和埃德蒙的同路人。

陀思妥耶夫斯基模仿莎士比亚的方式，乃是使读者的想象力认同拉斯科尔尼科夫，恰如麦克白篡夺我们的想象力。巧妙地用不确定来折磨拉斯科尔尼科夫的警官波尔菲里，表现得像一个基督徒，但显然引起陀思妥耶夫斯基的厌恶，因为陀思妥耶夫斯基把拉斯科尔尼科夫的复仇者视为一种受西方影响的“机械论者”，一个操纵者，操纵拉斯科尔尼科夫已经饱受摧残的心理。索尼雅在灵性上已超出读者对超验广度的理解，如同不可理喻的斯维德里加依洛夫已超出我们对恶魔类型的理解。我们无路可走，除了走进拉斯科尔尼科夫的意识，如同我们必须跟着麦克白旅行到他黑暗的心脏里去。我们也许不会谋杀老太婆或某个父亲般的君主，但是由于我们有一部分已经是拉斯科尔尼科夫和麦克白，因此也许在某些环境下我们也会杀人。如同莎士比亚，陀思妥耶夫斯基把我们变成他那个英雄兼恶棍的谋杀活动的共谋。《麦克白》和《罪与罚》都是真正令人心惊胆战的悲剧：但它们并没有消灭我们的同情，更别说消灭我们的恐惧。亚里士多德的社会医疗净化理念认为，悲剧清除我们那些不利于公共利益的情绪，但是莎士比亚和陀思妥耶夫斯把这个理念掉转过来，他们都对我们有更黑暗的图谋。

正是这种与《麦克白》共通的可怕的崇高性，使《罪与罚》超越它给我们造成的沮丧，引领我们穿过彼得堡某个把梦魇般的幻景变成现实的糟糕夏天。我们放眼望去的每一道墙，都似乎是丑陋地泛着黄色，而作者在描绘现代都市的恐怖时，其张力则足以跟波德莱尔匹比或跟狄更斯最不亲切的时刻匹比。我们逐渐觉得，在拉斯科尔尼科夫的彼得堡，如同在麦克白中邪的苏格兰，我们同样也可能会犯谋杀罪。

如何读《罪与罚》这个问题迅速变成：是什么导致拉斯科尔尼科夫变成杀人犯？他充满优良的品质；他的冲动在本质上是合乎人情的，事实上还是合乎人性的。我惊叹意大利著名现代小说家阿尔贝托·莫拉维亚，他认为拉斯科尔尼科夫是斯大林主义政治委员的前驱人物，只不过他们更多是以压迫别人而不是折磨自己闻名。拉斯科尔尼科夫像他那个恶魔般的拙劣模仿者斯维德里加依洛夫一样，是一个自我惩罚者，其受虐待狂是绝对与他宣称希望成为一个拿破仑的表白无法兼容的。在某种意义上，拉斯科尔尼科夫杀人是为了证明自己究竟是不是一个潜在的拿破仑，尽管他有足够理由相信他什么都是除了不是拿破仑。也许更深刻的是拉斯科尔尼科夫那猛烈的良心谴责，这良心谴责先于他的犯罪。至于他是不是索尼雅的求苦意志的粗俗翻版，我是颇怀疑的。他也不是斯维德里加依洛夫的消极替身，后者恶毒的虐待狂是“去美国”（也即自杀）的掩饰。似乎不可能把拉斯科尔尼科夫与陀思妥耶夫斯基分开，后者因参与一个激进团体而在二十八岁时忍受八个月的单独监禁。他与他的伙伴被判处死刑，站在行刑队面前，直到最后一刻才获缓刑。接着是被送去西伯利亚当了四年苦役，其间陀思妥耶夫斯基变成一个彻底的反动派，一个君主主义者，以及一个俄罗斯东正教的虔诚信徒。

拉斯科尔尼科夫去了西伯利亚七年，对一个双重谋杀犯来说算是轻刑了，但他承认自己的罪行，而法庭认为他至少是部分疯狂的，尤其是当他杀人的时候。我想不出有任何开放、普通的读者，能够以任何确定性，在“动机”这个词的任何普通意义上，把拉斯科尔尼科夫的犯罪归因于任何动机。邪恶深植于斯维德里加依洛夫，如同深植于埃古和埃德蒙，但是邪恶在拉斯科尔尼科夫和麦克白的心灵中没有任何位置，这就使得他们的堕落变得更触目惊心。同样地，探究拉斯科尔尼科夫和麦克白的原罪，也不会有什么帮助。两人都饱受早发式或先知式的想象力之苦。他们中任何一个，一旦觉察到某种潜在行动可以促进自我，便会忙不迭地跃过那豁口，把犯罪行为当成已完成的来体验，连同随之而来的所有内疚。如此强大的想象力，以及如此内疚的意识，使得实际谋杀犯变成一个复制品或一种重复，一种割破现实的自我伤害，却只是为了完成在某种程度上已完成的事情。

虽然《罪与罚》引人入胜，但是它却不能免除偏见，而这是陀思妥耶夫斯基一向的缺点。他是一个虔诚信徒，其猛烈的观点总是明摆在他的作品中。他对我们的图谋，是要我们像拉撒路复活那样，使我们从我们自己的虚无主义或怀疑主义中复活过来，然后让我们皈依东正教。像契诃夫和纳博科夫这样一些著名作家，都无法忍受他；对他们来说，他谈不上是一个艺术家，而是一个刺耳的、想成为先知的人。我自己每次重读《罪与罚》，都觉得是一种煎熬，具有震慑人的力量，但也有点阴毒，几乎像一部由麦克白自己写的《麦克白》。

拉斯科尔尼科夫使我们痛心，是因为我们不能摆脱他。索尼雅在我看来似乎是颇难以忍受的，但就连陀思妥耶夫斯基也没有力量创造一个清醒的圣人；在她面前我会畏缩。然而，陀思妥耶夫斯基的非凡之处是，他能够给我们两个像波尔菲里和斯维德里加依洛夫这样生动的配角。警官波尔菲里是拉斯科尔尼科夫的强大对立面；斯维德里加依洛夫则令人惊叹地传神，其吸引力是无穷的。

波尔菲里是一个杰出的调查员，也是某种实用主义者和功利主义者，他相信通过行使理性，可以为最多的人谋取最大的利益。我猜，任何读者，包括我本人，都更愿意与波里菲尔共进晚餐，而不是与危险的斯维德里加依洛夫，但我怀疑陀思妥耶夫斯基会更愿意与斯维德里加依洛夫吃饭。在一场生动描写的伺机而动的游戏中，波尔菲里颇公开地把自己比喻成一根蜡烛，而把拉斯科尔尼科夫比喻成一只兜圈的蝴蝶：

> “要是我逃跑会怎样？”拉斯科尔尼科夫问道，露出怪异的微笑。
>
> “你不会逃跑。一个农民会逃跑，或一个现代的持不同政见者——别人的思想的走狗，因为你只需要把手指尖露给他

看，他就会像一个盲从先生，从此一辈子相信你要他相信的任何东西。但你，你反正连自己的理论都不再相信了，你为什么要逃跑呢？你躲藏时干什么好呢？逃亡生活艰苦又讨厌，而你最需要的是有个确定的位置和存在，和一个合适的气氛，而你能有什么样的气氛呢？要是你逃跑，你会自己回来找我们。你不能没有我们。”

（杰西·库尔森译）

这不愧是“侦探小说”史上的经典时刻。再没有比波尔菲里的“你不能没有我们”更妙的了，如同烛火跟蝴蝶说话。我们在这个例子中甚至能够感到卓绝的契诃夫错了；低估陀思妥耶夫斯基是危险的，即使你不尊敬他。

更危险也更令人难忘的是真正的虚无主义者斯维德里加依洛夫，他是也许可称为陀思妥耶夫斯基作品中的莎士比亚之路的终点（再加上《群魔》中的斯塔罗金）。斯维德里加依洛夫是一个如此强大和奇异的人物，以致我几乎要收回我关于陀思妥耶夫斯基的偏见的断言。拉斯科尔尼科夫找维德里加依洛夫算账，后者一直在追求他的妹妹杜尼雅·拉斯科尔尼科夫。这是斯维德里加依洛夫在谈论那个始终拒绝她的女人：

虽然阿夫多季娅·罗曼诺夫娜确实讨厌我，虽然我有冥顽地阴暗和冷峻的一面，但她终于开始为我难过，为一个迷失的灵魂难过。而当一个姑娘的心开始怜悯一个男人，那她不用说已处于最危险的境地。她开始想“救”他，让他见到理性，使他振作起来，把高贵的目标摆在他面前，唤醒他，使他有了新生命和新活动——嗯，大家都知道在这类环境下可以梦想什么。我立即就明白，鸟儿已经自投罗网，而我开始为自己的机会做好准备。你似乎在皱眉头，罗季翁·拉斯科尔尼科夫。不必这样；你知道，事情没什么结果。（见鬼，我喝了多少酒啊！）你知道，从一开始我就想，你妹妹很可惜，不是生在我们公元的第二或第三世纪，成为某个地方某位执政亲王的女儿，或小亚细亚某个省长或总督的女儿。她肯定会成为那些殉道者之一，而当他们用炽烈的钳子烧她的双乳，她一定会微笑。她会刻意地使自己遭遇这样的事情。而要是在四世纪或五世纪，她会走进埃及沙漠，三十年中靠根茎、狂喜和幻想度日。她是那种渴望和焦急地要为某个人而受折磨的人，而如果她不能达到她的殉道，她会毫不犹豫地从窗口跳下去。

斯维德里加依洛夫是在阿夫多季娅·罗曼诺夫娜（杜尼雅·拉斯科尔尼科夫）企图杀他（这是他所渴望的，其强烈程度甚至盖过他对她的渴望）未遂之后，才“去美国”——吞枪自杀的。斯维德里加依洛夫的自由，如同《群魔》中的斯塔罗金的自由，是绝对的，也是绝对地可怕的。拉斯科尔尼科夫从未悔过，尽管在尾声中他终于撑不住，向圣徒似的索尼雅屈服。但是，逃离陀思妥耶夫斯基那凶猛的意识形态的，实际上还逃出这部小说的，是斯维德里加依洛夫而不是拉斯科尔尼科夫。读者也许会想跟自己低语：“斯维德里加依洛夫还活着”，尽管我们大概都不想把这句话涂写在隧道墙上。

亨利·詹姆斯:《一位女士的画像》

《一位女士的画像》是亨利·詹姆斯所有小说中我最喜爱的,最初出版于一八八〇年至一八八一年。在超过四分之一世纪之后的一九〇八年,詹姆斯对它进行大幅修改,收入纽约版的确定本《亨利·詹姆斯长篇小说和故事集》。詹姆斯初次描绘伊莎贝尔·阿切尔的画像时,是三十七岁,当他修改它时,他已经六十五岁了。

两个版本描绘的,几乎是两个伊莎贝尔·阿切尔,因此读者最好是小心选择一个版本,后一个版本更可取。没有任何长篇小说家具备詹姆斯那样广阔的意识,就连塞万提斯或奥斯汀或普鲁斯特也不具备。我们得回到莎士比亚那里,才能够找到埃米莉·狄金森所称的更大的展示,展示头脑比天空更辽阔。伊莎贝尔·阿切尔永远是一位意识的女主人公,而她在一九〇八年的修改版中所显现的,是一种可触摸的扩大的意识。

为什么读《一位女士的画像》?我们应为了很多目的而读它,以及为了获得丰饶的裨益,但培养个性意识无疑是深入阅读的一个主要目的和一个重大裨益。兴味和洞见是孤独读者的意识的属性,而这些属性最能够通过阅读来加强。社会信息,不管是过去的还是当代的,在我看来似乎只是阅读的边际利益,而政治觉悟则是摊得更薄的股息。

随着詹姆斯修改《一位女士的画像》,他对伊莎贝尔·阿切尔的近于认同又进一步增强。由于伊莎贝尔是詹姆斯最莎士比亚式的人物,因此她的身份认同就在于读者对她的看法中。在修改版中,我们受到詹姆斯更明显的引导,因此可以说,一八八一年版中的伊莎贝尔是一个比一九〇八年版中的伊莎贝尔更加丰富、更加像谜一般的人物。换句话说，随着詹姆斯对伊莎贝尔的看法改变，这位美国所有长篇小说家中技艺最精湛的小说家，对读者的信任似乎减少了，而对自己的信任则似乎增加了。

在一八八一年版中，伊莎贝尔是她自己追求自主权的受害者。在一九〇八年版中，詹姆斯把她因判断错误引起的自主权的局部丧失，转化为她的意识的增加。她看得更清楚，其代价是明显失去她的大部分自由。如果采用我们现时流行的一个模式，则一位女权主义读者可能会更满意一八八一年版的伊莎贝尔，而不是一九〇八年版那个更詹姆斯式的人物，在后一个版本中她主要关注的是站在超越被欺骗的位置上。伊莎贝尔在前一个版本中尝试依靠自己，这尝试是勇敢又错误的，而在后一个版本中，则是强调自己更高的眼光。依靠自己是拉尔夫·沃尔多·爱默生的至尊信条，而伊莎白贝·阿切尔则是爱默生的孩子之一，如同詹姆斯在某个内在层面上也一定意识到的。由于老亨利·詹姆斯[①]从未达到独立于爱默生，因此，他儿子对康科德圣人的一些评论尤值得小心谨慎地细读：

> 可以一点不太多也不太少地说，爱默生的著作总的来说根本不是写出来的。

> 但是，没有人具有如此稳定、持久，尤其是如此自然的视域，看到我们在志向和独立性方面所需要和所具备的东西。

① 指詹姆斯的父亲，神学家。——译注

……爱默生的天才的罕见性，对那些留心的民族来说，已使他成为文学中第一个也是真正罕见的美国精神……

第一段评论是荒谬地居高临下的，读读爱默生的《自然》，你可能就不会同意亨利·詹姆斯了。但第二段评论则是纯粹的伊莎贝尔·阿切尔：这正是她的视域。至于第三段评论，是不是詹姆斯的本意，我很怀疑；他更喜欢霍桑，后者是爱默生的不安的散步同伴。在霍桑的《红字》中，充满激情的赫斯特·普林在我看来似乎是一个比伊莎贝尔·阿切尔更爱默生式的女主人公，伊莎贝尔逃离激情，如同亨利·詹姆斯。爱默生爱着两个妻子，埃伦和利迪安，也许更激情地爱如此早逝的埃伦。伊莎贝尔压抑她的性欲本性，责任在詹姆斯而不在爱默生。爱默生不太读小说，他读《红字》但低估了它；而我猜他大概不会欣赏《一位女士的画像》。然而，他会在理想化的伊莎贝尔身上辨认出一个真正的孩子，而且会贬低那种导致她选择讨厌的吉尔伯特·奥斯蒙德做丈夫的唯美主义。奥斯蒙德是对爱默生和沃尔特·佩特的戏仿，后者是英国唯美主义运动的大祭司。

第一次读《一位女士的画像》，有一点对你也许有用，就是要明白伊莎贝尔·阿切尔总是由叙述者亨利·詹姆斯和她的仰慕者们——拉尔夫·杜歇、沃伯顿勋爵和卡斯帕·戈德伍德（无可饶恕地肆无忌惮的名字！①）——做中间人介绍给你的。在伊莎贝尔作为一个莎士比亚意义上的戏剧性人物方面，詹姆斯可以给我们的少之

① “卡斯帕”与朝拜圣婴耶稣的三博士之一嘉士柏同名，“戈德伍德”意为“好木”或“良材”。——译注

又少。我们是凭信用接受她，既因为詹姆斯在研究她的意识时，其技术是如此精密和灵巧，也因为她对小说中每一个无论是男性或女性人物的影响是如此强烈，除了一个颇具反讽意味的例外，就是她那个装腔作势的丈夫奥斯蒙德。对奥斯蒙德来说，她应仅仅是一幅肖像画或一尊雕塑；她灵魂的宽广冒犯了他的狭窄。相信每个读者都明白，小说最重要的谜团是为什么她竟会嫁给令人厌倦的奥斯蒙德，更有甚者，为什么她最终又回到他身边？

为什么如此多的读者，无论是男读者还是女读者，都爱上了伊莎贝尔·阿切尔？如果你是一个够热情的读者，又还很年轻，你的初恋情人就较有可能是虚构的而不是真实的。伊莎贝尔·阿切尔被亨利·詹姆斯著名地称为“所有时代的女继承人”，她如此吸引我们大家，是因为她是所有这样一些不管是虚构或真实的年轻女子的原型，她们实际上都拥抱厄运，因为她们都寻求完全实现她们的潜能，同时又要保留一种拒绝自私的理想主义。乔治·艾略特在《米德尔马奇》中的多萝西娅·布鲁克有着勇敢的抱负，但是她那超越的热望并不具备伊莎贝尔·阿切尔的爱默生主义所添加的一个元素，就是几乎不惜任何代价努力要获得内在的自由。

由于伊莎贝尔是亨利·詹姆斯把自己当成女士来描绘的自画像，因此她的意识就必须非同寻常地广阔，几乎足以跟她的创造者匹比。这就使得任何读者对她的性格的道德判断都变得无关宏旨。小说家格雷厄姆·格林是一位詹姆斯信徒，他坚称詹姆斯在《一位女士的画像》中的道德激情是以背叛这一理念为中心的，其典范人物是梅尔夫人，她成功地策划阴谋，使伊莎贝尔嫁给奥斯蒙德，以便奥斯蒙德和她（梅尔夫人）与奥斯蒙德所生的女儿帕茜享用伊莎贝尔的财富。但是梅尔夫人尽管欺骗,却几乎没有在伊莎贝尔那大容积的意识中留下印记。格雷厄姆•格林执著于背叛,其程度远甚于亨利•詹姆斯。

虽然《一位女士的画像》是某种悲喜剧,但是很少有读者会在读这本书时发笑。尽管面目可憎的奥斯蒙德和梅尔夫人都被刻画得惟妙惟肖,尽管以伊莎贝尔的仰慕者为典型的那些不同类型的人物——杜歇、沃伯顿、戈德伍德——也都被刻画得活灵活现,但是詹姆斯小心地确保伊莎贝尔•阿切尔永远成为我们关注的中心。实际上,她的画像才是重要的;其他人只是因为她的关系才存在。伊莎贝尔这个人物对詹姆斯和对读者都太意义重大了,任何对她的滑稽看法都是不合适的。同样地,在詹姆斯对她的意识的苦旅的描述中,也不允许让反讽取得支配性地位,尽管她的处境是荒谬得近于反讽的。她选择奥斯蒙德是因为她有一个错觉,以为她是在选择——和获得——自由。她以为,他知道一切值得知道的东西,因此他也会希望她知道人生中一切可以知道的东西。她可怕的错误可能令人觉得几乎是詹姆斯对她残忍,但是詹姆斯与她一起受苦并为她受苦,而她的错误绝对是这本书的中心。"人生的错误对人生是必要的。"尼采说。亨利•詹姆斯和伊莎贝尔•阿切尔都绝不是尼采式的人物,但是尼采这句格言很好地说明了伊莎贝尔的巨大错误。

到底是什么蒙蔽了伊莎贝尔?或者,换一种方式问,为什么詹姆斯要给他把自己当成女人来描绘的自画像带来这样一场灾难?在詹姆斯一九〇八年的修改版中,奥斯蒙德颇大程度地黯淡成真正的势利、无用和欺诈，从而使得伊莎贝尔的坏判断变得更怪异。詹姆斯对吉尔伯特•奥斯蒙德的第一次描述，已足以警告读者，伊莎贝尔未来的丈夫是非常坏的消息：

> 他是一个四十岁的男人，有一个高但形状好看的头，头发依然浓密，但过早地灰白，削得很短。他有一张雅致、狭长、极其模型化和镇定的脸，唯一的不足是稍微有点儿尖；而他的胡须对他这个外观贡献不少。这胡须，修剪得像十六世纪肖像画，一撮漂亮的髭尤为突出，髭的两端有一抹浪漫的翘势，使留髭者有一种异国的、传统的外观，表明他是一位研究风格的绅士。然而，他那双刻意、好奇的眼睛，那双既模糊又有穿透力，既聪明又坚固，露出既是观察者又是做梦者的神色的眼睛，却会向你保证他只是在经过精挑细选的范围内研究它，而且只有在他想要它时才发现它。你会感到疑惑，难以确定他原籍是哪个地方和国家；他没有通常可以乏味地轻易回答这个问题的那些表面特征。如果他有英国血统，那么这血统很可能有若干法国或意大利混杂；但是，虽然他可以说是一块好金币，却令人觉得缺了用于一般流通的硬币都有的戳记或徽章；他是为特别场合而制造的典雅复杂的勋章。他身形轻盈、消瘦，样子有点慵懒，明显地不高不矮。他穿得像一个对衣着的考究仅止于不要粗俗的男人。

奥斯蒙德是一个永久定居于意大利的美国人，他“研究风格”，但“只是在经过精挑细选的范围内……而且只有在他想要它时才发现它”。这是绝妙的詹姆斯手笔,告诉读者奥斯蒙德是多么狭窄和靠不住。与此形成对照的，是小说开头对伊莎贝尔•阿切尔的描述：

> 她再次环顾四周——草地,大树,长满芦苇的、银闪闪的泰晤士河,这座美丽的老房子;在进行这番勘察时,她仍有余裕留意她的同伴们；很容易设想这是一位显然既聪慧又激动的年轻女子所具备的全面审视。她坐了下来,把小狗打发走；她洁白的双手,交叉地搁在双腿间的黑裙上;她昂着头,眼睛明亮，灵巧的身子轻易地随着她显然用来捕捉印象的注意力转来转去。她的印象多不胜数,而它们全都反映在一个清晰、宁谧的微笑上。“我从未见过这么美的景色。”

伊莎贝尔研究的,不是风格,而是人物和地方,而且永远不是在自己选择的范围内。聪慧又激动,心照不宣地美丽,留意她多不胜数的印象,和蔼可亲地愉悦:难怪拉夫尔•杜歇、沃伯顿勋爵和老杜歇先生都对她一见钟情,而随着我们更清楚地看见她,我们也将如此。一九〇八年版的上述两处最初描述,相距一百七十页,但是两者之间的并置,虽然是迟来的,却是直接而不协调的。崇高的伊莎贝尔•阿切尔——如同莎士比亚女主人公罗莎琳德、维奥拉、比阿特丽斯、海伦娜等等——不得不委身下嫁不如她的人,但是拉夫尔•杜歇、沃伯顿勋爵和卡斯帕•戈德伍德都不是潜在的灾祸;吉尔伯特•奥斯蒙德才是凶星。每个读者都必须自己去判断到底亨利•詹姆斯使伊莎贝尔选择奥斯蒙德是不是真的够说服力地不可避免。虽然我深爱詹姆斯、伊莎贝尔和《一位女士的画像》，但是我从未被说服，而且在我看来，这是该小说的唯一缺点，否则就完美了。如果要让小说推进，就非让伊莎贝尔盲目不可，但是一九〇八年修改版中那个更加詹姆斯式的伊莎贝尔似乎实在太过有洞察力了，不可能被奥斯蒙德所骗，尤其是詹姆斯在修改版中已很明确地把他变成一个*不是*“所有时代的继承人”。

詹姆斯是所有长篇小说大师中最微妙的（除了普鲁斯特），他动用他所有的艺术来使伊莎贝尔的错误判断显得有道理。奥斯蒙德如他所说，是“常规本身”，其理论上的功能是把我们从混乱中解放出来，但其实际上的效果却是窒息伊莎贝尔的种种可能性。他的女儿帕茜对他而言，主要是一件可以出售的艺术作品，最好是卖给“一个富裕而高贵的丈夫”。奥斯蒙德是一枚走路的“金币”，他在伊莎贝尔身上看到的不只是她的财富（她的亲戚杜歇家族馈赠给她的），而且是“用来制作的材料”，是一幅要画的肖像。但是伊莎贝尔对此一无所觉，直到太晚了，已救不了她。为什么？詹姆斯给了我们很多暗示，但无一样是明确的。这包括帕茜，她唤醒伊莎贝尔的母性本能（伊莎贝尔为奥斯蒙德生的儿子，在半岁时夭折，而詹姆斯暗示说，奥斯蒙德与伊莎贝尔的性关系不久也死去了）。还有伊莎贝尔日益着魔于“选择”一种生命形式：拉夫尔·杜歇是她的亲戚但他生病；沃伯顿勋爵代表着英国贵族，而她的美国性回避这点；她早年在奥尔巴尼的求婚者卡斯帕·戈德伍德占有欲太强和太激情，太过爱她。像亨利·詹姆斯一样，伊莎贝尔想被爱，但不想成为另一个人难以抵挡的性爱激情的对象。

此外，詹姆斯还把伊莎贝尔接受奥斯蒙德（他的品味很昂贵但他的收入很低)归因于女孩子(她仍然很年轻)慷慨的理想主义,归因于她继承杜歇家族遗产的内疚感。这一切足够吗?我想不足够,一如我已说过的,但詹姆斯在婚姻选择的谜团这个问题上,是很莎士比亚式的,也许还是现实主义的。莎士比亚与安妮•哈瑟维结婚,然后住在伦敦,与她分开生活二十年,寄钱到斯特拉特福给她和孩子们,但尽可能少回家。詹姆斯是十足的同性恋者,但没有付诸实行,他曾对异性恋婚姻的价值和神圣表达非凡的敬意,同时淡淡地说,他本人对生活的考虑太少了,不宜冒险闯入这种幸福状态。

我觉得伊莎贝尔在小说结尾时回到罗马和奥斯蒙德身边,较容易解释,尽管依然令人迷惑。她再次拒绝戈德伍德,然而她体验到(并害怕)他的激情的力量:

> 他透过黄昏瞪着她一阵子,下一个瞬间她已感到他的双臂抱着她,他的唇在她自己唇上。他的吻像白色电光,闪一下,扩散,再扩散,然后停住;它是如此非同寻常,当她接下它时,她仿佛能感到他坚硬的男性里每一样最使她不快的东西,他的脸、他的身形、他的存在中每一样进逼的事实,都把它们一致的紧张合理化,并与这种占有行为合而为一。就像她听说过的溺水者,先见到一系列影像,然后沉没。但是,当再度暗下来时,她便自由了。

她自由地踏上"一条非常直的途径",返回罗马和奥斯蒙德身边。这将使她摆脱戈德伍德,但与奥斯蒙德一起生活充其量只是一次全副武装的停火。这就是詹姆斯的所有时代的女继承人的最后命运吗？詹姆斯不会告诉我们，因为他在小说中的工作已完成了；他知道的并不更多，而且在结尾时，伊莎贝尔很可能也不知道。但是，她那达至精神的伟大性，达至意识的广阔性的潜能将有什么结果？要知道，如果没有这潜能，这部小说就必定沉没。詹姆斯拒绝给予她奥斯蒙德之外的选择；戈德伍德威胁她的自主感，而不知怎的，讨厌的奥斯蒙德却不会构成这样的威胁。但即使是在一九〇八年版中，伊莎贝尔也仍有可能成为她自己的另类选择：离婚，以及分家产，将使她摆脱奥斯蒙德。这也许会发生，但詹姆斯在这方面没有给予我们任何线索。奥斯蒙德，不管多么卑鄙，却并不像伊莎贝尔那么令人生畏。我猜，她回去，是为了解决她那理想主义的错误的后果，从而在她自己的意识中维持一种延续性。这是颇詹姆斯式的，尽管如果读者对此提出抗议，也并没有错。修改版的《一位女士的画像》要求仔细而投契的阅读。我们也许对伊莎贝尔的选择感到不满意，但是她的故事再次告诉我们我们为什么读的一个动机：更好地了解意识，它对我们太有价值了，是我们所难以忽略的。

马塞尔·普鲁斯特：《追忆似水年华》

"如何读一部长篇小说"现在在我看来，意味着如何读普鲁斯特，他是经典长篇小说的最后璀璨。当我们面对《追忆似水年华》的绝对发明，我们该怎么办？

普鲁斯特这部浩瀚的长篇小说，是由几乎匿名的马塞尔叙述的，主要是这位小说家青年时代的画像，他给予我们一部关于法国社会的迷宫般的追忆录，从十九世纪最后十年至一九二二年（普鲁斯特逝世之年)。小说的伟大主题,按英文字母次序列出来,包括唯美主义和美、妓院、死者(他们并吞生者)、服饰、德雷福斯事件(及其沉浸于反犹主义)、友谊、习惯、倒错(男同性恋和女同性恋)、嫉妒(尤其是!)、文学本身和叙述者逐渐演进为小说家、撒谎、记忆(其无时不有如同嫉妒)、施虐受虐狂、大海、睡眠,以及时间(其无所不在几乎如同嫉妒和记忆)。

《追忆似水年华》讲述三个爱情故事(情欲也许比爱情更准确)。身为犹太裔但却是一位社会名流的夏尔•斯万,在情欲上着魔于奥黛特•德•克雷,并在饱受所有爱情和嫉妒的折磨之后与她结婚。他们的女儿希尔贝特是叙述者马塞尔痴迷的初恋情人,后来嫁给了他最好的朋友圣卢,后者早年热恋女演员拉谢尔。希尔贝特•斯万只是叙述者的至爱阿尔贝蒂娜•西莫内的先驱,马塞尔与阿尔贝蒂娜•西莫内维持一场漫长、复杂的恋情,这场恋情以她逃走和接着死于骑马事故而告终。

虽然普鲁斯特在叙述斯万对奥黛特的痛苦嫉妒,以及圣卢与拉谢尔的关系时,令人叹为观止,但这种也许可以称为"崇高的嫉妒"的顶点,乃是马塞尔追忆那段失去的时光:阿尔贝蒂娜的同性恋行为如何"背叛"她这位占有欲极强的情人。我们得求助于《圣经》、莎士比亚和但丁,才能找到足以跟叙述者在追寻也许会被诺曼•梅勒称为"阿尔贝蒂娜的时光的时光"时的那种热忱、紧张和受苦匹比。莎士比亚的悲喜剧《一报还一报》和《特洛伊罗斯与克瑞西达》最接近于马塞尔的伟大求索所蕴含的卓绝的反讽和迷人的腐味。

现时,有不少嘀咕,说那个无名的叙述者(在三千三百页的小说中，他只有两次被有点戏弄地称为马塞尔）是一种普鲁斯特式的规避，因为叙述者是一位异性恋者和基督徒。这类嘀咕是愚钝的；在书中，男同性恋者和女同性恋者就像犹太人和德雷福斯的捍卫者一样比比皆是，叙述者明显的事不关己起到了使这些同性恋者赢得同情的作用（普鲁斯特本人当然是一个男同性恋者，一个德雷福斯的捍卫者，以及一个充满爱心的犹太母亲的儿子）。作为这位雄伟的作者的替身，叙述者获得特殊角度去呈现莎士比亚之外最庞大、最有活力和最丰富多样的人物群。如何读一部长篇小说，尤其是读普鲁斯特，首先是如何阅读和欣赏文学人物。按英文字母次序，普鲁斯特这部小说中必不可少地需要列举的人物是阿尔贝蒂娜、夏吕斯、弗朗索瓦丝、奥丽阿娜·德·盖尔芒特、叙述者的妈妈、奥黛特、圣卢、斯万、维尔迪兰夫人。再加上第十个人物也即叙述者本人，你便有了一份比任何其他长篇小说提供给我们的任何东西都要生动、内向和无与伦比地喜剧式的人物名册。普鲁斯特的宇宙与简·奥斯汀的宇宙一样反讽，然而普鲁斯特式反讽较不那么处于守势，也许也较不那么成为发明的一种补助手段。我们可以说，反讽在普鲁斯特那里并不是那么说此指彼，而是作出远远大于任何社会语境化所能包容的种种暗示。这些暗示伸向我们意识的角落，在我们身上寻找正确行动的原则。把这样的反讽称为神秘主义的或清静主义的也许有点怪，然而它却是一种深刻的灵性在俗世的对等物。我们不想把普鲁斯特与《薄伽梵歌》中的黑天混淆起来，然而普鲁斯特式的记忆最终似乎是一种正确的行动，治愈了叙述者还有读者身上那种被这部古印度教著作称为“黑暗惰性”的东西并警告人们小心提防它。我们读长篇小说（伟大的长篇小说）是为了治疗我们自己的黑暗惰性，那致死的疾病。我们的绝望需要安慰，需要一种用深刻的叙述配制的药物。如同莎士比亚的人物，普鲁斯特小说中的人物所做的治疗绝望的工作，正是文学文化含蓄地为绝望开的处方。这不啻是我们当下一种可悲的社会反讽，也即一种为其所有观念模式——哲学、政治、宗教、心理分析、科学——所挫败的文化，不得不变成一种文学的文化，更像古代的亚历山大模式。如同莎士比亚，普鲁斯特是一个比弗洛伊德更好的医生，他呈现给我们的人物，其富有人情味就如同乔叟和莎士比亚呈现的人物。普鲁斯特的所有人物，在本质上都是喜剧天才；如此一来，他们便给予我们一项选择，也即相信真理之有趣并不亚于真理之严肃。

尼采在他其中一个最哈姆雷特式的表述中，向我们建议说，我们能够找到文字来表达的东西，其实是某种已在我们心中死去了的东西，因此讲话这一行为，永远包含某种轻蔑。普鲁斯特不同于莎士比亚之处，是他没有这种轻蔑，他那些最伟大的人物都显露了他的慷慨。我们的心的死寂，我们的自私的自我主义，是一个严重问题，而在普鲁斯特那里，如同在莎士比亚那里，性嫉妒比任何人类感情都更能昭显这个严重问题。我大胆地说，读小说如今承担了减轻嫉妒的重任，而嫉妒的最恶毒形式莫过于性嫉妒。由于西方最善于把性嫉妒戏剧化的两位顶级作家是普鲁斯特和莎士比亚，因此如何读一部长篇小说这个追求，便可以临时简化为如何读性嫉妒。我有时候觉得，我在耶鲁大学和纽约大学的学生能够获得的最佳文学训练，无非是以性嫉妒来加强他们的实际训练，因为性嫉妒诚如埃古所知道的，是所有心灵瘤疾中最具审美意味的。这可能就是为什么普鲁斯特把他笔下那些嫉妒的恋人的追求，与艺术史家的着魔相提并论，例如斯万在重构奥黛特的往昔的性欲细节时，“其激情甚于一个审美家，他翻遍十五世纪佛罗伦萨浩繁的文件，为的是要进一步探入那个叫做‘春天’的美丽的瓦娜[①]或波提切利的维纳斯的灵魂”。艺术史家想必陶醉于这类乱翻乱查，而可怜的斯万却“无能地、盲目地、晕眩地望着这无底的深渊”。然而斯万却通过他的痛苦而激起我们喜剧性的乐趣，即使我们倒抽一口气。在小说中读别人遭受的嫉妒的痛苦，也许不能治愈我们同等的痛苦，也可能永远不能教导我们用喜剧性的眼光看我们自己，然而我们被激起的那种带同情的乐趣却似乎接近于审美经验的中心。在普鲁斯特那里如同在莎士比亚那里，艺术本身即是自然，这个观点对《冬天的故事》是至关重要的，这部戏剧在莎士比亚对性嫉妒的揭示方面，堪与《奥赛罗》匹比。我们读时，普鲁斯特并没有把我们变成埃古，然而我们陶醉于叙述者的自我毁灭，因为在普鲁斯特那里每一个主要人物，尤其是马塞尔，都变成自己的埃古。在莎士比亚所有恶棍中，埃古在挑起其最主要受害者奥赛罗的性嫉妒上，是最富创造性的。埃古的天才是一个以折磨和伤残其人物为乐的伟大剧作家的天才。在普鲁斯特那里，很多主角都成了埃古自食其果的例子。还有什么比自我伤残的埃古的得意更具审美乐趣的？在普鲁斯特所有段落中，我最喜爱的是叙述者至爱的阿尔贝蒂娜死去之后那个段落，该段落是他深入分析她同性恋激情的每一个细节的结果：

阿尔贝蒂娜不再存在了；但对我来说她是那个向我隐瞒

① 但丁在《新生》第二十四首中用春天来隐喻瓦娜。——译注

她在阿尔贝与女人幽会的人，那个想象她已成功地把我蒙在鼓里的人。当我们尝试着想象我们自己死后会发生什么事，我们不是在那一刻误把仍活着的自己投射出去吗？说到底，遗憾一个不再存在的女人不知道我们晓得她六年前做过什么，这是不是比我们这些也会死的人希望一百年后公众仍会赞许地谈论我们更荒谬？如果说后一种情况比前一种情况更有现实基础的话，我这回顾式嫉妒的遗憾，也仍然是来自那种与希望死后在别人那里留有好名声相同的视觉错误。然而，如果我与阿尔贝蒂娜分离这一庄严结局的印象，片刻地取代我对她的不轨行为的想法，那也只会通过赋予这些越轨行为一种无可救药的特征而加重这些越轨行为。我看见自己迷失在人生中，如同孤身只影在一个无垠的沙滩上，无论我朝哪一个方向转身，我都不会遇见她。

（C.K.斯科特·蒙克里耶夫、特伦斯·基尔马丁译）

"如何读一部长篇小说"也许可以用"如何读这段描写"作为尺度，这段描写是普鲁斯特的《追忆似水年华》的缩影，也是传统长篇小说的一个楷模。普鲁斯特对嫉妒的看法，是颇莎士比亚式的，认为嫉妒实际上就是追寻失去的时间，还有失去的空间。奥赛罗、里昂提斯[①]、斯万和马塞尔全都遭受同一种"视觉错误"之苦，这是一种嫉妒的怨懑，怨懑于没有足够的时间和空间让他们去享受苔丝狄蒙娜[②]、赫尔米温妮[③]、奥黛特和阿尔贝蒂娜。这种怨懑是终极狂

① 莎剧《冬天的故事》中的国王。——译注

② 奥赛罗之妻。——译注

③ 里昂提斯之妻。——译注

怒——也即爱者而非被爱者的死亡——的另一种形式。作为一位作家，普鲁斯特必然渴望文学上的不朽，这不朽被大刀阔斧地削减，直到一百年后才获公众认同。莎士比亚的十四行诗接近于把性嫉妒与互相较劲的诗人的嫉妒联系起来，但只有普鲁斯特把两种怨懑都归因于“视觉错误”，这是一个美妙的名称。尼采说人生错误对人生是必要的而普鲁斯特的“视觉错误”无疑是尼采式的人生错误之一。读普鲁斯特，我们会逐渐明白我们自己的视觉错误，不只是我们自己诸多嫉妒之肮脏，还有我们的诸多动机，例如渴望隐喻，渴望读另一部小说。普鲁斯特是伟大的精神喜剧家，现在看来，他似乎已预期到我们迟来的负担，直到新千年才姗姗来迟地抵达这部小说的负担。普鲁斯特把友谊定义为处于“肉体疲劳与精神沉闷之间的中途”，并说爱情是“现实对我们是何等没有意义的瞩目例子”。尼采警告说，谎言是一种疲劳，普鲁斯特却把“完美的谎言”作为我们开拓新事物的能力来加以赞颂。我前面曾提到长篇小说的严肃读者迅速缩减，而在我重读普鲁斯特时，我明白到逃离长篇小说乃是拒绝智慧文学。因为，我们还能从哪里找到智慧？

普鲁斯特的智慧，不是乔治·艾略特或简·奥斯汀的智慧，然而这些伟大长篇小说家都似乎有一种共同的睿智。不妨把它称做长篇小说家的实用主义，在这种实用主义中，真正的差别仅仅是给这些散文虚构作品大师们带来某种差别的差别。关于死亡，鲁普斯特曾说，死亡治愈我们对不朽的渴望，这样的反讽对艾略特和奥斯汀来说可能太过火，但是这样的反讽恰恰是她们与幻觉作战的合理延伸。更深刻的是，普鲁斯特找到众多的方式告诉我们，自我与社会是不可调和的，这并不是说我们的自我只是幻觉，无论是语言层面或社会层面的幻觉。普鲁斯特说，我们的个性是一支“杂牌军”，而这看法在乔治·艾略特那里是隐约可见的，但在普鲁斯特那里则更强调，而这与他这部长篇小说中的长篇小说是相称的，因为当它竟敢把失去的阿尔贝蒂娜称为“全能的时间女神”时，它确实触到了真正的辉煌。我们也可以这样形容艾略特《米德尔马奇》中的多萝西娅·布鲁克或奥斯汀的爱玛·伍德豪斯，但她们的创造者却不可以；普鲁斯特教导我们两样东西：一种是回顾式的神性，它是他通过把他的人物视为时间中的神祇来达至的；另一种是回顾式的嫉妒，而他暗示说，两种感觉是一体的。他的男主人公和女主人公如同荷马史诗中的诸神，诸神也是被性嫉妒和性斗争所吞没。

虽然普鲁斯特具有巨大的治疗力量，但我已不能像半世纪前读一部小说那样，迷失在我所读的小说世界里。我第一次恋爱（如果我没记错的话）不是爱上一个真实的女孩，而是爱上托马斯·哈代《林地居民》中的马蒂·索思，当她剪掉自己的美丽头发去卖时，我伤心欲绝。很少有其他经验能达到爱上一个女主人公和爱上她的书的程度[①]。深化对普鲁斯特的理解，以及被普鲁斯特所深化，乃是衡量年事渐高的一个方式。如何读一部长篇小说？带着爱，如果它表明它有能力容纳你的爱；以及带着嫉妒，因为它可以成为我们在时间和空间中之种种局限的生动说明，却又可以给予普鲁斯特式的赐福，使我们获得“更多的生命”。

---

① “她的书”是指描写该女主人公的书，也即《林地居民》。——译注

托马斯·曼:《魔山》

约六十年前,当我还是一个男孩,开始猛烈地阅读时,托马斯•曼的《魔山》广受欢迎,被认为是一部几乎足以跟乔伊斯的《尤利西斯》和普鲁斯特的《追忆似水年华》匹敌的现代小说。现在,我刚十五年来第一次重读了《魔山》(1924),又一次高兴地发现它的乐趣和力量未减。它绝不是某一特定时代的产物,而是一种一如既往地新鲜而尖锐的阅读经验,尽管这经验被时间微妙地改变。

很不幸地,曼在过去的三分之一世纪里有点黯然失色了,原因是他绝不是什么反文化的小说家。《魔山》不可以夹在《在路上》与某部大块头网络叛客小说之间来读。它代表着现已有点岌岌可危的高级文化,因为这本书要求读者有相当水平的教育和反省能力。小说的主人公汉斯•卡斯托尔普是一个年轻的德国工程师,他来瑞士阿尔卑斯山一个肺痨疗养院看望表哥,原只打算作短暂探视。卡斯托尔普在本人也被诊断患上肺痨之后,便在魔山逗留了七年,既为了治病,也为了继续接受文化教育和发展。

曼最初把汉斯•卡斯托尔普形容为一个"十分普通"的年轻人,但这是一种反讽。卡斯托尔普绝非"人人",在本质上也不是一个精神求索者,至少首先不是。但他一点也不普通。他无穷地可教,无比地容易受到深刻的谈话的影响,又非常好学。他在魔山接受一次非凡的高等教育, 主要是通过跟两个立场相反的老师谈话和聆听他们谈话。一个是意大利人塞塔姆布里尼,他是开明派人文主义者,也是诗人和自由思想家卡尔杜齐的信徒,他先登场,并显示他的权威;接着,到了小说下半部时,纳夫塔登场。纳夫塔是一个犹太人,一个激进的反革命，一个反对民主、信奉虚无主义—马克思主义的耶稣会会士，总是回望中世纪宗教综合体，哀叹欧洲背弃信仰。塞塔姆布里尼代表文艺复兴时期和启蒙运动，纳夫塔则是反宗教改革的辩护士。两人之间的辩论总是残酷无情，并在纳夫塔大声喊出一个预言时抵达最初的一个重点，这个预言，果真在《魔山》出版十年后在德国应验：

> “不！”纳夫塔继续说，“我们时代的神秘性和准则，不是自我的解放和发展。我们的时代所需要的，它所要求的，它将为自己创造的，是——恐怖。”
>
> （约翰·E. 伍兹译）

纳夫塔和塞塔姆布里尼都吸引读者的注意力，但是只有塞塔姆布里尼使我们愈来愈喜欢他，尽管托马斯·曼的笔触蕴含无穷的反讽。反讽既是托马斯·曼最令人望而生畏的资源，但可能也是他终极的弱点（一如他自己知道的）。他在一九五三年对他的批评者提出的抗议，至今依然有用：

> 当批评家们如此确定而完全地把我自己的著作指派到反讽的王国，并把我视为彻头彻尾的反讽家，而不把幽默的概念考虑在内，我总是感到有点沉闷。

在文学中，反讽有很多意义，一个时代的反讽绝少也是另一个时代的反讽。我对想象性写作的经验是，它永远包含一定程度的反讽，这也正是奥斯卡•王尔德一个警告所指的。王尔德警告说，所有坏诗歌都是真诚的。但反讽不是文学语言本身的条件，意义也并非永远是一个到处游荡的流放者。宽泛地讲，反讽的意思是说此指彼，有时甚至是正话反说。托马斯•曼的反讽常常是一种微妙的戏仿，但是对《魔山》敞开怀抱的读者，将发现它是一部有着温柔而高度严肃性的长篇小说，以及最终是一部有着伟大激情的作品，既才智卓绝，又感人肺腑。

如今，托马斯•曼这个奇妙的故事提供的主要不是反讽也不是戏仿，而是一个可爱的视域，这是一个现已消失的现实的视域，一个现已永远逝去的欧洲高级文化也即歌德和弗洛伊德的文化的视域。一位二〇〇〇年的读者，必须把《魔山》当做一部历史小说来体验，当做一种已失去的人文主义的纪念碑来体验。这部出版于一九二四年的小说，描绘那个将在第一次世界大战中开始分崩离析的欧洲，这场大战也正是汉斯•卡斯托尔普从魔山下来所奔赴的大灾难。大多数人文主义文化在这场大战中幸存下来，但是托马斯•曼对他这部小说出版短短十年后掌权的纳粹的恐怖有一种先知先觉的预见。虽然托马斯•曼原意是要对欧洲文化进行一次怀着爱意的戏仿，但是变易、时间和毁灭造成的反反讽，却使《魔山》在二〇〇〇年成了一部无比感伤地研究怀旧的小说。

在我看来，汉斯•卡斯托尔普本人现在似乎是一个比我五十多年前第一次读这部小说时更微妙也更讨人喜欢的人物。虽然托马斯•曼希望把卡斯托尔普视为一个求索者，但我觉得求索并不是这位小说主人公的任何重点。卡斯托尔普并不热切追求某个神圣目标或理想。他是一个最令人击赏地超然的人物，他会带着同等的满足聆听开明的塞塔姆布里尼、恐怖主义的纳夫塔，或怪诞地充满生机论色彩的明希尔·皮佩尔科恩。皮佩尔科恩很晚才与充满情欲的斯拉夫美人克拉芙吉亚·肖夏克一同抵达魔山，卡斯托尔普对这位美人意乱情迷，但仅与她享受一夜的满足。汉斯·卡斯托尔普情欲上的超然，似乎很不寻常；他爱上克拉芙吉亚七个月，却只有一刻的高昂激情，接着便在逗留魔山的七年的剩余时间里消退。他也没有因为皮佩尔科恩而心生太多的嫉妒，后者是陪伴克拉芙吉亚重返魔山的。卡斯托尔普七岁起就成了孤儿，他爱上克拉芙吉亚之前，曾与其斯拉夫同学普里比斯拉夫·希佩有过一段极度依恋的青春期同性爱关系。他对克拉芙吉亚的爱恢复了他压抑的对希佩的激情，并且这种融合式痴情神秘地在他身上催生了肺痨的症状，促成他待在魔山，接受七年垂死的人文主义精神的教育。

把恋爱视为一种如同肺痨般的疾病，是托马斯·曼具有说服力的想象，也毫无疑问反映了他本人勉强压抑的同性爱，而这方面的伟大纪念碑依然是中篇小说《威尼斯之死》。读者逗留在魔山是因为卡斯托尔普对克拉芙吉亚一见钟情。不管卡斯托尔普的疾病的临床现实是什么，读者都被小说的进展所吸引，因为在恋爱时改变计划、地点或心灵环境这种普通的经验，被精明地与读者自己被诱入魔山的世界交织在一起。我不知道读者（不论性别）是不是非要对婀娜多姿而又谜一般的克拉芙吉亚怀有激情，但认同有着无穷尽的善意和性超然的卡斯托尔普，却是难以抗拒的，因为托马斯·曼的艺术是如此巧妙。我们并非总是像汉斯那样看见、感觉和思考，但是我们永远贴近他。除了乔伊斯《尤利西斯》中那个与我同名的波迪[1]，现代小说中再没有一个比卡斯托尔普更使读者感同身受的人物。乔伊斯想保持超然的企图并没有成功，利奥波德·布卢姆反映了乔伊斯自己很多最吸引人的个性特质。爱反讽的戏仿者托马斯·曼，尽管作出了各种相反的努力，也仍不能使自己与卡斯托尔普分离。

由于当今批评时尚既否认作者的现实又否认文学人物的现实(如同所有时尚，这将会过去)，因此我敦促读者不要拒绝因认同最喜爱的人物而来的乐趣，如同作者们无法抵挡这类乐趣。我的敦促是有限制的：塞万提斯不是堂吉诃德，托尔斯泰不是安娜·卡列尼娜(他爱她)，菲利普·罗斯不是《夏洛克行动》中的“菲利普·罗斯”(不是两个中的任何一个！)。然而，一般来说，小说家们不管多么反讽，都会在他们的主人公身上重新找到自己；戏剧家也是如此。写《反讽的概念》的丹麦宗教哲学家克尔恺郭尔指出，莎士比亚是反讽宗师，这是无可辩驳的。然而，就连这个反讽家中的反讽家，也在哈姆雷特这个人物中找到更真实和更陌生的自己，如同我在本书其他地方提及的。为什么读？因为你仅能够亲密地认识非常少的几个人，也许你根本就没有认识他们。在读了《魔山》之后，你彻底地认识汉斯·卡斯托尔普，而他是非常值得认识的。

重读《魔山》，我现在可以下结论说，托马斯·曼最大的反讽(也许不是有意的)是在开篇谈到汉斯·卡斯托尔普时说“读者将逐渐认识到他是一个十分普通的，尽管也很迷人的年轻人”。我已当了四十五年大学教师，我觉得必须说一说我对卡斯托尔普的看法：他

---

[1] 波迪即利奥波德·布卢姆。本书作者布鲁姆的规范中译名应为布卢姆。——译注

是各大学一向宣称(在它们掉进现时的自我堕落之前)却从未找到的理想学生。卡斯托尔普对一切事物,一切可能的知识,都怀着强烈兴趣,但这是本身作为一种善的知识。对卡斯托尔普来说,知识绝不是权力,不管是凌驾别人或他本人的权力;它绝不是浮士德式的知识。汉斯•卡尔扎尔普对二〇〇〇年(和之后)的读者来说是,其价值是无与伦比的,因为他体现了一种现已过时但永远重要的理想:培养自我发展,直到个体能够实现她或他所有的潜能。在汉斯身上,渴望认识各种理念和各种人物,是与瞩目的精神耐力糅合在一起的;他永远不是一个仅仅怀疑的人,还是一个绝不被压倒或淹没的人(除了在他对多少有点暧昧的克拉芙吉亚的性激情达到高峰的时候)。塞塔姆布里尼的人文主义雄辩、纳夫塔的恐怖主义规劝,以及皮佩尔科恩的酒神式口吃,全都惊涛般压向卡斯托尔普,但永远不能把他卷走。

虽然托马斯•曼老是强调卡斯托尔普的平淡无奇,但这已变得有点像一个笑话,因为这个年轻的海军工程师天生喜好神秘经验以至超自然经验。他带着一本《海洋蒸汽船》抵达魔山,但他成了各种生命科学尤其是心理学和生理学著作的无穷尽的读者,并从这些科目继续走向无休止的"文化旅行"。如果我们还残留着(如果有也是源自托马斯•曼的反讽)任何关于汉斯•卡斯托尔普的"普通"的感觉的话,那么这残余也会在美妙的"雪"这一章融化。全书共七部分,而这一章就在第六部分结束前。汉斯独自进行一次滑雪探险时,被困在雪暴中,几乎丢命,接着获得一系列幻象。当幻象消失,他承认"死亡是一种伟大的力量",但他断言"为了善与爱,人不应让死亡来统治他的思想"。

这之后，《魔山》进入自己的死亡之舞，此时第一次世界大战的爆发已临近。纳夫塔挑战塞塔姆布里尼，要与他用手枪决斗；塞塔姆布里尼朝天鸣枪，愤怒的纳夫塔则朝自己的脑袋开了一枪，结束了自己的生命。之后，可怜的塞塔姆布里尼被粉碎了，他的人道主义教育学亦告终结。酒神式的皮佩尔科恩，这位人格和性宗教的维护者，在面对自己年老的无能时，也自杀了。汉斯·卡斯托尔普爱国地去为德国而战，而托马斯·曼告诉我们，虽然这个年轻人生还的机会不大，但并不是不可能。

读者几乎可以不理会托马斯·曼，而断定卡斯托尔普的生还机会较高，因为他有某种神奇或迷醉的东西，可以说是不朽的。虽然他看上去也许是普通人的圣化，却显然是通神的，根本就不需要他接受的那无穷尽的文化教导(尽管他是更好的接受者)。汉斯·卡斯托尔普领受神恩，如同托马斯·曼后来的四部曲《约瑟和他的兄弟们》的约瑟也将领受神恩。托马斯·曼在向他的主人公告别时对我们说，卡斯托尔普之所以重要，是因为他的“爱情梦”。汉斯·卡斯托尔普在此时，在二〇〇〇年和以后之所以重要，是因为读者在寻求理解他时，将会问自己，我的爱情梦或我的情欲幻觉是什么，而这梦或幻觉如何影响我自己的发展或壮大的可能性？

结　语

似乎清楚不过的是，在二〇〇〇年读一部长篇小说，这行为与一九四四年我开始读一部长篇小说时相比，已有很大变化。我开始读长篇小说前，有几年时间只读诗歌和《圣经》。一些重要小说家例如菲利普·罗斯告诉我，读者群没有自我更新，并且很明显地，一门直到十八世纪才充分发展起来的艺术，也许会在就快被我们抛开的第二个千年之后消亡[1]。也许网络叛客小说这种最新式的传奇故事，是一个不祥的征兆，预示着传奇故事对长篇小说这个忘恩负义的孩子的冤冤相报式复仇。多多少少是现实主义的长篇小说，在过去近三百年的大部分时间主宰西方文学；其伟大纪念碑从塞缪尔·理查逊的《克拉丽莎》延伸至普鲁斯特的《追忆似水年华》。我们该如何读一部长篇小说，当我们担心这种形式很快就会从我们眼前消失？难道我们不应该在感受长篇小说本身的主人公的感染力之外，还多感受到一份酸楚吗？

在如何读一部长篇小说方面，一个可能值得学习的经验是：主要人物是否有改变，如果有，是什么导致他们改变？在普鲁斯特的巨著《追忆似水年华》中，其主宰模式是莎士比亚那种通过自己无意中听到而改变的模式；而在托马斯·曼的《魔山》中，那个讨人喜欢的主人公汉斯·卡斯托尔普，走的则是塞万提斯路线，开明的哲学家塞塔姆布里尼扮演了桑丘式的智力型角色，如同卡斯托尔普扮演了堂吉诃德型角色。

在莎士比亚那里，改变是他最伟大的发明，他追随中世纪英语诗人乔叟而不是罗马诗人奥维德，尽管奥维德与乔叟和克里斯托弗·马洛一起，是三位真正影响莎士比亚的作家之一。当哈姆雷特、李尔王、安东尼和克娄巴特拉这样的角色发生改变时，多半是因为他们无意中听到自己，几乎仿佛是别人讲的。当安东尼听到自己跟武器侍从爱洛斯说“爱洛斯，你可看见我？”时，他是如此被自己的

---

① 按标准，要等到进入二〇〇一年才算进入第三个千年。——译注

话所震撼，以致他怀疑自己的身份：

> 我安东尼在这里，
> 却不能维持这个看得见的形体，我的仆人啊。

读者也许可反省一下，当她吃惊于自己无意中听到自己之后，她是否经常意识到那个想改变的意志。我猜，在受莎士比亚影响最紧密的英语或德语国家，我们较经常以上述模式发生改变，而不是以塞万提斯式——在塞万提斯那里，往往是亲密友伴之间的交谈较容易导致自我反省继而发生心灵改变。司汤达、简·奥斯汀、陀思妥耶夫斯基、亨利·詹姆斯和普鲁斯特追随莎士比亚这个范式，狄更斯和托马斯·曼则更倾向于塞万提斯模式，短篇小说家中的莫泊桑和卡尔维诺也是如此。我在本书中讨论过的其他短篇小说大师——屠格涅夫、契诃夫、海明威，尤其是博尔赫斯——在我看来似乎也是更受惠于莎士比亚。我在本书最后一章讨论的美国长篇小说家也差不多如此，除了卓绝地越轨的托马斯·品钦。

善于阅读是否有助于我们学习如何像塞万提斯模式中的人物那样互相倾听？我斗胆说，要做到像我们倾听一本好书那样倾听别人说话，是不可能的。抒情诗在最强有力的时候，教我们如何跟自己说话，而不是跟别人说话。虽然孤独的读者也许是一种正在消失的物种，果真如此，随之消失的将不只是孤独的乐趣。对“为什么读？”这个问题的终极回答是，只有深入、不间断的阅读才能充分地确立并增强自主的自我。除非你变成你自己，否则你又怎会有益于别人呢？我永远不会忘记古代拉比中最仁慈的哲人希勒尔[1]的告诫："如果我不是为我，谁会为我？而如果我只为我自己，那我是什么？如果不是现在，那是什么时候？"

我们如何读一部其作者像莎士比亚——也许还有简·奥斯汀——那样似乎泯灭自我的长篇小说？塞万提斯则是一个相反的极，还有司汤达和托马斯·曼，尽管司汤达和托马斯·曼在这点上都无法与夏洛特·勃朗特在她那本奇妙的《简·爱》中所做的匹比。在《简·爱》中，勃朗特经常在给读者提建议时严厉批评读者。至于乔治·艾略特，我珍视她明白的道德省思，如同我珍视她的叙述力量和她赋予她的人物的微妙特质。爱现身说法的小说家，如果他们能给予我们塞万提斯或乔治·艾略特那样的智慧，我们是求之不得的。一些小说家，例如《包法利夫人》中的福楼拜和《尤利西斯》中的詹姆斯·乔伊斯，似乎躲在他们的人物背后，谜一样地矜持，但诡异的是，他们可能比公然表扬自己创造了桑丘和堂吉诃德的塞万提斯更深刻地认同他们的创造物。众所周知，福楼拜曾坦承"我就是包法利夫人"，而乔伊斯尽管以其高超技巧避讳利奥波德·布卢姆，但最终还是与善良而不屈不挠的波迪合而为一。

一部出色的小说家传记，例如乔治·佩因特的《普鲁斯特传》，对阅读是颇为裨益的，条件是读者必须懂得避免出色的传记作者所避免的错误，也即过度以作家的生活来解读作品。更重要的是作家的作品，是普鲁斯特雄心勃勃的工程对作者本人的生活产生的影响。

---

① 希勒尔（约公元前110—公元10），犹太宗教领袖和解经家。——译注

当今，很多长篇小说都因其社会用途而受到过分赞誉，一些只应称为超市小说的东西，被大学当成正典来研究。简·奥斯汀令人生畏的社会和道德反讽，是对这类粗俗化品味和判断的抵抗，一如我已说过的。一位伟大的长篇小说家，即使深奥微妙如奥斯汀和亨利·詹姆斯，也总能像狄更斯那样，有能力使我们读得仿佛我们又可以变回儿童。一个爱上阅读的孩子，初遇《大卫·科波菲尔》或《远大前程》时，只会为故事和人物而读，而不是为抵偿社会罪过或为了改革坏制度而读。

然而，重要的长篇小说往往会触及关键性的谜团，或思考决定性的问题。善于阅读的一个标志，是允许这类谜团或问题自己暴露和揭示出来，而不是过于劲头十足地追查它们。如果你非要弄清楚谜团，例如为什么伊莎贝尔·阿切尔选择实在令人讨厌的奥斯蒙德，或为什么拉斯科尔尼科夫觉得悔过是困难的，那么亨利·詹姆斯和陀思妥耶夫斯基就有责任提示你并引导你，而你也可以信任他们的提示和引导。规模更宏大的长篇小说，例如《堂吉诃德》和《追忆似水年华》，投入更浩瀚的丰沛活力，使得谜团变成作品本身。在《堂吉诃德》中，当堂吉诃德“神智清醒”过来并很快就死去，游戏世界便来到尽头。普鲁斯特的视域性史诗所捕捉的往事，是小说家的胜利，也是他的消亡的序曲。

我们如何读一部奇妙的大部头长篇小说？即使日复一日重读它，我们也仍有可能难以把握其情节。塞缪尔·约翰逊博士，极其欣赏（我也是）塞缪尔·理查逊的《克拉丽莎》，一部长如《追忆似水年华》的小说。他说，如果你为了情节而读《克拉丽莎》，你会上吊。你读《堂吉诃德》或《追忆似水年华》不是为了情节，而是为了人物的逐渐发展，为了作者视域的逐步铺开，应该说，是逐步揭示。桑丘•潘沙和堂吉诃德、斯万和阿尔贝蒂娜，都变成这样的存在物：他们亲密如你最亲爱的朋友，然而最终也如你最亲爱的朋友那样像一个谜。

至于司汤达和狄更斯，我已建议应当重读，而在我看来，简•奥斯汀和塞万提斯（如同莎士比亚）就更非重读不可。在首次阅读一部伟大的长篇小说时，有一种纯粹的乐趣，然而我觉得，当你重读《远大前程》和《帕尔马修道院》时，那是一种不同和更好的经验。你将获得解放，进入以前看不到的视角，重读的乐趣也会比你初读时的体验更多样和更富于启迪。你知道将发生什么事，但对如何发生和为什么发生却可能会有愈来愈新的领悟。也许，在某种程度上，在第二次阅读时，你变成了你所看到的。

当我们年轻，而又最热情和反复阅读时，我们很可能会，也许有点天真地，认同小说中我们最喜爱的人物。如同我在谈到托马斯•曼的《魔山》时所说的，这种认同的乐趣是任何年龄的阅读经验的合情合理的部分，即使这种乐趣到了中年和中年以后，已从天真变成了感伤。长篇小说如同生活，如果没有遇上爱情，就几乎无法存在，不管托马斯•曼和另一些小说家如何倾向于用反讽的态度来表现爱情及其不满。如同我们新认识一个人，小说人物也遇见其他小说人物，向发现的无序敞开怀抱；同样地，我们也需要向我们阅读的东西敞开怀抱。

当你新认识一个人，如果你怀着傲慢或恐惧来开始你们的交往，那将是不明智的。当你初次读哪怕是最令人生畏的文学作品——不管是但丁的《神曲》还是亨利•詹姆斯的《鸽翼》——傲慢或恐惧会摧毁你的理解力和乐趣。也许我们打开一本书时，首先都需要放松我们的权力意志。在我们沉溺其中，并把每一个篡夺我们想象力的机会都给予作家之后，这样的意志可能还会回来。善读书的方法有很多种，且各不相同，但所有方法都要求我们的注意力具备一种接受力。我对佛教所知甚少（因为我的性情是不耐烦的性情），因此对我来说，华兹华斯的“明智的消极性”似乎是善读书所需的那种注意力的最佳同义词。

戏　剧

导　言

在本书中，我挑了三部戏剧作品来讨论：莎士比亚的悲剧《哈姆雷特》、亨利克·易卜生的悲喜剧《海达·高布乐》和奥斯卡·王尔德的喜剧《认真的重要》。我的选择，尽管必定是武断的，却能说明直至刚结束的那个世纪初期西方戏剧的本质和历史。

任何关于如何读一部戏剧的介绍，都不能略去威廉·莎士比亚，这位空前绝后的戏剧家。在莎士比亚的早期悲剧中，《泰特斯·安德洛尼克斯》是一出血腥的闹剧，甚至可能是一部戏仿之作。《罗密欧与朱丽叶》则是一次抒情的胜利，然而这部悲剧更多是家族的而不是个人的。《裘力斯·凯撒》是戏剧佳构的范本，但塞缪尔·约翰逊认为它冰冷，我也这么认为。《哈姆雷特》是继索福克勒斯的俄狄浦斯系列、埃斯库罗斯的阿伽门农三部曲和欧里庇得斯带给雅典舞台的人情感染力之后第一部伟大悲剧。

《哈姆雷特》是莎士比亚最大型的戏剧，也是他最晦涩的戏剧之一。它不只是家喻户晓，甚至对那些从未读过它或看过演出（或看过电影版）的人来说也如此熟悉，以致好好读懂它无异于剥除一幅古老油画上那层使它面目全非的光泽表面。我在这里企图剥除这层表面的若干光泽。

我挑选《海达·高布乐》作为第二部讨论的剧作，因为易卜生（连同法国十七世纪喜剧大师莫里哀）是自莎士比亚以来最重要的欧洲戏剧家。莫里哀是一位深刻的心理学家，然而他紧紧抱住喜剧，除了在他的《唐璜》中。虽然我们太经常地以为易卜生是一位社会现实主义者，是阿瑟·米勒之父，但这是错误的。莎士比亚渗透易卜生，不管是在悲剧《布朗德》中，还是在英雄式喜剧《培尔·金特》中，还是在幻象式浪漫剧《咱们死人醒来的时候》中。海达·高布乐是莎士比亚的克娄巴特拉和埃古的出色混合，她的悲喜剧恰如其分地总结了十九世纪，那个世纪在她那自嘲的笑声中不安地死去，从而结束了沃尔特·佩特等批评家、阿尔杰农·史文朋等诗人以至伟大小说家亨利·詹姆斯的唯美历险。对于这些唯美主义者来说，人生与文学都是观念、感觉和意识的事情。所有这一切在海达·高布乐那里都变成毒液，她那歇斯底里的脾气预示着贯穿于后易卜生时代的二十世纪戏剧中男男女女恶化的情感。

奥斯卡·王尔德令人赏心悦目的《认真的重要》是《海达·高布乐》的真正的解毒剂。这部戏剧，可以说如果不是自莎士比亚以来也是自威廉·康格里夫[1]以来最出色的英语舞台喜剧。在这部戏剧中，王尔德通过刘易斯·卡罗尔的镜子，把我们运走，于是我们来到黄瓜三明治和布雷克耐尔夫人的可爱的世界，布雷克耐尔夫人糅合了约翰·福斯塔夫爵士[2]的夸夸其谈和塞缪尔·约翰逊博士绵延

---

① 康格里夫（1670—1729），英国风俗喜剧家。——译注

② 指莎士比亚戏剧人物福斯塔夫。——译注

起伏的圆周句[1]。王尔德本性太善良，做不了讽刺家，但他戏仿上流社会的世界，使得那世界的居民都变成了游戏中的儿童。王尔德把卡罗尔书中的机智、魅力、乐趣、温暖和妙不可言的荒唐，与吉尔伯特[2]和沙利文[3]有节制的荒谬糅合在一起，给了我们一部纯粹娱乐的戏剧，并含有微妙的弦外之音，暗示了王尔德自己即将来临的悲剧。

威廉·莎士比亚:《哈姆雷特》

一

一些雄伟的作家有最高的精神抱负：但丁、弥尔顿、布莱克。莎士比亚如同乔叟和塞万提斯一样，有别的兴趣：主要是表现人。虽然莎士比亚也许不必成为我们的世俗圣经，但在文学力量方面，我觉得他确实是唯一可以跟《圣经》匹比的。如果你站远一点，会觉得再也没有比这更怪异和更奇妙的事了，也即我们最成功的娱乐家，竟然会提供了另一种视域（无论他本意是否如此），有别于希伯来《圣经》、《新约》和《古兰经》中所描述的人类本质和命运。耶和华、耶稣、安拉都以权威的身份讲话，在另一个意义上哈姆雷特、埃古、李尔和克娄巴特拉何尝不是如此。在莎士比亚那里，说服力更大，因为他更丰富；他的修辞和想象力的资源，超越耶和华、耶稣和安

---

① 圆周句：指一种其关键意思要等到最后才出现的复合句。——译注

② 吉尔伯特（1836—1911），英国剧作家和幽默作家。——译注

③ 沙利文（1842—1900），英国作家，与吉尔伯特合作，创作大量轻歌剧。——译注

拉，这听起来要比我觉得的更亵渎神明。哈姆雷特的意识，以及他用来扩展这意识的语言，要比神明迄今彰显的更广阔和机敏。

哈姆雷特有很多谜；它们将继续难以解开，如同神学家和神秘主义者们将继续讲解上帝的种种神秘。我们在思考哈姆雷特时，永远不如我们思考上帝时那么迫切，然而我忍不住要用古代的诺斯替教徒对耶稣的断言，来评论哈姆雷特：他首先复活，然后才死去。第五幕的哈姆雷特从较早时的哈姆雷特的死去的自我中复活。复活的哈姆雷特说“随它去吧”而不是说“活下去还是不活”。莎士比亚的后期传奇剧中，复活就不那么微妙了；在所有文学中，我未见过比哈姆雷特变形并明显晋升为神更微妙的场面。

哈姆雷特讲了约一千五百行台词，所占戏份之长可谓越轨，差不多达到该部戏未删节文本的百分之四十。由于哈姆雷特是一个学究式知识分子和常常现身于剧院的人物（尤其是环球剧院），因此他的天性是极其模棱两可的。如果要敬重某人某物，那么你自己的评估就必须创造那种敬重。霍拉旭在我们看来似乎是一个忠诚的配角，但对哈姆雷特来说他是所有人类中最出类拔萃的。我们很难不怀疑哈姆雷特对霍拉旭的赞美是否言过其实，然而我们不知怎的总觉得，哈姆雷特这番恭维话是要对着作为观众的我们说的，因此我们很难拒绝：

　　　　不，我不是在奉承，
因为，既然你除了你美好的精神外，
别无其他收入来供你吃穿，那么
我奉承你又有什么用呢？奉承穷人有什么好处呢？

不，让涂着蜜糖的舌头去舔荒唐的豪华排场吧，
屈曲那饱满的膝盖关节，以便谄媚之后
可以财源滚滚来吧。你听到了吗？
我珍贵的灵魂是它自己的选择的女主人，
能够识别她要选择的男人，
她已为自己选择了你；因为你一直都是
身在一切痛苦之中又不受任何痛苦的人，
无论是命运的打击或奖赏，
你都以同样的感谢来接受；这样的人有福了，
他们把血性与判断糅合得如此好，
就连命运的手指也休想把他们当做笛子，
爱怎么吹就怎么吹。把那个不为激情
所奴役的人给我，我就会把他
珍藏在我心中，啊，在我心中的心中，
就像我对你。

（第三幕第二场）

显然，哈姆雷特这一回没有反讽的意思；一般来说，他跟福斯塔夫一样充满嘲弄。他之所以立即广受欢迎，也像福夫塔夫一样，与戏剧性反讽的魅力有点关系。哈姆雷特和福斯塔夫都是反讽家，都太会为自己的利益考虑了，然而他们的观众却因此受惠。哈姆雷特的反讽，是一种悲剧性的反讽，而福斯塔夫的反讽则是喜剧性的，只是哈姆雷特凶猛的反讽可以令人捧腹大笑，而福斯塔夫的欢天喜地最终却是悲剧性的。但哈姆雷特在称赞霍拉旭时却是全然

真诚的，后者是艾尔西诺宫廷中唯一无法为克劳狄斯所操纵的人。当哈姆雷特说霍拉旭是“身在一切痛苦中又不受任何痛苦的人”时，他显然是在暗示说，霍拉旭已变成观众的替身。作为莎士比亚的观众，我们确实遭受莎士比亚给予我们的一切痛苦，然而由于我们知道这是一出戏，我们又不受任何痛苦。在称赞霍拉旭是一个“不为激情所奴役”的人时，莎士比亚也是在希望观众变得更禁欲和更有智慧。

我曾说过，莎士比亚“发明”了我们现在所知道的“人”，这一说法遭到评论者的责怪。约翰逊博士说，诗歌的精髓是发明，而世界上最强大的戏剧性诗歌是如此彻底地修改了人，以致变成实际上发明了人，也就不足为奇了。莎士比亚式的超脱，不管是在十四行诗中还是在哈姆雷特王子中，是一种十分原创的类型。如同很多莎士比亚式的发明，它的来源是乔叟，但往往胜过乔叟式的反讽。C. K.切斯特顿依然是我心目中的批评家英雄之一，他曾指出，乔叟的幽默是狡诈的，但缺乏哈姆雷特的“狂野的空想”。切斯特顿说，乔叟的狡诈，是某种谨慎，与莎士比亚的狂野截然不同。我觉得这说法十分有用；哈姆雷特的狂野的超脱，是这位王子追求自由的种种努力中的一种：免受艾尔西诺约束的自由，免受世界约束的自由。就连乔叟笔下的巴斯的妻子，虽然猛烈而又奇特，也并不追求哈姆雷特那种狂野的自由。

哈姆雷特有七次独白；这些独白有两个观众，我们自己和哈呣雷特，而我们逐渐通过无意中听到而不仅仅是听到，而学会了模仿他。无论我们是不是哈姆雷特，我们都是无意中听到，这与讲话者所意识到的截然不同，甚至与讲话者的意图恰恰相反。无意中听到耶和华或耶稣或安拉并非不可能，但却较困难，因为你不能变成上帝或真主。你是通过变成哈姆雷特而无意中听到哈姆雷特；这正是莎士比亚在这部他所有戏剧中最独创的戏剧的精妙之处。如今要拒绝认同哈姆雷特，几乎是不自然的，尤其是如果你有知识分子倾向的话。有很多女演员扮演过哈姆雷特。我希望更多女演员来尝试这个角色。作为一个角色，哈姆雷特超越了男性。他是终极的无意中听到者，而这种特质是超越性别的。

我们往往把“天才”定义为非凡的智力。有时候，我们还给这个定义加上“创造力”这个隐喻。在所有虚构人物中，哈姆雷特是天才中的极品。莎士比亚提供丰富的证据，证明这位王子的智力。至于创造力，他提供给我们的大多数是暧昧的暗示，除了那位王伶①的伟大演说，以及哈姆雷特在墓园里哼唱的狂歌儿。

我认为《哈姆雷特》是对主人公受挫的创造力、对这位王子未能成为一位著名诗人的研究。我这看法，绝非创见；威廉·哈兹利特就曾暗示过，哈罗德·戈达德②在解读这出戏时，就是以此为中心的。但我想尽可能清楚地申明；我不是说哈姆雷特是一个失败的诗人，失败的诗人是T.S.艾略特那法国式眼睛里的哈姆雷特。前四幕的哈姆雷特，受其父亲鬼魂所挫，即是说，受哈姆雷特局部地以及忧烦地把父亲的精神内化所挫。在第五幕中，鬼魂被驱除，它是被一股巨大的创造性努力驱除的，但莎士比亚基本上是以含蓄的方式表现这一努力。驱除发生在海上，在第四幕与第五幕之间的间歇。莎士比亚总体而言，似乎是所有作家中最开放的，但他隐晦时

---

① 指《哈姆雷特》戏中戏的演员，他扮演被谋杀的国王。——译注

② 戈达德（1878—1950），美国学者，著有《莎士比亚的意义》等。——译注

也同样无人能及。他喜欢过量地铺排，同时又以省略来狡猾地教育我们。《哈姆雷特》是一部庞大戏剧，然而它又是一个庞大躯干，刻意地略去很多东西。如何读《哈姆雷特》，是一项挑战，这挑战在第四幕与第五幕的过渡时达到高潮。为什么读《哈姆雷特》？因为，如今这部戏剧已给我们创造一个我们无法拒绝的礼物。它已成为我们的传统，而我们这个词具有巨大包容性。哈姆雷特王子是知识分子的知识分子：西方意识的高贵性，也是灾难。如今，哈姆雷特还变成了智力本身的代表，而这既不是西方的也不是东方的，不是男性的也不是女性的，不是黑人的也不是白人的，而仅仅是最出色的人，因为莎士比亚是第一位真正的多元文化的作家。

我们从莎士比亚那里学习到，独白的首要功能是无意中听到自己。哈姆雷特在其七次独白中，教导我们想象性文学可以教导什么，也即如何跟自己说话而不是如何跟别人说话。哈姆雷特没兴趣听任何人说话，也许除了听那个鬼魂。莎士比亚通过哈姆雷特向我们证明诗歌除了娱乐外没有任何社会功能。但它对自我有一项决定性的功能；哈姆雷特非常接近于治愈自己，另一方面却也达到一个极限，越过这个极限，即使是最有智力的文学人物也无法再推进一步了。

说哈姆雷特没有不管是社会信条或宗教信条，绝非夸大其词，而我猜莎士比亚本人也同样是怀疑论的，甚至是刻意回避的。哈姆雷特所具有的，是巨大地意识到他自己不断迅速增长的内在自我，而他怀疑这个内在自我可能是一个深渊。这个怀疑，在我看来似乎是这全部七次独白的真正对象，而这七次独白没有一次是发生在第五幕。读者也许比观戏者更能看出《哈姆雷特》几乎是两部不同的戏，一部是第一至第四幕，一部是第五幕，因为第五幕的王子似乎比前四幕那个逃学的学生老了至少十岁。

很难拿《哈姆雷特》与任何其他文学作品比较，不管是与莎士比亚其他戏剧或与具有同等地位的文学比较：但丁和乔叟、塞万提斯和莫里哀、歌德和托尔斯泰、契诃夫和易卜生、乔伊斯和普鲁斯特的作品。《哈姆雷特》是与自己不一致的，而哈姆雷特王子即使在结尾的时候，也仍表示他所知道的要比他有时间告诉我们的还多。蒙田是唯一有用的类比，而他似乎也被哈姆雷特合并了。与蒙田相比，哈姆雷特王子是野蛮的，不管是对自己还是对别人。我们不能说蒙田——哪怕是写《经验》这篇伟大随笔的蒙田——比第五幕的王子更有智慧，但是他使用起智慧来，比哈姆雷特惯常使用的要慷慨。在第五幕，我们感到天恩已抛弃了哈姆雷特，不管他仍保持着怎样的个性魅力。

我所说的天恩，是指圣经意义上的天恩，也即："更多生命注入没有边界的时间。"当哈姆雷特在海上时，他身上某种东西似乎死去了；他回到丹麦时，虽然摆脱了父亲的鬼魂，但在某种意义上他已是一个死人。在整个第五幕，他的视角似乎是幽灵般的死后视角，这也许可以解释为什么他临死时还一心想着不要给后代留下"一个受伤的名字"。当王子阻止他悲伤的追随者霍拉旭自杀，纯粹为了使他可以讲述哈姆雷特的故事，以便治愈王子受伤的名字时，《哈姆雷特》的读者，或观众，也许会感到某种迷惑。事实上，哈姆雷特有够多的污点，即使我们暂时把他那极其可疑的疯狂当成现实来加以接受。他以虐待狂的残酷对待奥菲莉娅，帮助把她逼至疯狂和自杀。他杀害了波洛尼厄斯，用剑猛力刺穿帘幕，完全不知道他要杀的会是什么人，过后竟显得很高兴。罗森克兰茨与吉尔德斯特恩是趋炎附势者，但他们罪不至于被哈姆雷特送他们上死路，而过后哈姆雷特亦满不在乎。西格蒙德·弗洛伊德坚信，乔特鲁德之于哈姆雷特如同伊俄卡斯特之于俄狄浦斯[1]；我不完全赞成此说，尤其是哈姆雷特向死去的母亲的最后致敬之话是一句马马虎虎的“可怜的王后，再见了！”哈姆雷特是坏消息，因此大概可以被称为莎士比亚的英雄兼恶棍之一，如同埃古、埃德蒙和麦克白，但如此称呼他将是一个错误。他确实应留下一个受伤的名字才对，但他没有，而这，不仅仅是因为幸存者霍拉旭将继续从最爱哈姆雷特的人的角度反复讲述这个故事。

二

我们可以推测，如果哈姆雷特不是一个悲剧主角，他极有可能是一位诗人戏剧家，更多是写喜剧而不是写悲剧。在今天，这不是一种时髦的推测，但是当前的潮流永远会消退，至多只能维持一代，而哈姆雷特的天才却会长存。如同莎士比亚本人，哈姆雷特王子擅长性格分析；哈姆雷特在剧中与之交谈的每一个人(除了那个鬼魂)，他都用他的诘问而为我们清晰化了，即使他们无法接受自我清晰化。为什么读《哈姆雷特》？因为它将使读者清晰化，如果读者能够接受的话。

想象一下你是T.S.艾略特笔下的普鲁弗洛克所认同的这样

① 乔特鲁德是丹麦王后，哈姆雷特之母；伊俄卡斯特是希腊神话中的王后，误嫁其子俄狄浦斯后自杀。——译注

一位“侍臣”:“一个将壮大/ 某个进程,并演一两场戏的人。”要是你遇上哈姆雷特,那将会是怎样的呢?虽然埃古可以在他的戏中轻易操纵任何人,但是如果他遇到哈姆雷特,他十句对白或不用十句对白就会被哈姆雷特揭穿,而《李尔王》中的埃蒙德也将好不到哪里去。每逢哈姆雷特测试克劳狄斯,后者就会怒不可遏并语无伦次;至于糟糕得多的罗森克兰茨与吉尔德斯特恩,他们甚至连听明白哈姆雷特到底在跟他们说什么都感到非常困难。

哈姆雷特:有什么消息吗?

罗森克兰茨:没有,殿下,只是世界变得更诚实了。

哈姆雷特:那么世界末日快到了。但你的消息是假的。让我再问详细些。我的朋友,你们在命运手上到底有多少斤两,竟要劳烦她把你们送进这里的监狱?

吉尔德斯特恩:什么,监狱?

哈姆雷特:丹麦的监狱。

罗森克兰茨:那么世界也是监狱。

哈姆雷特:一座相当大的监狱,有很多牢区、牢房、牢室,丹麦是其中最难熬的一间。

吉尔德斯特恩:我们没这种感觉,殿下。

哈姆雷特:那是说,对你们而言不是,因为本来就不存在善恶,而是思想让人懂得善恶。对我而言它是一座监狱。

罗森克兰茨:那是说,你的抱负使它变成监狱。丹麦对你的心灵来说太狭小了。

哈姆雷特:上帝啊,我原可以缩在一个果壳里,当自己是一个统治无限空间的国王——要不是我老做噩梦。

（第二幕第二场）

当哈姆雷特与他两位老朋友这个首次相遇的场面结束时，罗森克兰茨与吉尔德斯特恩就已经是死人了。我们需要感受一下，哈姆雷特那残忍地机智的游戏是多么可怖；那情形就像当今一位王储，譬如说约旦王储，在安曼遇见两位在耶鲁大学的至友，他们三人现时都还是耶鲁的本科生。国王死了，王子想回耶鲁，却被扣留在宫廷，但他在纽黑文的这两位好友却突然现身安曼，而他并未在安曼继承王位。霍拉旭是这伙耶鲁学生的随从，他将取代他们成为哈姆雷特最亲密的朋友。哈姆雷特立即就明白到，他们已被国王和王后收买，而霍拉旭则没有也不能被收买。作为所有愚人中的最聪明者，哈姆雷特是一位极其危险的王子，他自己也曾就此对雷欧提斯提出警告（后者是哈佛本科生，却是王子在宫廷的老朋友，因为他毕竟曾是哈姆雷特的准妻舅）：

哈姆雷特：（上前。）是谁负载
　　如此沉重的悲痛，是谁哀戚的词句
　　使漫游的星星止步，
　　如同被惊奇所伤的听众？是我，
　　丹麦王子哈姆雷特。
　　（雷欧提斯爬出墓穴。）
雷欧提斯：魔鬼抓你的灵魂！（扭打起来。）
哈姆雷特：你祈祷错了。

请你松开手指，别掐住我的喉咙，
因为我虽然不暴躁也不莽撞，
但发作起来可很危险，
足以叫你的聪明畏惧。放开手。

（第五幕第一场）

“被惊奇所伤的听众”已成为用来形容莎士比亚的观众的永恒词句，而我们则为“是我，丹麦王子哈姆雷特”所包含的咄咄逼人的自豪所激动。然而，接下去的那种有节制的威胁，并非完全反讽，而是再次告诉我们他就是那个在致霍拉旭的信中宣布他从海上归来时，淡淡地说了那句话的人。那句话是：“罗森克兰茨与吉尔德斯特恩继续驶向英国。”他已无端端地送他们去死了。霍拉旭的反应有点震惊：“罗森克兰茨与吉尔德斯特恩就这样去了。”我们不应忘记，他们毕竟是哈姆雷特在耶鲁的同学，然而我们听到哈姆雷特无所谓地说：“怎么啦，是他们自己求要这份差事的。”不，我们不是哈姆雷特，也没想过要做他。

像他之后的埃古，哈姆雷特有一种以其他人物的生活来写作的才能。为什么在这方面我们害怕埃古，却仍然着迷于哈姆雷特？哈姆雷特是所有虚构人物中最具复杂心智的人物，他有着诸多的神秘性，其中一个是他那迷倒我们的能力。除非你是一个空头理论家或清教主义道德家，否则你很有可能会爱上哈姆雷特，而这是一种在过去约二百年间流行全世界的病。哈姆雷特并不爱你或需要你，直到最后，当他对他身后将留下“一个受伤的名字”表示悲愤的时候。他是在躺满尸体的舞台上说这番话的，那是他母亲、克劳迪斯和雷欧提斯的尸体，而他自己也要死了。由于他杀死了波洛尼厄斯，残暴地逼疯奥菲莉亚并导致她自杀，并随便地处死了可怜的罗森克兰茨与吉尔德斯特恩，因此他的名字确实应该受受伤才对！但我不认为他会为这八个死者中的任何人，包括他自己，感到伤心。他担心的是“丹麦王子哈姆雷特”——儿子而不是父亲——的名字不能以惊奇使我们受伤。他的成就在哪里？如同他无比伦比的才能一样，似乎也没有任何其他虚构人物能像他那样利索地把一切成就都抛掉。

三

关于王子延迟他的复仇或他父亲的复仇这种说法，最好是置之不理。因为，一个反讽主义者又怎会通过用剑砍死某个人来复仇呢？我挺喜欢《莎翁情史》这部电影，但看到电影里莎士比亚挥剑与人打斗，我真是目瞪口呆。我对莎士比亚的感觉是，每当有什么暴力靠近他，他就明智地快快走开。继《哈姆雷特》之后，他再没有写“复仇剧”了，他还很可能不喜欢这种亚类型。《哈姆雷特》是一部关于戏剧性的戏剧，而不是关于复仇的戏剧。我想不出在《哈姆雷特》之前，有任何西方戏剧如此着魔于戏剧性。环球剧院的观众发现自己在一部戏中看四部戏。首先是第一幕至第二幕第一场，它可以说是“复仇悲剧”。从第二幕第二场当演员们抵达时，到第三幕第二场克劳狄斯被戏中戏这“假火”吓坏了，匆匆离开演出《捕鼠机》的剧场，则是大做一场关于戏剧性的幕间表演节目。第三部戏持续至第四幕结束，而这部戏是什么戏，几乎难以形容，因为它就像一个万花筒，大家都可以看到点什么。最后，是第五幕，哈姆雷特在短短数周内，在“鬼魂”甚至还没有成为记忆之际，在父亲的身影似乎只是一个遥远的记忆的时候，突然老了约十岁。我们不妨说《哈姆雷特》最初是“复仇悲剧”，接着突然演变成一次对戏剧和演员的狂野的沉思，然后卷入莎士比亚的创造性心灵的旋涡，然后从旋涡里浮现，变成一出超越性的悲剧，在悲剧中某个新型的伟人死了，他充满一种绝对自知的痛苦，深知死亡既嘲弄人又被人嘲弄。这是戏剧中最强有力的一部，也许依然是最令人不解的一部，尤其是因为我们之中没几个能对它释怀。

我在别处（在一部规模较大的著作《莎士比亚：人的发明》）认为，较早的《哈姆雷特》被《哈姆雷特》修改，可能是因为莎士比亚最初把它搞砸了。但这是不能被证明或被否认的，而我认为，即使这部戏没有受到某部较早的戏的阴影的纠缠，我们现时所知道的这部《哈姆雷特》也依然会炸毁戏剧幻觉。我必须确切解释我所说的摧毁戏剧幻觉是指什么。环球剧院的观众，以及当今任何未经删节的《哈姆雷特》的观众，看的不只是一部戏中戏，而是必须应付一连串笑谈表演技术的戏剧闲话，以及应付实际上是一部戏中的两部戏，因为先是有讲特洛伊国王普里阿摩斯被杀的无名的凶残悲剧，然后是同样凶残的《贡扎戈谋杀案》，然后这两部戏被哈姆雷特凶残地改编成《捕鼠机》。这实在夸张，仿佛莎士比亚希望把观众溺毙在戏剧性中。当我们从第二幕第二场看到第三幕第二场，我们无法维持我们是在看悲剧《丹麦王子哈姆雷特》这一幻觉。我们所体验的迥然不同；莎士比亚在扮演了“鬼魂”之后[①]，便离开了舞台，但到

① 莎士比亚曾亲自扮演哈姆雷特父亲的鬼魂。——译注

了差不多一千行之后，第一位扮演丹麦王子的演员理查德•伯比奇[①]偷偷溜进又溜出哈姆雷特的角色，在某些片断中扮演莎士比亚。

这足以炸毁整部戏，但没有什么可以摧毁《哈姆雷特》，而且“整部戏”这个说法也不合适，一如我已尝试去证明的。四百年后，《哈姆雷特》依然是有史以来上演的最具实验性的戏剧，哪怕在贝克特、皮兰德娄和所有荒诞派戏剧家的时代也是如此。我无法肯定我们是否应把《哈姆雷特》视为悲剧，但它肯定不是《奥瑟罗》、《李尔王》和《麦克白》意义上的悲剧。至于种种悲剧性的缺点，或种种悲剧性的优点，可以说，你所能想到的，丹麦王子都样样俱全，而且还有更多更多。爱默生把自由定义为野性，而《哈姆雷特》是最野性和最自由的戏剧。莎士比亚大可以把《第十二夜》副题转给它：《哈姆雷特，或你爱怎么称呼都可以》。

《哈姆雷特》可有发生任何事情？这个问题实在可笑，因为剧中有八人死亡，包括高潮时主角的死亡，然而这个问题完全视乎你从什么角度看而定。从那个“鬼魂”的角度看，什么也没发生，直到最后一刻，然而这时就连他要对生者进行报复的渴望也一定已经厌腻了。但这个“鬼魂”的角度不是我们的角度，而莎士比亚本人竟然扮演这个角色，不啻是他的另一大反讽。戏中最重要的事情，是哈姆雷特的意识疆域的令人惊骇的无尽扩张。如果一种孤独的意识之疆域是无限的，则各种事件又哪谈得上重要呢？对于哈姆雷特来说，自我修改从未停止；他每次讲话就变一次。这是可以在舞台上充分表现的吗？哈姆雷特的心灵本身就是一个剧场，因此这部戏有两个情节，外部的和内部的。外部情节尽管复杂，但如果我们要相

① 伯比奇（1568—1619），演出莎士比亚戏剧的明星。——译注

信哈姆雷特是一个人而不是神或怪物,则这外部情节是必要。但莎士比亚要么是不能要么是不想抑制内部情节，任由一个诗人无法做一个有始有终的诗人。

为什么哈姆雷特从海上回来?他大可以奔赴维滕贝格、巴黎或伦敦。如果你是丹麦王子哈姆雷特,你肯定会觉得必须使自己像丹麦的丹麦人那样,即使丹麦是一座监狱。我这个问题在一定程度上纯属突发奇想,因为哈姆雷特不可能再成为维滕贝格的一个学生;第五幕的王子已经没有什么可学的了。

四

然而,作为读者,我们永远无法肯定该如何读这部戏剧。每个读者每次重读似乎都是面对一部不同的戏剧。哈姆雷特的“死对头”克劳狄斯绝不是死对头;他是一个“支吾”大师,如此而已。当他无效地祈祷时,他说上天“不存在支吾”,但这并不妨碍他“用一点儿支吾”去刺激雷欧提斯与哈姆雷特比剑,以便给王子留下一个有毒的伤口。哈姆雷特渴望“支吾掉这具臭皮囊”;对“支吾”一词的巧妙使用,是莎士比亚的暗示,暗示哈姆雷特与雷欧提斯之间完全没有可比性。

其他人物也不能真正伤害哈姆雷特。雷欧提斯——无脑、陈腐、容易操纵——也可以是任何复仇者,而福丁布拉斯则是另一个偷砸别人脑袋的军人,反讽的是,当他占着死去的哈姆雷特,为他举行军队葬礼时,是他喊出了全剧最后一句话(“放炮”)。奥菲莉亚的角色有感染力,但她只是一个牺牲品,在父亲与不是很爱她的情人之间被推来推去。波洛尼厄斯是一个傻瓜，罗森克兰茨与吉尔德斯特恩则是二流的投机分子，而令人击赏的霍拉旭只是哈姆雷特的配角，缺乏一切个性。乔特鲁德王后是一块性磁铁，但别的就欠奉了。只有那个掘墓小丑能够在机智方面为哈姆雷特提供一点儿陪伴。这部戏之所以无穷尽地不同，是因为哈姆雷特具有如此非凡的可变性，舞台上没有任何其他兴趣焦点可与他比肩，除了（非常短暂地）那个又是战士又是情人又不像父亲的模糊"鬼魂"——哈姆雷特国王。

其反讽超越我们理解能力的莎士比亚，给了我们一部彻头彻尾都是哈姆雷特的戏：微妙、多变、才智超群。如果你善读深读，那么你就别无选择：你将成为哈姆雷特，有时候这会令你感到迷惑。关于哈姆雷特，最重要的不是他的窘境，而是你获得的馈赠：他将扩张你的心智和精神，因为除此之外再无其他理解他的方式。但是，有所得即有所失，他也将把你赶入他的意识的深渊，其中的虚无意义元素远甚于埃古，或《李尔王》里的埃德蒙，或《冬天的故事》里的里昂提斯。

按定义，莎士比亚要比哈姆雷特更全面和多样，但如果我们能够用任何一个人物而把莎士比亚身上的虚无主义诗人人格化的话，那么这个人物必定是哈姆雷特，因为埃古是用其他人物及其生活来"写作"的，而哈姆雷特则是为演员们写崭新的段落，并即兴编造难解的小谣曲。然而哈姆雷特是一位双重意义上的虚无主义诗人：题材和立场。在一部谈戏的戏中，使用讨论语言自身的语言，哈姆雷特不相信任何东西，包括不相信语言和自我。基督教徒批评家们对哈姆雷特感到不安，应该甚于他们在一般情况下的不安；在后基督教时代，哈姆雷特依然走在他大部分观众的前面。不是说就连哈姆雷特，我们也可以仅仅给他贴上怀疑主义标签；我们如何能够分辨哈姆雷特在这部戏中何时是演员何时是王子？在某些时刻，哈姆雷特具有莎士比亚在其十四行诗中显露自己的那种令人不安的超脱。两人所讲的，都只是已经在他们心中死去的东西，尽管只有哈姆雷特对讲话的行为表达某种蔑视。然而他真诚地表明他欣赏出色的表演，欣赏那些能够把莎士比亚所写的东西一字不差地说出来的演员。而他自己则是演员中最出色的。他需要观众，并永远抓住他的观众。但是他更多是一个演员，还是更多是一个诗人？

我们推断，莎士比亚是我们现在所称的"性格演员"，特别擅长扮演老人和英国国王。英雄、恶棍、小丑，那不是他扮演的角色。想到他在舞台上扮演"鬼魂"，跟儿子哈姆雷特讲话，我就不寒而栗（尽管不应该）。可怜的莎士比亚穿着盔甲，而盔甲即使在舞台上也是笨重之物。我们不想看到哈姆雷特穿盔甲，而我们也确实看不到。这位王子即使不穿盔甲，就已经够戏剧性的了，而作为一个反讽家或虚无主义诗人，他会奚落这盔甲。如果听到哈姆雷特这番叫喊，我们会畏缩："再来一次，进入那个豁口，亲爱的朋友们，再来一次；/否则就用我们丹麦人的死尸把城墙封了。"[①]哈尔王子，尤其是在《亨利四世》第一部，曾有哈姆雷特王子之风，但是在他成为亨利五世之后，他更像福丁布拉斯，尽管不大可能是那个接受过福斯塔夫——这位伦敦东市的苏格拉底——教育的福丁布拉斯。

莎士比亚出色但悲哀地（毕竟这是悲剧）使哈姆雷特更像演员

① 这是亨利四世攻城时的命令，布鲁姆把"英国人"改为"丹麦人"，设想此话由哈姆雷特说出。——译注

而不是诗人。或毋宁说，读者尽管被哈姆雷特的诗歌所折服，却更有必要致力于分辨哈姆雷特何时是在演戏何时不是。当我们阅读《哈姆雷特》，我们必须永远同时留意他身上的演员和诗人。因此，我要谈谈那段独白中的独白。

我们在第三幕第一场：莎士比亚给一部以哈姆雷特为中心的戏剧所能够拥有的不管什么戏剧幻觉割开了一道长长的豁口，而我们正临近这豁口的弥合之处。在我们前面，是哈姆雷特给演员们的指示，以及他导演的《捕鼠机》。《哈姆雷特》不可能有中心段落；它多样得不可能有那样的段落，而且它的主角也太多变了。然而，二百多年来，那段"活下去还是不活"是如此家喻户晓，使得它现在看起来似乎已因一再被引用而了无新意了。我非常欣赏浪漫主义批评家兰姆，在重视阅读莎士比亚而轻视观看拙劣的舞台表演方面，他可以说是我的先行者，但是，在面对这段灿烂的独白仍有可能感到新鲜这件事情上，我可不希望读者屈服于兰姆的绝望：

> 我承认，我自己实在难以欣赏那段著名的讲话……或说它是好、是坏，或无所谓；它是如此被朗朗上口的少年和男人们摆布和摸弄，以及如此从它活生生的位置上和从这部戏的延续性的原则上被撕下来，以致它对我而言已成了彻底的死尸。

这段独白，也是这出戏里七段独白中的第三段，它探讨知与行之间的消极关系，因此它也是哈姆雷特将为那个"伶王"而写的伟大诗篇的发源地。那首伟大诗篇的高潮句子是：

但还是按次序把我开始的话结束吧，
我们的意志和命运却朝着相反的方向奔跑，
到头来我们的计谋还是一一落空；
我们有我们的想法，它们有它们的去处。

（第三幕第二场）

这段伟大独白的开场是如此熟悉（对现在的读者而言），因此有必要非常仔细地聆听到底哈姆雷特在对他自己和对我们说什么：

活下去，还是不活，这是问题：
到底是让心灵受尽狂暴命运的
乱箭和乱石之苦更高贵呢，
还是拿起武器来反抗大海般汹涌的烦恼，
并通过反抗来消除它们。

即使在这里，哈姆雷特也是反讽的，如果你注意反抗大海这个隐喻，因为你使尽所有勇士的蛮力都甭想消除它。大海将消除你的烦恼，也将消除你，如同哈姆雷特所暗示的。读者应小心，不要以为活下去还是不活实际上是指自杀；哈姆雷特并未真正考虑要自尽。他的高度反讽，如同莎士比亚在十四行诗中的高度反讽，总是暗示一定程度的超脱，这超脱是我们有点儿无法理解的。哈姆雷特思考的主要是意志，如同莎士比亚在十四行诗中如此经常做的。我们有行动意志吗，抑或我们只是一想到行动就软弱无力？还有，意志的极限是什么？一个意识，即便是像哈姆雷特那么辽阔的意识，当它不知道它自己的思想的尽头究竟是什么时，它又如何能够在行使意志去作任何了结之前，透彻地知晓所有相关的附带性不测事件？

哈姆雷特的心神不宁，一如尼采所认识到的，并不是他想得太多，而是他想得太清楚。他将死于真理，除非他求助于艺术，但是他既忠诚又高贵，而且对行动的思念一直纠缠着他，尽管他的智力深刻地怀疑行动：

因此顾虑使我们全都变成懦夫，
因此，决断的本来颜色
病态成涂上一层思想的苍白，
伟大高度和伟大时刻的事业
因这层顾虑而激流偏废，
失去行动的名号。

（第三幕第一场）

让我们细读这些句子。烦恼的大海这个隐喻仍在“激流”中回荡着，这激流吞没了向备受阻挠的“烦恼”的现实进行报复的壮志，反讽了“伟大高度和时刻”，使得我们在这语言中听到被模拟的大海的汹涌声。哈姆雷特如同莎士比亚的信徒弥尔顿和浪漫派们，希望行使心灵力量，支配死亡世界或烦恼的大海，但却做不到，因为他想得太清楚了。这位王子预言了我们四百年后的极限，因为我们将明白到无论我们对我们自己的意识有多大的认识，也完全无助于了解不是意识的事物——那个使意志备受阻挠的谜团。

五

在戏临结尾时的屠杀之前，哈姆雷特对霍拉旭说："我会赢。但你不会想到我的心多么不舒服。"这是不祥的预感，但也与担心死后留下一个受伤的名字有关。如果细看，哈姆雷特渴望我们给予他好评，此外就别无所求了：

> 如果注定是今天，就不会是明天；如果不是明天，就不会是今天；如果不是今天，明天还是会来。准备就绪最重要。

他的精神已准备就绪（乐意），他的肉体并不弱。他死得非凡，应了他自己的话："让它去吧。"世俗文学中没有任何死亡如此使读者回肠荡气。为什么？哈姆雷特最后的话——"其余是沉默"——是神圣地含糊的，然而我不是把它当成期待复活来读，而是把它当成期待毁灭来读。这其中也许包含对"为什么读《哈姆雷特》"这个问题的回答。他的死，不是作为替我们赎罪，而是带着唯一的焦虑，也即担心留下一个受伤的名字。无论我们自己期待毁灭或复活，我们都很有可能以操心我们的名字告终。哈姆雷特，这位所有虚构人物中最具超凡魅力和最有才智的人物，预示着我们的希望，希望面对我们的共同结局时能够勇敢。

亨利克·易卜生：《海达·高布乐》

> 我写的东西中必须有巨魔。

——易卜生

我必须否认我有意识地致力于妇女权利这项荣誉。我甚至不大敢肯定妇女权利到底是什么。

——易卜生

如果易卜生是一个女权主义者，那么我就是一个主教。

——詹姆斯·乔伊斯

《海达·高布乐》(1890)是一部伟大的悲喜剧，也是唯美时代的杰作。我把它置于《哈姆雷特》(1600)与《认真的重要》(1895)之间，部分原因是它在哈姆雷特的反讽悲剧与布雷克耐尔太太和王尔德的其他小丑的极其荒诞的喜剧之间，占据了一个中间位置。但是，鉴于《海达·高布乐》是一部微妙而又深刻地莎士比亚式的戏剧，因此我选择它也是为了证明莎士比亚的广度是如何无远弗届，就连卓绝的原创者易卜生，尽管风格多样，也得成为一位后莎士比亚戏剧家。如何读《海达·高布乐》，也是一种训练，训练如何读大多数"后易卜生"时代的戏剧。

奥斯卡·王尔德在观看了《海达·高布乐》之后写道："我感到可怜复可怖，仿佛这部戏是希腊的。"王尔德是在一八九一年说这番话的，他没有补充说，可怜复可怖也适合他本人，因为他太机敏了，不能不在海达的自我毁灭中认出他自己的某种拥抱厄运的倾向。但是王尔德不是埃古；他不摧毁别人。海达·高布乐是埃古和莎士比亚的克娄巴特拉的奇妙混合，既是一个修改别人的生活的天才，又是一个英雄式地致命的女人。

一部分是因为易卜生对阿瑟·米勒的无所不在的影响，很多读者和观众都认为这位写《布朗德》和《培尔·金特》的诗人是一位纯粹的社会戏剧家。易卜生有某些社会关注，但相对于他对人物和性格的恶魔式着迷，相对于我不得不称做是他的巨魔性的东西，他的社会关注便显得微不足道。易卜生如同他的培尔·金特，是一个暖昧的巨魔，他基本上是通过伟大的巨魔（或更准确地说，赫尔德雷）海达·高布乐来描绘他自己。在挪威神话中，赫尔德雷是亚当的妻子利利思的女儿，据犹太教神秘哲学，亚当与利利思因性交的适当位置而起争执，之后利利思抛弃了他。巨魔代表着我们性欲冲动和我们毁灭冲动的猛烈版本，虽然他们是魔鬼或神仙，但他们可以化装成人类。

挪威民间故事充满各种讲述男人娶赫尔德雷为妻的故事，赫尔德雷是女巨魔中最具欺骗性和最诱人的。她们是冰冷的美人，她们的巨魔性以一个外部形式显现，这就是牛尾，这牛尾会掉在她们与人类丈夫结婚的教堂外。已故将军高布乐的女儿海达，当然不是一个真正的赫尔德雷，但赫尔德雷肯定是她在戏中的象征性身份的一部分。如同克娄巴特拉是安东尼的“老尼罗河的蛇”，海达也有某种蛇性。但克娄巴特拉是莎士比亚创造的最雄伟人物之一，而卓绝的海达则具有克娄巴特拉的机智和诱惑力，以及埃古出色的操纵技巧。

海达与克娄巴特拉不同之处，要么是没有埃及王后胆大包天的处世方式，要么是没有她那乐滋滋的性爱。如同婚姻不圆满的易卜生本人，海达渴望性欲的爱情却又对它诚惶诚恐，再次如同易卜生，海达害怕丧失社会对他的尊敬。这种恐怖，与担心被揭发是一个赫尔德雷有关，或就易卜生而言，是害怕向公众暴露他那充满欲望的巨魔性。

海达二十九岁，嫁给不如她的人，怀了一个不想要的孩子，丈夫乔治•泰斯曼，一个颇典型地敦厚但愚蠢的学术研究者，使她深恶痛绝地厌烦。但是，即使是一个更有魅力的丈夫，例如她的前仰慕者、放荡的诗人艾勒•乐务博格（讽刺斯特林堡），也无法把海达从她的抑郁中解救出来。军事生涯例如她父亲高布乐将军的生涯，也同样无法使她解救自己，更何况在一八九〇年的挪威，她是得不到这样的职业的。哀叹海达“被困在女人身体内”，或被困在怪诞的婚姻里，或她不能领导挪威军队，是没有意义的。她首次进场就已确立了她灵魂的状态；当女用人让落地长窗敞开着，房间里流溢着阳光，她说：“这光使我看不见。”

威廉•哈兹利特在谈到埃古时说，他“策划他的朋友们的毁灭，作为他的理解力的一种训练；他在黑暗中刺杀男人们，是为了防止沉闷”。易卜生领会埃古的暗示，不同之处是海达策划乐务博格的毁灭，是通过烧掉他的手稿，然后冷冰冰地把她父亲的一支决斗手枪递给他，敦促他“漂漂亮亮地了断”。他将以最新鲜的样式开枪自杀，从而满足了海达真正的审美情趣（在这点上埃古再次是她的先行者）。易卜生在关于这部戏剧的创作的笔记中说“海达代表沉闷”，并补充说：“对海达来说，生活是一出闹剧，不值得完完整整地看到结局。”她通过写她自己的闹剧来加快那结局，她自己这出闹剧的最初受害者是乐务博格，但她自己则是最后的自我摧毁者。

然而，如果说她是一个女性的埃古，拥有他大部分才智，她也是一个克娄巴特拉，所拥有的致命魅力要比我们可能预期克娄巴特拉拥有的更多，尽管她并不拥有克娄巴特拉的“无穷的变化”。如果她的内在自我是易卜生的内在自我，则我们可以理解易卜生明显乐滋滋地品尝她消灭喝醉的诗人乐务博格。乐务博格是对戏剧家斯特林堡的暗讽，后者怀着激烈的妒忌仇视易卜生，而易卜生则快快乐乐地回报他的仇视。到目前为止，我们仍只是来到这部非凡戏剧的门口，现在我们该深入地读进易卜生这部野蛮的杰作了。

虽然海达在婚前曾与乐务博格激烈地调情，但他对她而言，只是她一次“代别人感觉”的经验，因为她充当了他放荡的英勇行为的红颜知己。她真正的欲望，一如整部戏自始至终暗示的，是对美丽的年轻同学泰遏·爱尔务斯泰的压抑的同性恋虐待狂。不言而喻，海达至少希望把泰遏那头秀发扯下来，然后用一把火烧掉。这个愿望，可追溯至她们的学生时代。海达的纵火狂再次源自埃古；两人都恨不得把所有人类都烧光。

《海达·高布乐》只有七个人物，其中两个人物，泰斯曼的姑姑和海达的女佣，都是不重要的。除了海达和她的丈夫泰斯曼，以及乐务博格和他的“灵感来源”泰遏外，还有剧中的恶棍勃拉克法官，他对海达垂涎欲滴，并将引发她在临结尾时自杀。有一点至关重要，就是读者必须认识到海达可以说是一个女英雄兼恶棍，又是克娄巴特拉和埃古。我们绝不会失去对海达的*戏剧性*同情(或对克娄巴特拉，或对埃古)，即使我们一刻不放松地与她的赫尔德雷诱惑力搏斗。海达最大的恐惧，除了丑闻外扬，就是她会沉闷而死，然而她自己是如此极致地反常，以致她不可能使别的任何人沉闷。但勃拉克法官只是善于操纵罢了,我们很快就厌恶他,而我们亦明白当海达落入他权力的掌中时,她为什么选择自杀。他发现海达把父亲的手枪当做礼物送给乐务博格,唆使他意外自杀,于是勃拉克给她两个选择,要么把事情公开出去,要么做他的情妇,而两个选择对她都是完全不可接受的。

勃拉克是一个权力掮客;就连他对海达的欲望也似乎是行使意志而不是行使下身。海达•高布乐想要什么?克娄巴特拉希望与他的安东尼一起统治全世界,埃古则渴望瓦解奥赛罗并出色地达到毁灭奥赛罗的目的。海达骚动不安、生机勃勃却又否定生命,在各方面都暧昧,她渴望的是对人类现实发动赫尔德雷式的报复。即使她那几乎压抑不住的对泰遏的激情,也是可怕地毁灭性的;任何与泰遏的性拥抱都将紧跟着企图把泰遏活活烧死。由于泰遏把乐务博格从放荡中"拯救"出来,并激发他的灵感去写一部被认为是伟大的手稿,讲述文明的未来,也就是说,这应是一本由乐务博格写的泰遏的书,这本书是他们的孩子,因此海达就有必要烧掉这本书的唯一手稿:

海达:(她把一页手稿扔进火炉里,然后对自己低语。)

我要烧掉你的孩子,泰遏!你这个生着一头美丽波浪形头发的女人!

(她把几页手稿扔进火炉里。)

艾勒·乐务博格替你生的孩子。

(把剩余的手稿扔进去。)

我烧掉它!我烧掉你的孩子!

（迈克尔·迈耶译）

这个瞩目的举动和这席话，是在这部四幕话剧的第三幕结尾。读者不要忘记，海达自己也怀孕了；我们不免要猜测，这部手稿可能不只是泰遏的头发的替代物，而且是海达自己的孩子的替代物，那孩子将永无机会出生。这个场面固然可怕之至，其歇斯底里的恶毒却包含亨利·詹姆斯观看一八九一年在伦敦的演出时所称的“极具反讽的诙谐”的强烈元素。易卜生极具反讽的幽默在海达的失望中达到顶点，海达所失望的是乐务博格并不是以“漂漂亮亮”的方式进行一种放荡的自我牺牲，而是意外地死在一家高级妓院：

海达：那是说，他们在那里找到他？

勃拉克：是的，在那里。胸袋里有一支开过火的手枪。那一枪使他受了致命伤。

海达：是的。胸部。

勃拉克：不。是——嗯——腹部。是——下身——

海达：（用一种恶心的表情看着他。）啊，就连这个也是！啊，为什么我碰过的东西都变得卑鄙又滑稽！简直是受了咒！

（迈克尔·迈耶译）

由伟大女演员例如佩姬·阿什克罗夫特[①]或玛吉·史密斯[②]来扮演海达，那感觉是既恐怖又美味。在这出戏中，没有人真正爱任何

① 阿什克罗夫特(1907—1991)，英国女演员。——译注

② 史密斯(1934—)，英国女演员。——译注

人；他们全都是唯我论者，而海达则是唯我论者中的极品。泰遏和泰斯曼快乐地工作起来，收集笔记，也许可用这些笔记重建乐务博格这部关于文明的未来的杰作。这部著作当然有可能像可怜的乐务博格的结局那样滑稽，因为他显然（在妓院的一场打斗中）开枪打中自己的私处。你会明白为什么斯特林堡会如此怒不可遏，尽管巨魔般的易卜生一定会笑得前俯后仰。福楼拜坦白："我就是包法利夫人。"易卜生不需要这样的自白。海达是易卜生的程度，甚于流氓培尔·金特是易卜生，即使是易卜生本人，面对他为她创造的结局，也可能会有点畏缩：

海达：（在后房。）我可以听到你们在说什么，泰斯曼。但我该如何在那里度过一个又一个晚上？

泰斯曼：（浏览那些文件。）哦，我相信勃拉克法官一定愿意过来陪你。

勃拉克：（坐在扶手椅里，高兴地叫道。）我很乐意，泰斯曼太太。我每天晚上都会在这里。我们会很开心，你和我。

海达：（大声而清晰地。）是啊，那正合你意，不是吗，法官？粪堆里唯一的鸡巴——！

（后房传来一声枪响。）

（迈克尔·迈耶译）

我们可以肯定，海达·高布乐在其力求臻于完美的自杀中，干得漂漂亮亮，尽管很难说比得上克娄巴特拉那么优雅。海达不完全是一个女权主义烈士，且受到比克娄巴特拉的世界剧场要狭窄的舞台所限制，然而她在易卜生的挪威的令人窒息的中产阶级道德世界中，已尽其所能地做得出色。如果她不像埃古那样令我们眩目，那我们必须体谅她，因为乐务博格毕竟不是奥赛罗。易卜生以有点粗俗的反讽，让“赫尔德雷”海达周围全都是些二流货色，他们几乎不能为她提供什么挑衅来激起她任何潜力，例如充分发挥她美丽的邪恶。

然而，有时候我也不禁纳闷，在过去一百多年间的戏剧中，可有任何比海达更令我喜欢的人物？王尔德的《认真的重要》中有一位布雷克耐尔太太，但是她来自荒唐世界：刘易斯•卡罗尔、W.S.吉尔伯特、爱德华•李尔[①]。契诃夫的女主人公都很可爱，我非常喜欢她们，但保持一定距离。自己骚动不安也令人骚动不安的海达•高布乐则是近距离的。易卜生在其书桌上的玻璃杯里盖着一只蝎子，并给蝎子喂一块块甜瓜，以此取乐。致命而迷人的海达，正是易卜生这种感受力的产物。

奥斯卡·王尔德:《认真的重要》

一

继莎士比亚之后，英语中最好的舞台喜剧，多数是由盎格鲁—爱尔兰人写的。先是威廉•康格里夫的《如此世道》、奥利弗•戈德史密斯[②]的《委曲求全》、理查德•布林斯利•谢里丹的《造谣学校》，然

---

① 李尔(1812—1888)，英国幽默画家和诗人，以“荒唐”诗著名。——译注

② 戈德史密斯(1730—1774)，爱尔兰散文家、诗人、戏剧家。——译注

后是奥斯卡·王尔德的《认真的重要》、萧伯纳的《皮格马利翁》、约翰·米林顿·辛格[1]的《西方世界的花花公子》、萨缪尔·贝克特的《等待戈多》。王尔德这部我将把它简称为《认真》的赏心悦目的剧作，可能还是自莎士比亚的《第十二夜》以来英国最佳的喜剧，超越我刚提到的几部相匹敌的作品。《认真》是一部奇迹般的戏剧，永远清新，因而也永远可喜，同时也是王尔德的杰作，尽管他的两篇批评性随笔也妙不可言：《社会主义制度下的人的灵魂》和对话《谎言的衰落》。

《认真》与之真正契合的，是刘易斯·卡罗尔、吉尔伯特和沙利文；王尔德并没有在《理想丈夫》、《温德米尔夫人的扇子》和《一个无关紧要的女人》中创作轻喜剧。这些戏剧的演出，依然出色，但在体裁上难以跟《忍耐》、《爱奥兰思》[2]，以及《镜中奇遇》以至爱德华·李尔的《荒唐书》媲美。《认真》是荒唐文学的宇宙的一部分；我们还可以给这个宇宙加上萨基（H.H.芒罗）[3]的短篇小说和罗纳德·费尔班克[4]的长篇小说。荒唐文学最好的时候，能使我们摆脱普通的荒诞，因为它可以把我们带进一个既奇怪地轻松又最终令人不安的王国。英语中的荒唐杰作，是卡罗尔的两本爱丽丝小说，但《认真》值得排在它们近旁。

《认真》初稿为四幕，后来压缩成三幕，质量大大提高。在初稿中，王尔德的替身爱尔杰农申明“王尔德法则”：

---

① 辛格（1871—1909），爱尔兰文艺复兴运动领袖，诗人、戏剧家。——译注

② 两部作品都是吉尔伯特的轻歌剧，沙利文的歌词。——译注

③ 萨基（1870—1916），英国幽默作家。——译注

④ 费尔班克（1886—1926），英国小说家。——译注

我的人生经验是，每当你撒谎，你便在各方面得到巩固。当你讲真话，你便被遗弃在一个孤独而痛苦的位置，且没有人相信你半句。

在《谎言的衰落》中，王尔德的代言人维维安把政客们软弱的谎言扔到一边：

他们从未升至曲解的水平以上，实际上还自贬身份要证明、讨论、力争。这与真正的谎言家的性情是多么不同啊，后者凭借的是坦白、无畏的讲话，卓绝的不负责任，健康、自然的藐视，藐视任何种类的证据！说到底，什么是出色的谎言呢？出色的谎言本身就是自己的证据。如果一个人没有足够的想象力去生产支持谎言的证据，则他很有可能马上就讲真话……

对王尔德来说，开创或启动即是撒谎。在《镜中奇遇》中，当爱丽丝回答蛋形人的无礼要求，说出她的名字时，他打断她的话，问道："那是什么意思？""一定要有什么意思吗？"爱丽丝充满疑惑的问道，蛋形人答道："当然一定要……我的名字就是我的形状的意思。""认真"("认真"[厄内斯特]这个名字，是格温多琳和赛茜丽都希望她们的理想丈夫拥有的名字）的重要性，一如王尔德知道但不告诉我们的，在于"认真"(或厄内斯特）可追溯至印欧语系词根"厄"，其意思即是开创。要认真即是要有原创性，这个荒唐的公式是王尔德狡猾地享受的公式，因为原创性通常是与他自己的天才格格不入的。《认真》中没有任何人物是完全原创的；每个人物都是极其越轨的，但永远处于传统模式内，然而这部戏剧本身却充满了活泼的原创性。

《认真》中的大人物是布雷克耐尔太太，她也许是自莎士比亚《亨利四世》的明星约翰·福斯塔夫爵士以来最越轨的喜剧人物——福斯塔夫也是莎士比亚唯一在知名度上堪与哈姆雷特匹敌的人物，不管是在莎士比亚时代还是在我们自己的时代。这里是布雷克耐尔太太在杰克提亲想娶格温多琳之后，傲慢地结束她与杰克的谈话的场面。在听杰克说他已失去双亲时，布雷克耐尔太太说："沃信先生，失去父亲或母亲，也许可称做不幸；失去双亲，就未免有点草率了。"在这个结束面谈的场面，我们听到萨缪尔·约翰逊博士的风格，这风格混合了福斯塔夫对自大的嘲讽，催生了布雷克耐尔太太绵延起伏的圆周句：

布雷克耐尔太太：这位詹姆斯或托马斯·佳德优先生在什么地点偶然拿到这个普通手袋？

杰克：在维多利亚火车站的行李寄存处。行李寄存处误以为这是他自己的手袋，就给了他。

布雷克耐尔太太：维多利亚火车站的行李寄存处？

杰克：是的。布赖顿线。

布雷克耐尔太太：哪条线并不重要。沃信先生，我得坦白说，你刚才讲的，叫我感到有点不解。生在一个手袋里，或不管怎样说，养在一个手袋里，无论手袋有没有把手，在我看来，似乎表现了对普通家庭生活的藐视，令人想起法国大革命最严重的过火之一。我想，您大概知道那场不幸的运动导致什么结局吧？至于这个手袋被找到的具体地点，一个火车站的行李寄存处，也许可用来遮掩某种社会不检点——事实上，它过去可能真的被用于这个目的——但是在一个良好的社会里，这很难作为一种被承认的地位的可靠基础。

杰克：那么，我能否问一下，您认为我该怎么做才好呢？我几乎不用说，为了确保格温多琳的幸福，我愿意做世界上任何事情。

布雷克耐尔太太：沃信先生，我愿意强烈建议您，设法尽快取得某种关系，作出明确的努力，在本季节结束前至少弄到一个父母，不管哪个性别。

杰克：这，我实在看不出我能够做到这点。我可以在任何时刻弄到那个手袋。它就在我家里的梳妆室。我真的觉得这应该可以满足您，布雷克耐尔太太。

布雷克耐尔太太：我，先生！这与我何干？您不难想象，我和布雷克耐尔勋爵做梦也不会想到让我们的女儿——一个无微不至悉心养大的女儿——嫁入行李寄存处，跟一个包裹结婚。再见，沃信先生！

（布雷克耐尔太太傲气十足地拂袖而去。）

布雷克耐尔太太信口说出的插入语，是王尔德式的胜利，泰然自若地处于荒唐的边缘："哪条线并不重要"，"无论手袋有没有把手"，"不管哪个性别"，"一个无微不至悉心养大的女儿"，"跟一个包裹结婚"。我们该如何读布雷克耐尔太太这些宏伟的宣言？我认为，这无异于问："为什么布雷克耐尔太太把我们乐坏了？"

布雷克耐尔如此有趣，部分原因在于她如此没有幽默感，与福斯塔夫构成强烈对比。但由于王尔德写的是一部近于荒唐的闹剧，因此布雷克耐尔太太绝不是任何一个实际人物的代表。莎士比亚的喜剧不是王尔德的首要楷模。在一八八一年，王尔德遭到吉尔伯特和沙利文的讽刺，他成了他们《忍耐》一剧中的"唯美骗子"邦索恩。这之后，吉尔伯特便盘旋在王尔德创作思想的上空，尽管直到《认真》之前他的怨气都没有实际发泄出来，而《认真》更多地得益于《爱奥兰思》和《彭赞思的海盗》而不是《忍耐》。爱尔杰农、杰克、格温多琳、赛茜丽、普丽丝姆小姐和卡农·查萨宝都没有一个及得上布雷克耐尔太太那么难以置信和咄咄逼人，但他们并不比她更依附"现实原则"。王尔德的唯美纨绔子弟们，还有他那些怪诞风格，总是使我们回到王尔德本人身上——这位语言大师、幻想大师和艺术悖论大师。吉尔伯特够不上这个水平，但王尔德（如同莎士比亚）高高兴兴地向每一个人偷师，《认真》则吸纳了吉尔伯特和沙利文，却服务于一种与他们迥然不同的美学视域。

在一种微妙的意义上，《认真》更接近福斯塔夫的气质和桑丘·潘沙的气质而不是接近于文学中任何别的东西。王尔德的"给严肃人士看的微不足道的喜剧"（一个误导的副题）把我们带进了童稚游戏的王国，在那个世界里，有没有黄瓜三明治吃构成的重大危机，不亚于任何别的危机。实际上，每当我想起《认真》，我首先会想起布雷克耐尔太太，然后是黄瓜三明治，一份如今永远与崇高的王尔德联系在一起的食物。如何读《认真》的其中一个秘诀，是一边读一边细嚼偶尔吃一回的黄瓜三明治，佐以配合戏中格调的茶或香槟。爱尔杰农自己狂吞了所有黄瓜三明治，不请杰克吃，然后跟他的仆人莱恩进行一场绝妙的对话：

布雷克耐尔太太：现在我要喝一杯茶了，还有你答应我的一份美味的黄瓜三明治。

爱尔杰农：当然，奥古斯塔姨妈。（走到茶桌那边去。）

布雷克耐尔太太：你要不要坐在这里来，格温多琳？

格温多琳：谢谢，妈妈，我在这里蛮舒服的。

爱尔杰农：（大惊失色地拿起空碟子。）老天！莱恩！怎么搞的，黄瓜三明治都到哪里去了？那是我特别要求的。

莱恩：（神色严重地。）先生，今天早上市场上没有黄瓜三明治。我去过两次。

爱尔杰农：没有黄瓜！

莱恩：没有，先生。现款都买不到。

爱尔杰农：算啦，谢谢你，莱恩。

莱恩：谢谢你，先生。（出去。）

爱尔杰农：我非常难过，奥古斯塔姨妈，竟然没有黄瓜，就连现款也买不到。

爱尔杰农对吃怀着不间断的兴趣，这已成为这个年轻纨绔子弟的一种着魔，且贯穿于整部戏。拿爱尔杰农来跟福斯塔夫相比似乎很怪异，因为福斯塔夫与优雅世界仅有负面关系，但是王尔德（他很喜欢福斯塔夫）似乎把福斯塔夫分成两半，一半给布雷克耐尔太太（语言），一半给爱尔杰农（胃口）。“在艺术中一切都重要，除了题材”，王尔德如此说。这是他另一句在我们这个意识形态时代特别有价值的格言。

二

王尔德大可以把这部他最好的戏剧称做《漫不经心的重要》，除了如我们所知，*认真*一词对王尔德而言，含有“开创”的秘密意义。原创即是撒谎，不过这是为了艺术的利益而漫不经心地撒谎。王尔德对一位朋友说，这部戏的宗旨，是“我们应该非常严肃地对待一切微不足道的事情，并以真诚而慎重的微不足道对待生命中一切严肃的事情”。我们再次想到爱尔杰农对食物的兴趣：“我讨厌那些不严肃地对待膳食的人。他们是这么肤浅。”

我们应该把《认真》当做闹剧，当做荒唐，还是当做王尔德伟大的道德剧来读？我建议读者把它当做三者来读，因为王尔德在这里，也许只在这里，如此明确地显露他那美丽的天才。剧中每一个人都可敬地自私，而自私在这部戏的荒诞王国里是最大美德。王尔德的人物，一如格温多琳骄傲地指出的，他们从不改变，除了在感情方面，而且他们永远是严肃的说谎者。他们的首领是布雷克耐尔太太，她像一位浪漫主义鼎盛时期的诗人，把她的视野强加在现实上，尽管她的视野是对纯粹的自私的戏仿。

在《认真》的基调中，既没有罪恶也没有愧疚。在戏中，严肃撒谎的悖论在于，戏中所有人都讲真话，不管是作为一种事后的想法，还是通过肆无忌惮和夸张言辞。这是因为，唯美的撒谎是视域性的，不反对真理或现实，而是反对时间，以及时间的从属者——

自然。布雷克耐尔太太是一个雄伟人物，因为她是“真诚而慎重的微不足道”的女神，是对时间的一次胜利。

豪·路·博尔赫斯指出，奥斯卡总是对的，或几乎总是对的。作为戏剧家，王尔德是一位卓绝批评家，“其引语永远是原创性的”，一如阿瑟·西蒙斯[1]所言。他还是一位有教养的自传作者，因为这对王尔德来说是批评的精髓。王尔德警告批评家要小心跌入“把准确当成一种粗心大意的习惯”，因为高级的批评应当把对象“当成它本身真正不是的”来看[2]。这意味着《认真》既拒绝自然又拒绝社会，不屑于模仿它们。布雷克耐尔太太（暂时）的作为，使得格温多琳和杰克、赛茜丽和爱尔杰农只能寄望于过“充满激情的独身生活”。“充满激情的独身生活”是一句聪明的笑话，而不是我们也许会设想的高雅的变态，因为王尔德的人物不是人类。他们是一些在王尔德最快乐的视域的运动场上互相较量的悖论。像王尔德的讽刺一样（而讽刺在《认真》中总是温柔的），这部戏剧的必不可少的华丽，是受到小心控制的。

我提到布雷克耐尔太太战胜时间。布雷克耐尔太太在该戏结束时也确实是胜利的；她自私的美德主宰那美妙的结尾，在结尾中每一个人都处于结婚的边缘上，全都得到她明确的祝福。我们读这部戏剧时，不是应当认识到王尔德的真正替代者并非杰克或爱尔杰农，而是布雷克耐尔太太吗？如果易卜生是海达·高布乐，那么奥斯卡就是布雷克耐尔太太，因为她的反常超越了剧中每个人的反常：

---

① 西蒙斯(1865—1945)，英国诗人和文艺评论家。——译注

② 这句话是颠倒马修·阿诺德的名言：批评家的职责是把对象当成它本身真正是的来看。——译注

布雷克耐尔太太：（掏出表。）来吧，亲爱的。（格温多琳站起来。）我们已经错过了五班、如果不是六班火车。如果再错过另一班，那就可能使我们成为月台上人们七嘴八舌的对象了。

我一度想过要用这段话来作为我那本《西方正典》的题词（它没有题词），但被我的编辑们否决了。这段话似乎是二〇〇〇年的读者的试金石，也是所有真正想象性的正典文学的试金石。如何读《认真的重要》？我们首先应承认布雷克耐尔太太傲慢地不肯承认的：月台上不可能有人在看到格温多琳和她那令人敬畏的母亲时，知道她们错过任何一班火车，更别说错过五六班！布雷克耐尔太太是如此一个利己狂，以致全世界不仅是她的观众，而且还是她的行程的监护人。然而这正是她稀奇古怪的伟大之处，也是这部戏的伟大之处，同时也是为什么我们需要继续读《认真的重要》的理由。

结　语

其艺术是如此丰富的莎士比亚，还是一位省略大师。在《安东尼与克娄巴特拉》中，我们没有看到这对帝王情人单独在一起；我们必须想象当那些在舞台上观看他们一举一动的追随者和家臣不在的时候，他们两人如何相处。《李尔王》是一部其主要反角埃德蒙未曾与李尔王讲过话的戏。莎士比亚要我们猜测为什么让他们交谈是不可行的。在《哈姆雷特》中，一如我已指出的，第一幕至第四幕中的王子，与第五幕那个成熟人物是非常不同的，前者也许只有十七八岁，后者至少有三十岁，尽管剧中所描述的时间差距似乎不超过三四个月。

读莎士比亚的戏剧，你就会懂得思考被省略的东西。这正是在认识莎士比亚方面，读者相对于戏剧观众而言拥有的众多优势之一。理想的方式，是应读一部莎士比亚戏剧，观看一场该戏剧的演出，然后重读。在环球剧院导演自己的戏剧的莎士比亚，一定会对一场演出不得不要忽略许多东西感到不舒服，尽管我们没有这方面的证据。无论演员理查德•伯巴奇受到莎士比亚怎样的指导，我们都很难想象他捕捉并传达哈姆雷特所有的反讽，或小丑威尔•肯普[①]全面涵盖了福斯塔夫在亨利四世诸剧中的风趣的幅度。

即使是最精辟的读者，也可能无法消化哈姆雷特和他的戏的全部戏剧性，这部戏是“无限之诗”，永不会被耗尽。这正是《哈姆雷特》的荣耀，同时也有助于说明它在文学经验里的中心地位。微妙而隐秘地受莎士比亚影响的易卜生，把克娄巴特拉和埃古糅合在疯狂地吸引人的海达•高布乐，一个真正致命的女人身上。海达身上的戏剧性不像哈姆雷特身上的戏剧性那样无限，但仍强烈地呈现出来。莎士比亚和易卜生都增强戏剧性，也即意识到它是一出戏。这种增强，部分是为了暗示一个虚无主义的背景，这虚无主义的背景在陀思妥耶夫斯基那里是由彼得堡黄色的气氛表现出来的。由于在戏剧里，我们是在独白中和对话中知道我们所知道的，因此，小说家传达信息的声音就被戏剧性本身所取代了。莎士比亚对本书中论及的大多数长篇小说产生的巨大影响力，证明了《哈姆

① 即威廉·肯普（1560—1603），英国演员，莎士比亚最喜爱的丑角。——译注

雷特》以前和现在都在扩大文学艺术的地平线方面取得何等非同寻常的成功。

我说过，应该像深读莎士比亚那样深读易卜生，而不是像我们读（或看）阿瑟·米勒。奥斯卡·王尔德的伟大喜剧需要另一种解读，一种更适用于荒唐文学，也即刘易斯·卡罗尔、爱德华·李尔和吉尔伯特与沙利文的艺术路线的解读。荒唐是文学幻想的一个变种，针对隐藏于儿童中的成年人，以及成年人中的儿童。虽然布雷克耐尔太太具有福斯塔夫的元素，一如我已指出过的，但如果她必须与蛋形人争锋的话，她会更熠熠生辉。《认真的重要》最好是与那两本爱丽丝小说并读。有时候想象莎士比亚活到后来的时期，是很有益的，部分原因是这样一来他就可以披读继他自己的胜利之后数百年的文学。如果存在着来世，而人们继续在来世中阅读（这肯定要比他们观看卫星电视更合适）的话，我真想听听莎士比亚大声朗读《镜中奇遇》的章节。

长篇小说（Ⅱ）

赫尔曼·梅尔维尔：《白鲸》

赫尔曼·梅尔维尔的《白鲸》是我将在本章中分两组讨论的六部美国现代长篇小说的无可争辩的祖先。第一组由威廉·福克纳的《我弥留之际》、纳撒尼尔·韦斯特的《寂寞芳心小姐》、托马斯·品钦的《拍卖第四十九批》和科马克·麦卡锡的《血色子午线》构成；第二组则仅包括两部小说：拉尔夫·沃尔多·艾里森的《看不见的人》和托妮·莫里森的《所罗门之歌》。但是，有鉴于这两组小说的约束力终极而言是《白鲸》，所以我想先简略讨论一下所有美国视域中最消极的，至少是麦卡锡的《血色子午线》之前所有美国视域中最消极的小说。

如何读《白鲸》，是一桩庞大的事业，这也很相称，因为它是我们的民族史诗的少数真正竞争者之一。但是，由于亚哈船长是小说的主人公，因此我将仅限于简略谈谈在阅读中所遭遇的亚哈的一些问题。哈亚显然是一个莎士比亚式人物，与李尔王和麦克白都有契合关系。他像麦克白一样，在技术上是一个英雄兼恶棍。在六十多年来一再重读《白鲸》之后，我仍没有背离我九岁时的阅读经验；亚哈在我看来主要是一个英雄，如同“沃尔特·惠特曼”这个面具和哈克贝里·费恩都是可以相匹敌的美国英雄。不错，亚哈应对他的全体船员之死负责，包括他本人之死，除了那个约伯式的生还者——他是叙述者，并要我们叫他以实玛利。然而，当亚哈恳请船员们加入他的复仇冒险去追杀那条雪白、庞大、显然杀不死的抹香鲸“莫比—迪克”时，他得到全体船员的响应，就连他的不大情愿的大副斯达巴克也不例外。不管他的罪责是什么(虽然他们的选择是自由的，但只有全体拒绝才有可能阻吓亚哈)，似乎最好的方式是把这位“裴廓德”号船长视为一个悲剧性的主人公，与麦克白和弥尔顿的撒旦非常相近。亚哈在他那种视域性的着魔中，身上有某种堂吉诃德的风格，尽管他的苛刻与堂吉诃德的游戏精神毫无共同之处。

威廉·福克纳曾表示，《白鲸》是他希望是他写的书；他最接近于这本书的小说，是《押沙龙，押沙龙！》，书中那个着魔的主人公托马斯·萨德本也许可视为福克纳的亚哈。福克纳用他最高调的辩才说，亚哈的结局是“某种心灵的受难所，在其急坠的毁灭的响亮中变成青铜般的不可改变”。“毁灭”可没有任何贬意，因为福克纳补充说：“瞧着吧，一种死亡在等着一个男人。”

《白鲸》是美国崇高性的小说范式，也是某种高度或深度成就的小说范式——不管是高度或深度，都是一种深刻。虽然梅尔维尔颇受惠于莎士比亚，但《白鲸》是一部极不寻常的原创性作品，同时也是我们民族的《约拿书》和《约伯记》。这两个《圣经》文本，梅尔维尔都明白援引过；梅普尔神甫用约拿作为文本，做过令人惊叹的布道，以实玛利则使用向约伯报告其家庭和世俗财富已毁灭的所有四名报信人所使用的公式来作为其“尾声”的题词：“唯有我一人逃脱，来给你报信。”

激进的原创性是福克纳《我弥留之际》的特征。我认为这部小说是他的杰作，甚至超过《八月之光》、《圣殿》、《喧哗与骚动》和《押沙龙，押沙龙！》。同样的原创性也伴随着纳撒尼尔•韦斯特的短长篇小说《寂寞芳心小姐》和托马斯•品钦的《拍卖第四十九批》。而见诸科马克•麦卡锡《血色子午线》的，则是一种令人恐惧的原创性，在我们进入二十一世纪之际，这部小说在我看来似乎是任何一位健在的美国作家的最强大的想象性作品。在莎士比亚和塞万提斯之后，真正的原创性总是很难达到的，对十九世纪和二十世纪的美国文学而言更是难上加难。关于二十一世纪，我不是在作什么预言，但鉴于美国已经是西方高级文化的黄昏之地，因此某种迟来的感觉将是很难避免的。

斯达巴克对亚哈说，追捕莫比—迪克是违背上帝意图的，但谁是梅尔维尔的上帝，或他之后那些作家福克纳、韦斯特、品钦、科马克•麦卡锡的上帝呢？如同古代文学和浪漫主义文学中的普罗米修斯，以及如同弥尔顿的撒旦，亚哈使自己与天神对立，即使你想把那个神称做耶和华。亚哈似乎是一个原本是贵格派基督教徒然后皈依某个帕西人版的摩尼教的人物，在摩尼教中宇宙处于两大敌对神祇之间的争夺中。这位“裴廓德”号的恶魔般的船长，偷偷把几名帕西人（来自印度的波斯琐罗亚斯德[①]教徒）船员弄到他船上，来充当他一艘私人捕鲸船的船员，以费达拉为标枪手。费达拉是亚哈的影影绰绰的替身，在小说伟大的第一百三十二章“交响曲”结尾，

① 又可译为拜火教、祆教、波斯教。——译注

亚哈凝视大海，看到“水面上一双反射、凝固的眼睛”。那是费达拉的眼睛，但也是亚哈自己的眼睛。

梅尔维尔不是基督教徒，且往往认同古老的诺斯替教异端。在诺斯替教中，这个世界的造物主上帝是个笨蛋和骗子，而真正的上帝被唤做异乡人或异乡神，并被放逐到宇宙某个外层区域。写早期重要作品的福克纳，是某种不自知的诺斯替教徒；韦斯特、品钦和麦卡锡却是非常自知的，尽管以各自不同的方式。我的目标是如何读他们最好的小说，以及为什么，而不是如何指导我的读者了解各种古代异端（至少不是在这里！），但是，我选择的第一组四部小说，继梅尔维尔之后，以与诺斯替教视域平行的方式，达至它们的消极辉煌，一如我们将看到的。

在《约伯记》中，耶和华向悲惨的约伯夸耀海中怪兽具有统治人类的何等威力，而梅尔维尔则把白鲸莫比—迪克命名为海中怪兽。被白鲸咬掉一条腿的亚哈，坚持他自己的骄傲和复仇意志，坚持他自己在第一百一十九章“烛火”中所乞灵的闪光或火焰：

> 你啊，清澄之火的清澄之神！我曾像波斯人那样，在这大海上崇拜你，直到在那次圣礼中被你烧成这样，至今身上还留着疤痕；现在我知道你了，你这清澄之神，我也知道对你的正确崇拜就是蔑视。无论是对爱还是尊敬，你都不怀善意；你甚至为憎恨而杀；全杀光。再没有无畏的愚人敢顶撞你。我承认你无言语、无定所的力量；但直到我这地震人生的最后一口气，我都将反抗它在我身上的绝对、任意的主宰……如果你以哪怕最低的爱的形式而来，我也将跪下来吻你；但如果你高高

> 在上，仅以上天的力量而来，那么，即使你出动从千百个装满兵员的世界召集而来的海军，我在这里也仍将不为所动。你呵，清澄之神，你用你的火创造我，而我像一个真正的火的儿子，将把它吹回给你。

据亚哈的看法，只要你维护你神圣的自我去反抗火，就是对火的正确崇拜。“我会揍扁太阳，要是它敢欺侮我！”普罗米修斯式的亚哈呐喊道，建立了一种反抗标准，这标准在他之后再也无人能及。

由于亚哈船长是我将在本章探讨的所有美国求索者的前驱，所以我仅把我对《白鲸》的阅读限于简略地分析亚哈船长。但我也不能就这样把它一笔带过，而不称赞一下梅尔维尔这部史诗作为一部叙述作品的异乎寻常的兴味，因为毕竟它是一本我自童年以来就一直尊敬的书。我们被亚哈吸引，即使我们对他的偏执狂打寒颤。他是彻头彻尾的美国人，他的报仇欲望虽然猛烈，但他却总是奇怪地自由的，这很可能是因为没有美国人是真正地感到自由的，除非他或她在精神上是孤独的。

威廉·福克纳：《我弥留之际》

二十世纪美国长篇小说最出色的开篇，属于威廉·福克纳的《我弥留之际》(1930)。这本书由五十九节内心独白构成，其中五十三节是由本德伦家族成员讲述的。这是一个自豪的穷苦白人家族，他们在洪水和烈火中英雄地挣扎，把放着他们母亲艾迪的尸体的棺材运回密西西比州杰文生的墓地，因为她希望自己葬在她父亲的身边。其中十九节，包括第一节，是由那位不同凡响的达尔·本德伦讲述的，他是一个具有奇幻视域的人物，最后越界进入疯狂。我们听到达尔在小说开篇中讲话，当时他正跟着与他敌对的弟弟朱厄尔走向艾迪弥留的房子：

> 朱厄尔和我从田里出来，一前一后走在小路上。虽然我领先他十五英尺，但任何人从棉花房望我们，都可以看见朱厄尔那顶破损的草帽比我那顶高出足足一个头。

当达尔和朱厄尔在小路上跋涉时，达尔听见他那位正在给母亲做棺材的木匠哥哥卡什在锯木头的声音，于是我们听见达尔不动感情的观察：

> 一个好木匠。艾迪·布德伦不可能希望有更好的了，也找不到一个更好的棺材来躺了。这将给她信心和安慰。

不为艾迪所爱，人格分裂的达尔坚称自己没有母亲，而他非同寻常的意识则反映了他这个信念。干练、朴实、有尊严、富于暗示——《我弥留之际》的开篇提示了福克纳这部最令人吃惊的长篇小说的高超原创性。福克纳的主要对手都没有可以与之匹敌的；F.斯科特·菲茨杰拉德的《了不起的盖茨比》开篇是尼克·卡拉威的父亲对他说："别忘了，这世界上所有人都没有你拥有的优势。"这是一个健康告诫，告诫不要贸然批评别人，但距福克纳式的崇高还很远。海明威的《太阳照样升起》的开篇，是一句反讽的描述，说"罗伯特·科恩曾经是普林斯顿中量级拳击冠军”。再次，福克纳还是要高出一筹。唯一可能与福克纳级开篇相比的，在我看来似乎是科马克·麦卡锡令人惊异的《血色子午线》开始时，叙述者向我们介绍“小子”，他是书中的悲剧主人公，最终被怪异、埃古式的霍尔登法官所摧毁：

> 看这孩子。他苍白消瘦，他穿着一件薄薄的破亚麻衬衫。他在餐具室里烧火。外面带残雪的变暗的田野，田野尽头是仍藏着几只狼的更暗的树林。他的亲属以伐木工和打水工闻名，但事实上他父亲做过校长。他喝酒时撒谎，他引述现已不知其名的诗人的诗。这孩子蹲伏在火边，看着他。

赫尔曼·梅尔维尔和福克纳的音调，都熔合在这部伟大散文中。但《血色子午线》放在我这组最后讨论，所以让我们回到《我弥留之际》。这本书是一部深思熟虑的精心杰作，其书名指的是艾迪·本德伦，她在小说开始后不久死去，但福克纳凭记忆引述阿伽门农的鬼魂对奥德赛说的辛酸话（《奥德赛·第十一卷·下冥府》）：

> 当我躺着死去时，那个狗眼女人不愿替我合上眼睛，当我正往冥府里下降。①

---

① 中译本把书名*As I Lay Dying*译为《我弥留之际》是准确的，因为艾迪尚有一段时间是在弥留之际，但福克纳凭记忆引述的这句荷马诗，似乎不是来自某译本或原文，而且一个句子里头尾重复，好像是一句译文修改后忘了删去被修改的部分似的。一般英译本，不管是较直译的或较意译的，都没有“当我躺着死去时”或“我弥留之际”，而只有“当我正往冥府里下降”。中译本也没有。由于阿伽门农已经死去了，而不是在弥留之际，故这里只能直译为“当我躺着死去时”。——译注

阿伽门农被妻子及其情夫所杀，他和他的命运与福克纳这部小说没有什么关系。福克纳要这个句子，而不是它的上下文，并把它取走了，尽管他可能也希望暗示艾迪·本德伦与儿子达尔之间缺乏爱，具有某些与克吕泰墨斯特拉[①]与俄瑞斯忒斯和伊莱克特拉[②]相似的因素。克吕泰墨斯特拉就是那个“狗眼女人”，她把阿伽门农目瞪口呆地送去冥府；而艾迪，如果有什么区别的话，就是比克吕泰墨斯特拉更讨厌。

虽然福克纳没有把构成这本书的五十九节或曰五十九个内心独白编成号码，但我建议读者给他们手头的平装本《我弥留之际》标上号码，以方便互相参照（最佳版本是现时的温塔奇出版社版本，该版本使用了“美国文库”版的校正文本）。艾迪只讲了一节，即第四十节（第169—176页），但仅这一节已足以使她疏远每个读者：

> 我还记得父亲怎样常常说活着的理由是为保持长时间死去做好准备。而当我必须日复一日地看着他们[③]，每个都藏着他或她秘密而自私的思想，每个都流着互相陌生也与我陌生的血，再想到这似乎就是我准备保持死去的唯一方式，我就恨我父亲，恨他种下我。我会期待什么时候他们犯错误了，这样我就可以鞭打他们。当鞭子落下，我能感到它抽在我肉上；当鞭子猛抽留下鞭痕，我的血液便狂奔，我每抽一鞭就想：现在

---

① 克吕泰墨斯特拉：阿伽门农之妻。——译注

② 俄瑞斯忒斯和伊莱克特拉分别为阿伽门农的儿子和女儿，伊莱克特拉怂恿弟弟为父亲报仇，杀死母亲和奸夫。——译注

③ 指艾迪的学生，下同。——译注

> 你知道我了吧！知道我是你秘密而自私的生命中的某种东西，永远永远用我自己的血在你的血中留下印记。

我们看到为什么这个令人不安的施虐狂式女人希望葬在她父亲身边。死艾迪甚至比活艾迪还活见鬼，当我们读着这个怪异、英雄式的、有时令人捧腹的、永远骇人听闻的家庭传奇，读着她五个孩子和她丈夫如何冒着洪水和烈火，把她的尸体运回她所希望的安息地。福克纳的《我弥留之际》是一部悲剧性的闹剧，然而它具有巨大的美学尊严，也是弗洛伊德阴郁地所称的"家族罗曼史"①的持久梦魇。有时候虔诚的批评家试图把《我弥留之际》解读成对基督教家庭价值的肯定，但这种判断会使读者感到困惑。如同福克纳作为一位长篇小说家那伟大的十年（1929—1939）中其他小说所显示的，这位长篇小说家的视域落在家庭和社区的恐怖上，并提供了斯多葛式的坚忍这唯一的价值，但这价值不足以把有才能的达尔·本德伦从疯人院里救出来。

福克纳这些内心独白尤其是达尔的十九个独白的音调是如此反讽，读者最初也许会觉得福克纳在引导我们的反应方面做得太少了。没有我们可以求助的类型来协助我们理解这部描写密西西比穷苦白人家庭实现他们十分可怕的母亲的临终遗愿的史诗式叙述作品。家庭荣誉几乎是维系本德伦家族的唯一原则，因为父亲安斯自己的毁灭性一点不亚于艾迪，只不过方式不同罢了。安斯有三

---

① 家族罗曼史：指一种后来受压抑的有意识的幻想，在幻想中儿童想象自己的父母不是亲生父母而是养父母，或自己是母亲与人私通所生。一般来说，幻想中的父母都有贵族血统，或社会地位比亲生父亲较高的。——译注

个独白——第九、第二十六、第二十八(如果你已把它们编了号)——这些独白显示,他狡诈、得过且过、擅长欺骗、精于操纵,如同妻子艾迪一样自私。

杜威·德尔,本德伦唯一的女儿,有她自己的尊严,但无法找到力量去哀悼母亲之死,因为作为一个未嫁、怀孕、穷苦的年轻白人女子,她不得不徒劳地寻求秘密堕胎。幼子瓦达曼则根本就不承认母亲之死;他在棺材上钻孔,好使母亲可以呼吸,最后将她当成他在她弥留之际他抓到的一条大鱼:"母亲是一条鱼。"福克纳把小说的中心聚集于达尔·本德伦的意识,以及聚集在其他儿子木匠卡什和骑手朱厄尔(艾迪与牧师惠特菲尔德通奸所生的儿子)的英雄行为上。

朱厄尔猛烈、无畏,只会通过紧张的行动来表达自己。他唯一的独白(第四)讲述他抗议卡什老在那里制作棺材,并在结尾时产生一种占有的幻象,想守着弥留的母亲不让她受家庭和全世界的侵扰:

> ……那就不会发生县里每个杂种都来睁大眼睛盯着她的事情因为如果有上帝的话那他干的到底是哪一门差事呢。就让我和她在一座高山上我把石头滚下山撞他们的脸,捡起石头扔向他们砸他们的脸和牙齿把他们整个砸烂老天作证直到她得到安静……

朱厄尔和达尔用同样的激情互相仇恨,而达尔与杜威·德尔之间有一种隐含的乱伦的敌意。与所有兄弟姐妹都温和相处的卡什,则简单、直接，以及英雄似的坚忍，并且像朱厄尔一样是一个充满未加思索、以体力行事的勇气的男人。但达尔是《我弥留之际》的核心和伟大之处，也显然是福克纳的替身叙述者。

达尔以看上去像是我们所称的精神分裂症告终，但他的怪异和他的视域力量不可简化为疯狂。他所有十九个内心独白都十分卓越，例如这里援引的第十七节结尾：

> ……而由于睡是不是而风雨都是曾经是所以木材不是。然而大车是，因为当大车是曾经是时，艾迪·本德伦就不会是了。而朱厄尔是，因此艾迪·本德伦也必须是。接着我必须是，否则我就不能空掉自己睡在一个陌生房间里。因为如果我还未空掉，我就是是。
>
> 多么经常地我躺在雨下的陌生屋顶上，想着家。[①]

怀疑自己的身份的达尔，具有一种莎士比亚式的虚无意识，而这反映了福克纳自己的虚无主义（再次，在他伟大的1929—1939时期）、福克纳的战时经验和福克纳在英国皇家空军受训但从未真正驾驶飞机起飞的经历。达尔也曾离家参加第一次世界大战，但这件事没有在他的意识中留下什么。达尔厌恶这趟把艾迪的尸体运回

---

① 这段是用直译，而且是生硬的直译，以显示达尔语言的特色。兹引用李文俊先生较全面兼顾的译文，以助理解：

而且因为睡眠是“不存在”，而雨和风则是“曾经是”，因此木材也是不存在。然而大车是存在的，因为一旦大车成了过去的事，艾迪·本德伦就会不存在了。既然朱厄尔存在，那么艾迪·本德伦也准是存在的。这么看来我也准是存在的，否则我也无法在一陌生的房间里排空自己准备入睡了。因为如果我还没有排空自己，那我就是存在的。

有多少次我在雨中躺在陌生的屋顶之下，想念着家呢。——译注

其出生地的马车苦旅，他差点就通过烧马房来破坏这次努力，但这反而引发了朱厄尔新的英雄气概。

达尔是一个*知道者*，如同福克纳不断强调的。他知道妹妹怀孕，知道朱厄尔不是安斯的儿子，知道母亲不是*他的*真正意义上的母亲，也知道人类的困境是某种早已有之的灾难。他还知道就连风景也是一种空虚，一种与早前的现实的脱离，例如在第三十四节：

> ……它们矗立在那不间断的水面上——树林、甘蔗、藤蔓——无根，与土地隔断，幽灵般悬在一片由辽阔又被包围的孤寂构成的风景上，充满荒原和哀泣的流水的声音。

达尔是一位直觉的诗人和玄想家，危险地接近于一个边缘，在那边缘上他一定会掉下。他的心灵创伤是艾迪的冷漠和安斯的自私留在他身上的遗产；他注定要疏离。达尔无路可逃；他唯一的性欲望是对自己的妹妹的性欲望，他的家庭则是他的末日。

在达尔的最后独白（第五十七节）中，他也与自己如此脱离，以致他所有的、比以前都还要怪异的知觉，竟以第三人称观察他。两名护卫押送他乘火车前往州立精神病院，我们听到他最令人震撼的声音：

> ……其中一人坐在他身边，另一个坐在他对面的座位上，与火车前进的方向相反。其中一个必须坐在与火车前进相反的座位上是因为州政府的钱正面有一个背面，背面有一个正面，而他们是用州政府的乱伦的钱坐火车的。一个五分镍币一

边是女人另一边是野牛；两个正面，没有背面。

分裂成两半的达尔，与自己交谈，然而依旧具有视域性洞察力："州政府的乱伦的钱。"这段话令人想起埃古的粗俗幽默笑话，嘲笑同性恋是一头有个背面的野兽，然而在州政府的钱是乱伦这个看法上，有着更深刻的莎士比亚主义，接近《一报还一报》。

读者一定会觉得《我弥留之际》难懂：确实难懂，然而其难懂也是正当合理的。尖锐地意识到必须成为自己的父亲的福克纳，惹恼了一些女性主义者，因为他着魔地隐约把死亡与女性性欲等同起来。达尔的正常神智已随着母亲死去，但在某种意义上他的失常反而使他兄弟姐妹无声的东西变得清晰起来。在《我弥留之际》中，自然本身是一个伤口。安德烈·纪德古怪地指出，福克纳的人物缺乏灵魂；纪德的意思是说，本德伦家族如同《喧哗与骚动》中的康普生家族，没有希望，无法相信他们的厄运有一天会解除。上帝绝不会与本德伦家族或康普生家族立约，也许是因为他们是从深渊里来的，所以必须回到深渊里去。这也许就是为什么杜威·德尔如此绝望地呐喊说，她相信上帝。《我弥留之际》把人类的状况描写成灾难，核心家庭则是灾难中最可怕的灾难。

纳撒尼尔·韦斯特：《寂寞芳心小姐》

弗兰纳里·奥康纳在精神上把《我弥留之际》与纳撒尼尔·韦斯特的《寂寞芳心小姐》联系起来，并说它们是她最喜爱的两部现代小说。她这个见解，确实也只有她才说得出：这两部末日景象小说不是在表面上，而是在深度上有一种契合。如同《我弥留之际》，《寂寞芳心小姐》是一部悲剧性的闹剧，而不是讽刺作品。韦斯特是一位有着腐味的天才的戏仿家，他在《寂寞芳心小姐》中成就了他的杰作。《寂寞芳心小姐》是在韦斯特刚刚三十岁的时候出版的，如果不是韦斯特在三十七岁时死于撞车事故，它可能最终会被其作者超越。然而，这本书在其消极性方面是如此崇高，在其闹剧性的绝望方面是如此完美，我们实在不希望它不一样或更好。

读者初遇《寂寞芳心小姐》时，会被吓一跳，但它不是一本像《我弥留之际》那样困难的书。原名内森•韦斯坦的韦斯特，肯定是推出了《萨巴斯剧院》和《美国牧歌》的近期的菲利普•罗斯之前最重要的美国犹太作家。他有点像一个犹太反犹者，对犹太神秘传统(犹太教神秘哲学)既无兴趣也无了解，却反讽地变成犹太诺斯替教历史上一位重要文学人物。希望寻找深入了解《寂寞芳心小姐》之适当背景的读者，应读一读收录于格肖姆•朔勒姆[①]《犹太教中的弥赛亚观念》一书中的伟大随笔《以罪赎罪》。

韦斯特在这本卓绝的短长篇小说中，冒着有两个无同情心的主人公的风险：在纽约《快邮报》写解忧专栏的"寂寞芳心小姐"和他的编辑伯劳[②]。书中没有给寂寞芳心小姐其他别的名字，他是一个在做人方面样样不足的潜在的基督；但伯劳这个名字却是再贴切不过的。伯劳是一种小型至中型的鸟，有瞩目的鈎形喙，以及有点龌龊的面罩[③]。伯劳的拉丁名Lanius，意为屠夫，而伯劳一般也称

① 朔勒姆(1897—1982)，犹太哲学家和历史学家，生于德国。——译注

② 音译施里克。施咸荣先生中译本译做施拉克。——译注

③ 指眼线又宽又黑，如同蒙面侠。——译注

做屠夫鸟，因为它们的捕食方式是把昆虫钉在灌木丛荆棘上，然后吞食它们的猎物。这暗示钉上十字架，而伯劳这个人是某种美国撒旦，他折磨寂寞芳心小姐，而如果可以，他会把他钉上十字架。

整部小说弥漫着一种绝望的音调，一种野蛮性，在强烈的时候近乎歇斯底里。这种风格适合寂寞芳心小姐的本性和困境；他是一个堕落的美国亚当，一个潜在的惠特曼，宣布宇宙之爱但骨子里冰冷。伯劳也像寂寞芳心小姐一样，被宗教的歇斯底里所消耗，被一种由对上帝的乡愁，一种对基督的渴望散发出来的绝望所消耗。

韦斯特在小说前面就让读者明白早在这本书开始之前，伯劳无穷尽的（以及雄辩的）把人钉在尖桩上的语言，已经摧毁了寂寞芳心小姐。寂寞芳心小姐在穿过一个小公园时，“走进一根灯柱的阴影里，那阴影落在小路上像一支矛。”韦斯特把他这本书视为一部“抒情小说”；几乎每一句都是必不可少的，其用词的经济令人惊叹。读者也许会像我一样，被寂寞芳心小姐的解忧专栏收到的某些信所缠扰，尤其是一名天生无鼻的十六岁少女的一封信：

> 我整天坐着端详自己，以泪水洗脸。我面孔中间有一个大洞，就连我自己也被它吓坏了，因此我不能怪那些不想约我出去的男孩。我妈妈爱我，但当她看着我，她就呼天抢地大哭。
>
> 我到底做了什么，竟要交上这么可怕的恶运？

我们看罢不禁失笑，却是心虚地，如同我们往往会对着充斥于韦斯特小说中的所有稀奇古怪的暴力不安地笑出声来。这些稀奇古怪的暴力将在小说的最后一个句子中实际上摧毁了寂寞芳心小姐。书中有十五个场面，每个都有小标题，都充斥着压抑或公然的暴力。就连对晚春的一番省思也引起暴力联想："它已拿起七月的所有残酷，去虐待几撮从精疲力竭的脏土里冒出来的绿尖。"

伯劳和寂寞芳心小姐是颠倒的相似者，两人都代表韦斯特本人，韦斯特本人被伯劳的撒旦式智力和寂寞芳心小姐的无信仰能力所分割。后者是如此确信整个世界已死，以致"他怀疑用歇斯底里来使它复活，这代价是不是真的太高了"。伯劳的恶魔式伟大性在第八部分"寂寞芳心小姐陷入消沉"达到其消极的心灵顿悟，对读者可以选择的所有"出路"做了一番绝妙的戏仿。我们可以在伯劳那些有D.H.劳伦斯性活力论余音的野蛮讽刺中听到韦斯特本人的心声[①]：

> ……你在一行行玉米和土豆之间刺鼻的土壤里播种和哭泣，追逐你的母牛，而不是亲戚或同类。你的脚步变成跳醉舞的印第安人沉重的性欲脚步，你把种子踏进了阴土里。

对赫尔曼·梅尔维尔在《泰比》和《奥穆》中的早期原始主义的戏仿，在我看来似乎还要有趣：

> 你的身体如同她的，变成金黄色，游客们需要依靠传教士用愤慨的手指来指出你在哪里……就这样，你虚度时日，钓鱼、打猎、跳舞、游泳、接吻，把采来的鲜花结在你的头发上……

---

① 以下两段引文都是伯劳关于迁居乡下农场的一番讽刺。——译注

我们几乎要为伯劳这番关于采来鲜花不是结在情人头发上而是结在自己头发上的可爱的自恋的话，而喜欢上他。这类奇妙的戏仿源源不绝，最出色的是那个关于唯美主义的最后定论，而唯美主义是崇高的沃尔特•佩特和神圣的王尔德的信仰：

> 告诉他们，你知道你的鞋破了，你脸上有疙瘩，没错，你还有龅牙和畸形足，但你才不在乎呢，因为明天他们要在卡内基音乐厅演奏贝多芬的后期四重奏，而你在家中有一卷本的莎士比亚戏剧集。

中间插入“没错”尤其传神，审美则被斥为另一种讨厌的逃避，与毒品、酒精和自杀无异。伯劳登上其雄辩术的撒旦峰，呐喊道：“全是内心荒凉和精神烦恼。我感到像地狱……”他就是地狱，而寂寞芳心小姐也不是地狱外：小说下半部描写美国这个失败的基督坠入费伊•道尔——彼得•道尔（沃尔特•惠特曼的情人的名字）的不满的妻子——的深渊。在无情的最后部分——有一个严肃的标题“寂寞芳心小姐获得一次宗教经验”——跛脚的道尔带着一把手枪抵达。寂寞芳心小姐变成基督，怀着狂喜迎接他：

> 纸包里的手枪开火，寂寞芳心小姐倒下，拖住那个瘸子。两人沿着那段楼梯滚下去。

以上是《寂寞芳心小姐》最后的话，也是纳撒尼尔•韦斯特的视域的一个象征。如何读《寂寞芳心小姐》？以适合于读一部“抒情小说”的紧张的专注。它既是对美国宗教信仰的一次戏仿，也是美国宗教信仰无远弗届的力量的一个重要例证。如同韦斯特所预言的，现在没有任何国家像我们这样笃信宗教或像我们这样无保留地暴力。只有一小撮美国人不相信上帝，也只有另一小撮美国人无法相信上帝不分彼此地在个人和私人基础上爱他们每一个人。伟大的荷兰犹太裔伦理哲学家巴鲁赫·斯宾诺莎曾有一句名言，称重要的是我们学会爱上帝而不期望他也会爱我们。我不知道还有比这更不美国的言论了。为什么读《寂寞芳心小姐》？为了更好地了解我们对枪支和暴力的迷恋；了解我们对得到上帝的爱的狂热需要；了解我们的诺斯替教根源（而我们公开否认这点），是它教我们以罪赎罪；但最重要的是为了体验由我们这位自马克·吐温本人以来最伟大的戏仿家提供的乐趣。

我们将不会再有纳撒尼尔·韦斯特了；文学戏仿随着他寿终正寝，尽管它曾在他妹夫S.J.佩雷尔曼[1]那里发出短暂的余光。以已故的特里·萨瑟恩[2]和变形的戈尔·维达的方式产生的骤燃亦已消失。海明威后期有自我戏仿，诺曼·梅勒更后期有对海明威和对自己的戏仿。所有这些可畏的俊杰都已被美国媒体的现实所吸纳；在自我戏仿上，谁能跟电视新闻和接受电视采访者匹比呢，甚至跟《纽约时报》？美国的现实比任何戏仿者使出浑身解数所能达到的都要怪异和好笑。如今《寂寞芳心小姐》反而有某种令人好奇地留恋的东西，但我这个说法可能会令纳撒尼尔·韦斯特暴跳如雷。不过，他仍然不是一个讽刺家，暗中希望改善我们，而是一个恶魔式的戏仿

① 佩雷尔曼（1904—1979），美国犹太裔幽默作家，曾长期为《纽约客》撰稿。——译注

② 萨瑟恩（1924—1995），美国作家，以随笔闻名。——译注

者，提供某种音乐，来庆祝我们齐步下地狱。为了他的预言而读他，也为了他带给我们的不安的笑声，当你也走近那个由美国宗教为美国灵魂准备好的深渊。

托马斯·品钦：《拍卖第四十九批》

奥狄芭·马斯，《拍卖第四十九批》的女主人公，在某种程度上类似《如何读，为什么读》的理想读者。奥狄芭的求索，是为了发现如何读和为什么读她置身其中的那个故事。品钦的奥狄芭并非总是出色的读者，但她不辜负她的名字奥狄芭：如同索福克勒斯的俄狄浦斯，她不倦地追求真理。我们不知道她是不是走在真理的轨道上，或她是不是她那位已死去的前情人尹维拉雷蒂所开的一个妄想狂笑话的受害者——尹维拉雷蒂这个名字与真理的关系是含糊的[①]。《拍卖第四十九批》永远没有停止教你如何读，但由于其教法是矛盾的，使得读者对"如何"感到怀疑。不过，我们为什么应读这部短长篇小说，倒是比较清楚的；它引人入胜地承接了《我弥留之际》和《寂寞芳心小姐》，并使我们进一步接近从末日景象角度去理解美国。

读《拍卖第四十九批》的最佳建议，是忽略那些太明显的线索，例如对闪烁在全书中的圣灵降临派指涉。品钦不断给你提供过剩的信息，其中大部分是白噪音。他是一位好玩的犹太教神秘哲学信徒，只不过那是塔罗纸牌品种，因此小说中的一切都可以意味着一

① 尹维拉雷蒂是林疑今中译本的译法，规范音译应是因弗拉里蒂。因弗拉里蒂（Inverarity）与谎言（inveracity）拼写和发音都相近。——译注

切或不意味着什么。初读《拍卖第四十九批》的乐趣，也许是它的意义的最佳线索：它疯狂地滑稽，但不是《寂寞芳心小姐》那种残酷的幽默。品钦也是一个戏仿者，但不是野蛮的戏仿者，读者（除非是怀偏见的读者）应当渐渐喜欢上奥狄芭·马斯，她永远怀着善意，即便当她不知道这一切意味着什么的时候。奥狄芭那几乎无所不怀的良好愿望，与要么是她发现要么是她部分地发明的特里斯特罗[1]的妄想狂阴谋论，构成了刺激的对比。即使妄想狂也有敌人，但奥狄芭没有敌人，除非已故的尹维拉雷蒂正在九泉下扮演着那个角色。在特里斯特罗的世界，奥狄芭永远无法知道所有事实，因为它们朝着四面八方无穷尽地扩散。

这本书的最出色批评家弗兰克·克莫德爵士指出，奥狄芭失去所有朋友——他们要么被死亡，要么被疯狂，要么被痴迷[2]夺走——直到她在小说临结尾时彻底孤立。在这点上，她再次代表了读者，不管有关《拍卖第四十九批》的评论和指南的数目累积到什么程度。然而，奥狄芭并没有失去理智，大多数读者也没有，所以，鉴于我本人也是一个犹太神秘哲学信徒，我不妨投票支持特里斯特罗的真实性，从而违背钦品明显的意图。至于那些意图，我们倒是可以去揣摸的——与其说是揣摸它们是否存在，不如说是揣摸它们的实际重要性，因为品钦有点儿走卡夫卡路线，使自己不能被解释，除了被读者按照自己的选择，甚至可能是任意武断的选择所解释。因此，作为科马克·麦卡锡的《血色子午线》（1985）这部继《拍卖第四十九批》之后不到二十年出版的小说的热烈赞赏者，我怀疑

① 一个存在或不存在的组织。——译注

② 可能是指奥狄芭的律师（也是她的婚外情人）爱上一个十五岁少女。——译注

品钦的“49”是不是与一八四九年加州的淘金热有点关系。品钦暗示说，特里斯特罗于一八四九年至一八五〇年抵达美国，而这正是麦卡锡这部小说中的大部分屠杀发生的时候。格兰顿和霍尔登法官[①]的准军事部队的远征的一个动机，是尽可能多地猎取西南部美国原居民的头皮，以便扫清通往金矿区的道路。格兰顿的劫掠者变成他们自己的无法无天的政府，甚至变成他们自己的通讯系统。如此一来，在我自己的读者妄想狂中，我便把麦卡锡与特里斯特罗联系起来，尽管麦卡锡是福克纳信徒而不是品钦信徒。

特里斯特罗既是品钦在这部小说中最令人吃惊的发明，也有可能是一个历史现实，因为它毕竟是以现代初期一家欧洲私人邮政公司的敌人的身份崛起的，该邮政公司的拥有者和经营者是显贵的特恩与塔克西斯家族。在十九世纪美国，特里斯特罗袭击小马快运公司和法戈—威尔斯快运公司。特里斯特罗也可读成特利斯特罗，这个影子组织明显的意识形态是无政府主义的，有点像约瑟夫•康拉德的《间谍》和亨利•詹姆斯的《卡萨玛西玛公主》以及，在更滑稽的层面上，G.K.切斯特顿的《名叫星期四的男人》所描写的伦敦地下运动。特里斯特罗还有点博尔赫斯的影子；它具有那类重构现实的阴谋例如博尔赫斯的《特隆》的若干特征。读者应怎样看待特里斯特罗呢？它显然是好东西或坏东西，视乎读者的角度而定。

我自己作为读者的经验是，福克纳的《我弥留之际》第一遭就把我俘虏了，尽管我要等到重读时才把它理清楚。韦斯特的《寂寞芳心小姐》也立即就把我折服了，它那艳丽的腐味是难以拒抗的，

---

① 两人均为《血色子午线》的人物。——译注

尽管重读也同样使我在折服之余加深了对它的理解。但我第一次读《拍卖第四十九批》却近于恼怒；第二次读时，这本书立即就把我制伏了，此后一直抓住我。因此我促请对这本书可能还不甚了了的读者，现在就开始从头到尾把它读两遍。那些也许在第一次令人烦不胜烦的东西，会变得令人惊叹不已，而这种魅力的一个中心，就是特里斯特罗，它是一种模糊但崇高的神话创造。"特里斯特罗"(Tristero)这个名字既有幽会或偷情的含义，也有忧虑的含义，它的意思差不多就是读者要它成为的意思。它是否也含有"恐怖"？或神圣的恐怖？也许，如同很多地下社会，特里斯特罗至少在道德上是模糊的。可以判定，品钦在《万有引力之虹》中主张他所称的"施虐狂无政府主义"，而用这个来形容特里斯特罗的意识形态，也许是最准确的。然而，这一切有时候滑稽得令人捧腹大笑，例如理查德·沃芬格的詹姆斯一世时期复仇剧《信使悲剧》[1]的伟大讽刺性模仿，这位沃芬格与西里尔·特纳、约翰·福特和约翰·韦伯斯特[2]可谓不相伯仲。小说中那几页描写概述了《信使悲剧》的情节，并摘录了一些骇人听闻的片断（见"哈珀四季文库"平装本第65—75页），同时引起读者大笑和恐怖，尽管更多是大笑。

《拍卖第四十九批》虽然看上去像一个可作各种解释的寓言，因为寓言总是意味着某种有别于已说的东西，但是这部小说绝不是任何一种寓言，因为品钦没有任何明确教条要提出，不管是宗教的、政治的、哲学的还是心理学的。施虐狂无政府主义谈不上是什

① 理查德·沃芬格和《信使悲剧》是小说中的虚构人物和剧名。——译注

② 特纳(1575—1626)、福特(1586—1640)、韦伯斯特(1580—1634)，均为詹姆斯一世时期著名戏剧家。——译注

么政治，而妄想狂无论是怎样建构的，本身都不能成为一种意识形态。维持《拍卖第四十九批》的读者读下去并使读者继续热切地读下去的，将是小说中的本地生活，是人类的惊奇，这些惊奇既不属于特里斯特罗也不属于美国妄想狂（假如我们可以把这两者分开，而我就是这样做的）。当我想到《拍卖第四十九批》，我总是先想起奥狄芭降临旧金山的夜世界的生动画面，尤其是眼前一再晃过一个无声的邮箱喇叭，那是特里斯特罗的标志，实际上它似乎就是被陀思妥耶夫斯基称做“被侮辱与被损害的”人们的地下组织。奥狄芭进入旧金山的夜晚，以便治愈她对特里斯特罗的不能自拔的着迷：“今晚她只需要到处逛荡，随便看看，要是没有什么事发生，她就可以确信那纯粹是神经质，是她的精神科医师可以应付的小毛病。”她被喧闹的游客挤进一家同性恋酒吧，立即就注意到一件运动上衣上别着一枚做成特里斯特罗标志形状的别针。在唐人街一家中药店窗口，又见到该标志，然后是用粉笔画在人行道上，然后是在一群儿童玩跳绳游戏时唱的歌词中，直到她再次遇见墨西哥无政府主义者赫苏斯·阿赖巴尔，后者把奇迹定义为“另一个世界闯入这个世界”。这与特里斯特罗的代号W.A.S.T.E（我们等待静默的特里斯特罗帝国）有某种契合。一次又一次，多得难以计数，这个施虐狂无政府主义的阴谋的神秘标志不断与奥狄芭和读者遭遇。到早上，奥狄芭已确信那些被剥夺权利者已全部退出美国政府及其邮政系统。在说服自己相信这点之后，接着是片刻的震骇性的酸楚，尽管我猜品钦的任何东西都不应使他的读者感到震骇。

奥狄芭遇见一个缩成一团的老头，悲伤地颤抖着，但左手背却刺着那个邮政喇叭。她自己也不知道自己在做什么地安慰他，把他搂在怀中轻摇，仿佛他是她的小儿(她没有孩子)。她替老人投寄了一封由特里斯特罗递送的信之后，试图追踪这个地下邮政系统，但失败了。这，以及她接下去的所有冒险，连同以前的所有冒险，其意义也许都还不如她把那个落魄老人搂在怀中轻摇。如同韦斯特的伯劳和寂寞芳心小姐，奥狄芭在此刻之前都一直要比一个福克纳人物或莎士比亚人物更刻意地漫画化。我想，此刻她逃脱了品钦的控制，因为直到他的艺术在《梅森与迪克逊》发生伟大变化之前，他作品中没有任何别的人物逃脱他的控制。在《梅森与迪克逊》中，两个书名中的人物都是充分人性化的人物。我们如何解读奥狄芭突然涌现如此壮丽的同情心？尚有另一些现实时刻突破了《拍卖第四十九批》的幻想结构，但这是最伟大的一次。若是落在几乎所有其他作家的手中，这个场面也许会令人觉得很滥情，但是当它显现在品钦作品中，就一点也不。

在小说的结尾场面，奥狄芭出席尹维拉雷蒂收藏的无价邮票的拍卖，包括特里斯特罗的"赝品"。这些邮票将成为第四十九批拍卖品。最后的时刻到了，拍卖商清了清喉咙，奥狄芭身子往椅背一靠，"等待叫喊第四十九批拍卖品"。我们兜了一个大圈，又再回到书名来，并且掌握了大量关于可能会发生什么事的线索，这些线索超出了任何想知道究竟的读者的解释能力。自复活节日至今，可能已有四十九天了，但话说回来，也有可能不是。我觉得不是。我们不是即将听到奥狄芭突然爆发，变成一个讲灵语[①]的圣灵降临派教徒，也不大可能会有一个天使或一只鸽子飞临。我也不认为奥狄芭

① "灵语"是指信徒感受圣灵时的一种忘我状态，讲话人甚至不知道自己所讲的语言。——译注

本人会竞争第四十九批拍卖品。可以假设，一个特里斯特罗的代表会成功出价买走，但是如果奥狄芭尾随他出去，他会加快步伐溜走，而她会被留在进退两难的境地，而这正是品钦让她，以及读者，置身的境地。还有更糟糕的境地。

科马克·麦卡锡：《血色子午线》

《血色子午线》(1985)在我看来似乎是美国真正的末日景象小说，其在二〇〇〇年的意义甚至比在十五年前更重大。《白鲸》和《我弥留之际》充分实现了的名声，被《血色子午线》增强了，因为科马克·麦卡锡不愧是梅尔维尔和福克纳的弟子。我斗胆说，没有任何健在的美国长篇小说家，哪怕是品钦，给了我们一本像《血色子午线》这样强大和难忘的书，尽管我非常欣赏唐·德利洛[①]的《黑社会》、菲利普·罗斯的《被缚的朱克曼》、《萨巴斯剧院》和《美国牧歌》，以及品钦的《万有引力之虹》和《梅森与迪克逊》。麦卡锡本人近期以卓绝的《骏马》开始的“边境三部曲”，也无法跟《血色子午线》媲美，但该三部曲是终极西部小说，将不会被超越。

由于我关心的是读者，故我首先必须承认，我头两次想读完《血色子午线》的企图都以失败告终，因为麦卡锡所描绘的令人透不过气的大屠杀，把我吓退了。暴力从小说第二页就开始，十五岁的小子背部和刚好在心脏下中枪；然后几乎不间断地持续至结尾也即三十年后，当所有美国文学中最可怕的人物霍尔登法官在一间屋外厕所里杀死小子。《血色子午线》持续不断的大屠杀和残害

① 德利洛(1936—)，美国小说家。——译注

是如此触目惊心，我们完全有可能是在读一九九九年联合国一份关于科沃索的恐怖的报告。

不过，我促请读者坚持住，因为《血色子午线》是正典想象力的一个成果，是一部既属于美国也属于世界的血腥悲剧。霍尔登法官堪称是莎士比亚的恶棍，一个埃古式和恶魔式的人物，一个战争永不停息的理论家。这本书的惊天动地——其语言、风景、人物、观念——最终超越暴力，把血污转化为震撼人心的艺术，一种足以跟梅尔维尔和福克纳匹比的艺术。当我教这本书，很多学生最初都抗拒它（一如我最初抗拒它，一如我一些朋友继续抗拒它）。电视以真实和想象的暴力来饱和我们，而我掉头不看，既因为震惊也因为厌恶。但我无法掉头不看《血色子午线》，因为我已知道如何读它，以及知道为什么必须读它。它的暴力，没有一件是无缘故的或多余的；它属于一八四九年至一八五〇年的墨西哥—得克萨斯州边境地带，小说大部分事件正是发生在这个时间和地点。我以为，可以把《血色子午线》称为"历史小说"，因为它记录了格兰顿帮的实际远征，这是一支凶残的准军事部队，由墨西哥和得州当局派出来尽可能多地屠杀印第安人并剥下他们的头皮。然而，它没有历史小说的气息，因为它所描绘的事情还在继续沸腾着，在美国，在几乎所有地方，在我们进入第三个千年之际。霍尔登法官，这位战争预言家，他在我们未来的日子里是不大可能没有荣耀的。

就在你学会忍受麦卡锡所描写的屠杀的当儿，你已开始习惯了这本书的新式风格了，这风格再次既是明显的莎士比亚式又是明显的福克纳式。在《拍卖第四十九批》和品钦著作的其他地方，有一些梅尔维尔—福克纳式的段落，具有他们那种巴罗克风格的丰富性的强度，但我们永远无法确定它们是不是戏仿。《血色子午线》的散文很高蹈，然而它有自己的简洁，它的对话总是有说服力的，尤其是当怪异的霍尔登法官讲话的时候（第十四章，第199页）：

> 法官把他的双手放在地面上。他望着他的审问者。这所有权是我的，他说。然而，这上面却到处点缀着自主的生命。自主的。为了使它属于我，未经我特许，任何事情都不允许在这上面发生。
>
> 托德瓦因交叉着双靴坐在火旁。没有人可以认识这土地上的一切，他说。
>
> 法官偏过来他那个大头。那相信这世界的秘密永远隐藏着的人，活在神秘和恐怖中。迷信将拖垮他。雨水将腐蚀他一生的行为。但那给自己派任务，在花毯里挑出秩序之线的人，将单凭这个决定而掌管世界，而只有通过这样的掌管他才能有效地强行规定他自己的命运的条款。

霍尔登法官是格兰顿的强盗们的精神领袖，而麦卡锡令人信服地赋予这个自封的法官一种神话式的地位，这个地位很适合一个深刻的马基雅维里主义者，他那“秩序之线”令人想起埃古的魔术网，它捕住了奥赛罗、苔丝狄蒙娜和凯西奥。虽然小说生动地刻划了所有那些较鲜明和凶残的劫掠者，不管是杀人机器格兰顿还是其他人，但它总是把焦点转向两个中心人物：霍尔登法官和小子。我们在第六页初遇法官：一个彪形大汉，秃头如石头，没有胡须的痕迹，眼睛无眉无睫。这个七英尺高的白化病者看上去几乎是来自另一个世界，我们逐渐对这位法官感到不可思议，他从不睡觉，他跳舞，以非凡的技术和精力拉小提琴，强奸和杀害男童女童，宣称他永不会死。到小说结束时，我开始相信法官是不朽的。然而，尽管法官既多于人类又少于人类，但他像埃古或麦克白一样个性化，并且在得州一墨西哥边境地带过得颇自在——我们看见他一八四九年至一八五〇年在那里活动，然后又看见他一八七八年在那里，二十八年后竟没有老哪怕一天，尽管在格兰顿的劫掠开始时才十六岁的小子在结尾被法官杀死时已经四十五岁了。

麦卡锡微妙地向我们展示小子从另一个剥印第安人头皮的蠢货，慢慢发展成一个在酒吧里那场最后争论中与法官激辩的勇敢对抗者。但是，尽管小子的道德成熟令人鼓舞，他的个性基本上依然无足道，如同他缺乏一个名字那样无特色。书中的三大亮点，是法官、风景和（这样说很可怕）屠杀。麦卡锡以众多复杂的方式，使自己在美学上与这三大亮点保持距离。

读者如何理解法官？作为原则，作为永不停息的战争，他是不死的，但他是一个人吗，抑或是某种别的东西？麦卡锡不告诉我们，这反而更好，因为这种模糊是最刺激的。梅尔维尔的亚哈船长，虽然是一个普罗米修斯式的半神，却必须是会死的，并与“裴廓德”号及其全体船员藏身大海，除了以实玛利。霍尔登法官在杀死了小子——《血色子午线》的以实玛利——之后，便成了格兰顿的剥头皮远征军的最后幸存者。消灭西南部的美国各原住民族，很难与追杀莫比一迪克相提并论，然而麦卡锡使我们看到两者之间有某些奇怪的相似之处。最惹目的莫过于梅尔维尔的第十九章与麦卡锡的第四章。在梅尔维尔的第十九章中，一个自称是以利亚的衣衫褴褛的先知警告以实玛利和魁魁格不要乘坐“裴廓德”号；而在麦卡锡的第四章中，“一个精神失常的门诺派教徒”警告小子和他的同志们不要加入沃思上尉的远征队，那是加入格兰顿的远征队这场更大灾难之前的一场灾难。

麦卡锡乞灵于《白鲸》，虽然令人印象深刻且富于暗示性，但这本身并没有为我们了解霍尔登法官起到多少作用。亚哈有其超自然的方面，包括他的标枪手费达拉和私人捕鲸船上那群帕西人船员，以及亚哈船长皈依他们的琐罗亚斯德教。以利亚给以实玛利略述了亚哈船长的其他神秘经历：在合恩角海域附近三天陷入昏迷状态，在圣塔一个据推测是天主教的祭坛前杀死一名西班牙人，以及完全令人不解地向一个“银葫芦”里吐口水。然而，所有这一切相对于霍尔登法官之谜而言，都显得是透明的了。这法官似乎要审判整个地球，而他名字则暗示他要控制——可以说是支配——他遇到的所有人[1]。然而，与亚哈不同，法官并非完全是虚构的；如同格兰顿，法官是一个历史上的劫掠者。关于霍尔登法官，麦卡锡告诉我们最多的，是在小说临结尾时小子的梦境中（第22章，第309—310页）：

> 在那次睡梦中及在接下去那些睡梦中法官确实来了。还会有谁来呢？一个摇晃不定的突变体，沉默而平静。不管他的前事是什么，他都是某种全然有别于这些前事的总和的东西，而且没有任何系统可以把他分解回他的本源因为他不会去。不管是谁想通过拆开腰肉和分类账簿那种办法来查探他的历

① 霍尔登原文Holden，有控制的意思。——译注

史最后都将黯然哑然地站在一个没有终点和本源的真空的岸边而且不管他拿什么科学来考证从数千年吹下来的满是尘埃的原始物质他都将找不到用来评估他的起始年份的那个终极的隔代遗传蛋的任何痕迹。

我想，麦卡锡是在警告读者，法官是莫比—迪克而不是亚哈。作为另一个白色之谜，这位白化病的法官如同那头白化病的鲸鱼，是杀不死的。公开承认自己是诺斯替教徒，并相信是某只“无政府主义之手或某种宇宙错误”把我们分为两种堕落的性别的梅尔维尔，向我们展示亚哈身上有一个摩尼教求索者。麦卡锡把坏天使或坏造物主也即诺斯替教所谓的统治者的力量和意图赋予霍尔登法官，但他告诉我们别作出这类身份认同（像批评家利奥·多尔蒂雄辩地作出的认同那样）。任何“系统”，包括诺斯替教系统，都无法把法官分解回他的本源。那个“终极的隔代遗传蛋”是找不到的。读者该拿这位令人难忘又叫人毛骨悚然的法官怎么办？

首先，让我们说，虽然霍尔登法官关于永恒战争的幸灾乐祸的预言是真实地普遍存在的，但他首先是一个西部美国人，不管他的背景是多么世界主义（他讲所有语言，懂得所有艺术和科学，还可以表演各种魔术式、巫术式的变形）。得州—墨西哥边境是一个像法官这样的战神出没的最理想场所。他带着一支嵌银的步枪，并在枪托护木上用拉丁文刻下这把步枪的名字：我也（住）在阿卡狄亚[①]。即便在美国的阿卡狄亚，死亡也永远常在，体现在法官这支弹不虚发的步枪上。如果美国的田园传统在本质上是西部电影，那么

① 阿卡狄亚意为世外桃源。——译注

法官就是该传统的体现，尽管他需要一位远胜于已故的萨姆•佩金帕的导演，因为佩金帕的《日落黄沙》所描绘的，与格兰顿的准军事部队相比，只能称做小巫。不过，我仍要一如既往，求助于埃古，因为只有埃古足以跟霍尔登法官相提并论。把战争从营地和田野转移到其他场所的埃古，是一个纵火狂，用战斗的火焰焚烧每样事物每个人。法官也许就是《奥赛罗》开始之前的埃古，那时战神奥赛罗仍受到他“诚实”的掌旗官的崇拜。法官的权威口吻令我心寒，如同埃古令我胆战：

> 这就是战争的本质，战争的要害在于它同时是游戏和权威和正当性。有鉴于此，战争是占卜的最真实形式。它是对那个大意志之内一个人的意志和另一个人的意志的考验，而由于那个大意志把他们连结在一起因此那个意志被迫作出选择。战争是终极的游戏因为战争最终是强制推动存在的统一。

如果麦卡锡不希望我们把法官视为一个诺斯夫教的统治者或超自然存在，读者仍有可能觉得把霍尔登称为一个十九世纪美国西部的埃古似乎还不够。因为《血色子午线》如同篇幅要长得多的《白鲸》一样，更多是散文史诗而不是长篇小说，格兰顿的抢夺似乎可视为一种后荷马式的冒险，各路英雄（或群氓）都有一个乔装的神隐藏在他们中间，而法官的大力士式角色似乎就是这么一个神。在第十三章结尾时，格兰顿帮演变成一种邪恶的美学光辉：他们逐渐从杀害印第安人并剥下他们的头皮，变成屠杀那些雇用他们的墨西哥人：

> 他们进入城里，憔悴又邋遢，浑身血臭，这血是那些他们受雇去保护的市民的。被屠杀的村民的头皮，挂在总督府的窗口，而这些游击队员的报酬，是从已差不多枯竭的金库拿的，那个协会解散了，赏金也作废了。在他们离开该城市之后一周内，将会有一笔八千披索的悬红，捉拿格兰顿的人头。

我打断这段描写，一部分是为了指出，从这里开始，这些劫掠者便踏上通往最终毁灭的穷途末路，同时也是为了促请读者聆听，以及欣赏，紧接着的崇高句子，因为我们正处于《血色子午线》的视域中心。

> 他们纵马出城，挺进在北路上，如同前往埃尔帕索的人群会做的那样，但在他们还未完全从该城市的视野消失之前，他们已把他们所骑的悲剧性的马匹转向西边，他们迷恋和半痴情地骑向那一天的红色终止，骑向太阳下黄昏的土地和遥远的哄闹。

由于科马克·麦卡锡的语言，如同梅尔维尔和福克纳的语言，常常是刻意地古旧的，因此书名中的“子午线”可能是指太阳在中天或正午的位置。格兰顿、法官、小子，以及他们的同伙，并没有被描述为“悲剧性”——悲剧性的反而是他们长期受苦的马匹——而他们之所以“迷恋”和半疯狂（“痴情”），是因为他们已经与任何命令扯不上关系。麦卡锡知道，如同读者知道，一个敦促推毁西南部全部美国原住民的"命令"，是一种想法下流的命令，但他还要让读者知道，格兰顿帮此刻已知道他们没人资助，可以完全自由地胡作非为。我刚才援引的句子，有某种道德上模糊的伟大性，但这乃是《血色子午线》的伟大性，实际上也是荷马和莎士比亚的伟大性。麦卡锡这个句子是如此语境化，以致它的高姿态与那群唤起辉煌感的暴徒之间令人惊叹的对比竟不是反讽而是悲剧。这悲剧是我们作为读者的悲剧，而不是格兰顿帮的悲剧，因为我们不会去哀悼他们的毁灭，除了哀悼小子的毁灭，哪怕是对小子，我们的反应也是模棱两可的。

我对《血色子午线》的激情是如此猛烈，使得我想继续深究它，但勇敢的读者现在应当（我希望）已进入良好状态，置身于本书的主要运动中。我在这里仅限于探讨超自然的霍尔登法官与小子之间的最后遭遇，后者在二十八年前曾与那群疯狂的侵略军断绝联系，现在人到中年，他必须直面长生不老的法官。他们的对话，是这本不断扩张其惊奇性的小说的最优秀成果，也许会比《血色子午线》其他任何章节都更深地打动读者。我不断重读它，常常在读完它时还无法使自己相信已读完。

继报复心强的法官告诉小子，说今夜他的灵魂需要他之后，两人便一起喝酒。小子自知不是法官的对手，但是他藐视霍尔登，用扼要的回答来与法官的滔滔雄辩较量。在要求知道他们那些被杀的同志在哪里之后，法官问道："小提琴手在哪里，舞在哪里？"

我猜你可以告诉我。

我告诉你这个。随着战争丧失名誉战争的高贵也遭质疑，那些懂得血之神圣的可敬的人将被排斥在舞外因为那舞是战士的权利，那舞就变成假舞舞者变成假舞者。然而将永远有一个人他是真正的舞者你能猜猜这个人是谁吗？

你什么也不是。

在认识了霍尔登法官，在目睹了他全部所作所为之后，还敢告诉他他什么也不是，这真是英雄气概。“你所讲比你所知还真实，”法官回答，然后在两页之后以最恐怖方式杀害小子。《血色子午线》除了一段尾声之外，是以法官同时胜利地拉小提琴和跳舞告终的，他宣布他永远不用睡也永远不会死。但麦卡锡并没有让霍尔登说了算。

尾声是《血色子午线》最奇怪的段落，其背景是黎明，一个无名男子在岩石地面上凿出一个个洞孔，以这种方式在平原上前进。他用一件有两个柄的工具，“凿出上帝放置在石头里的火。”他周围是一些寻找骨头的流浪者，他继续在洞孔中凿火，然后他们继续前行。小说就此结束。

《血色子午线》的副标题是“西部的黄昏之红”，它属于法官——格兰顿帮的最后幸存者。也许读者可以有点把握地推测的是，这个男人黎明时分在岩石中凿火，相对于西部的黄昏之红，是一个对立的形象。法官永远不用睡，也许永远不会死，但一个新的普罗米修斯也许已经在起来反抗他了。

拉尔夫·艾里森:《看不见的人》

认为美国黑人最伟大的美学成就是那些重要爵士乐大师的作品,似乎是合理的。这些人包括路易斯•阿姆斯特朗、查利•帕克、巴德•鲍威尔。但话说回来,爵士乐是唯一的美国本土艺术。美国黑人作家缺乏开创原创性文学艺术的条件,尽管在学院中吹捧他们的政治化啦啦队员中有些人发生批评上的混乱。已故的拉尔夫•艾里森的《看不见的人》(1952),其作为美国黑人最强有力的长篇小说的地位仍然基本上未受动摇,它明显(艾里森本人也承认)受惠于梅尔维尔、马克•吐温、福克纳、陀思妥耶夫斯基,以及T.S.艾略特的诗学语言。托妮•莫里森也同样是福克纳的孩子,尽管她激烈地辩称并非如此,以及弗吉尼亚•伍尔夫的孩子。艾里森是一位具有巨大而尖锐的感受力的作家,而他对自己创造《看不见的人》的自豪感,是他有生之年拒绝出版第二部小说的最大原因。我促请读者读《看不见的人》,而不是读根据艾里森手稿编辑的《奴隶解放日》。我不相信他会同意出版这部手稿:他曾不止一次地问我,除了亨利•詹姆斯,可有任何美国长篇小说家曾真正创造过第二部杰作?

他心中所想的,大概是梅尔维尔、马克•吐温、海明威、菲茨杰拉德等人,而如果我向他提出一些候选人,那会很不得体,所以我没提。然而他非常清楚福克纳,福克纳在其伟大的早期曾创造了《喧哗与骚动》、《我弥留之际》、《八月之光》和《押沙龙,押沙龙!》。福克纳身为南方白人,面临很多文化压力,但都不像艾里森在生命最后二十五年所苦恼的压力。女性主义批评家、马克思主义者和美国黑人民族主义者抱怨艾里森坚持把艺术置于意识形态之上。这位拒绝论战的小说家部分地遁入他巨大的尊严里。有大量文章责备艾里森和他的叙述者兼主人公看不见的人(他以反讽的不屑,跟我谈起其中一些),指摘他们没有拥抱真正的“政治”信仰。虽然艾里森,一如读者自己将看到的,以一种略带希望的模糊性结束小说,但是典型的谴责却是,那看不见的人永不会从地下出来,因为他缺乏可以推动他重返社会的黑人母亲、黑人缪斯或马克思主义者的狡诈。艾里森写他自己的小说,而我们尽我们所能学习如何读它,以及为什么。另一个时代将来临,带着别的文化政治学,而《看不见的人》将继续保存艾里森赋予它的美国的、世界的、想象的活力。

在《看不见的人》结尾时,叙述者再次乞灵于路易斯·阿姆斯特朗,后者始终是他心向往之的先驱者,实际上是他的精神向导,如同但丁的维吉尔:

> 我内心仍有一个冲突:半个我和路易斯·阿姆斯特朗说:“打开窗子,让臭空气出去。”另一半说:“这是收获前优良的绿庄稼。”

在序幕中,看不见的人听着路易斯·阿姆斯特朗演唱《我做了什么,竟这么黑这么忧郁》,并想道:“也许我喜欢路易斯·阿姆斯特朗是因为他创造了抒发看不见的东西的诗歌。”艾里森是阿姆斯特朗作品的知音,他明白爵士乐从民间音乐变成了富于创新的高级艺术全赖阿姆斯特朗。在某种程度上,艾里森改变了查尔斯·切斯纳特[1]和理查德·赖特[2]有点像阿姆斯特朗在爵士乐中——一场从民谣迈向现代主义高峰的运动——超越他的前辈们。

《看不见的人》是一部历史小说，因为小说大部分发生在二十世纪二十年代和三十年代，那时美国作为一个种族主义社会，一点不亚于十九世纪七十年代和八十年代。虽然我们不需要恭喜自己说，艾里森小说中的事情现在大部分都不可能发生了(它是可以发生并且仍在发生的)，但是公众的态度已改变了(在某种程度上)，而法律也至少不同了。书中的兄弟情谊(共产党)几乎不存在了，非同凡响的规劝者拉斯已被更世俗的阿尔·夏普顿牧师[3]取代。更加非同凡响的牧师和毒品走私者赖因哈特则有大批当代同侪，但在这里，自然还是比不上艾里森的艺术，生气勃勃的赖因哈特依然是无可匹敌的超群者。

《看不见的人》如同《寂寞芳心小姐》、《拍卖第四十九批》和《血色子午线》，是梅尔维尔—福克纳式的，它分享了我在本章解读的所有小说的消极崇高性，也分享它们的伟大性。肯尼思·伯克，二十世纪最令人敬佩的美国批评家，曾多次在谈话中促请我考虑把艾里森视为美国教育小说的大师。教育小说就是德国的成长小说，也就是托马斯·曼的《魔山》和歌德的《威廉·迈斯特》那类体裁。托马斯·曼这部小说，如同我们已看到的，是对教育小说的可爱的反讽式戏仿，但艾里森这部小说在我看来似乎是一种恶魔式或悲剧式的戏仿。他的看不见的人在某些方面更接近于陀思妥耶夫斯基的

---

① 切斯纳特(1858—1932)，美国黑人小说家。——译注

② 赖特(1908—1960)，美国黑人小说家，《土生子》(1940)作者。——译注

③ 夏普顿(1954—)，美国民权领袖。——译注

“地下室人”而不是歌德和托马斯·曼那类发展性的主角。

艾里森自称，马尔罗、T.S.艾略特、海明威、福克纳和陀思妥耶夫斯基是他的文学“祖先”。有趣的是，他排除《白鲸》，但却是《白鲸》把约拿这个重要部件借给了《看不见的人》。我怀疑，梅尔维尔如同福克纳，是一种太近的接触，而陀思妥耶夫斯基在时间和空间上都较远也较安全。陀思妥耶夫斯基《地下室手记》的主人公遭受侮辱，并叙述他随后对世界的拒绝，遁入肮脏简陋的居所。这种象征性的退隐，在一定程度上是拒绝西方价值和观念，尽管“地下室人”很清楚欧洲理性主义在他自己的意识中拥有一个无可回避的地位。但他反抗它，深信它破坏他的完整性。艾里森的看不见的人要比陀思妥耶夫斯基愤怒的主人公有才华得多，而且作为一个美国黑人他有更复杂的困境。陀思妥耶夫斯想要拒绝欧洲；艾里森激烈地拒绝对美国表示绝望，尽管他那看不见的人拒绝根据它的伪善条件来接受它。

《白鲸》被《约拿书》纠缠着，《看不见的人》也是如此。我不知道梅尔维尔是否知道犹太人在赎罪日会向信徒大声朗读《约拿书》，但艾里森肯定知道。《约拿书》不是末日景象的，而是幸存主义的；约拿是最闪烁其词的先知，他因一怒之下逃离耶和华而悔过，然后从一头鲸鱼的腹中复活。幽默显然主宰着这部希伯来经书，因为约拿对耶和华的恼火在于，预言证明是应验的，尼尼微城居民背弃邪恶，从而避免了这座城市的毁灭。

看不见的人如同约拿，总是处于压抑中，而弗洛伊德则用逃避来形容压抑。假父亲——布莱索、卢卡斯·布罗克韦、兄弟会的杰克——连续地出卖他，恰如约拿感到自己被圣父出卖了，因为圣父不愿意毁灭尼尼微城。看不见的人被白人追逐，逃入检修孔，变成了鲸腹中的约拿，从此开始他的地下生活，直到小说结束时，他才准备（按我的理解）出来。小说的序幕以其抒情力量，一下子把读者卷入一种但丁式的视域：看不见的人听着阿姆斯特朗演唱《我做了什么，竟这么黑这么忧郁》，往美国黑人的地狱圈里下降。在他的幻觉中，他听见一个传道士在布道“黑中之黑”的经文，这经文在“鲸腹”这个约拿式母题中达到其绝望的顶点：“……黑会把你投入鲸腹中，荣耀啊我主荣耀。”

很明显，艾里森是在影射《白鲸》中梅普尔神甫关于约拿的伟大布道，在布道中我们每一个人被要求成为“只是一个天堂的爱国者”。然而艾里森强化美国黑人的差异。黑把你塞入鲸腹中，而单单是黑本身不足以使你复活（尽管美国社会所提供的东西，也同样没有一样足以使你复活）。依靠自己（即使给你取了爱默生的名字）不会使你逃出鲸腹，然而它可以改变你逗留的性质。《看不见的人》的肌理复杂和丰富如同《白鲸》和《我弥留之际》，读者最好是缓慢而稳定地读这本书，在文字最丰富时大声读给自己（和别人）听。回报将是巨大的。这是一部超越政治和意识形态的小说，同时又没有一刻回避看不见的人的责任，这个责任就是预言美利坚合众国这个新的尼尼微城的毁灭，除非它现在就改邪归正，远离对美国黑人的奴役结出的可憎恶果。

由于这本书的象征功能占如此支配性的地位，因此读者可能会轻视看不见的人的人格和性格，而这将是一个损失。艾里森也许心中想着詹姆斯•乔伊斯的《尤利西斯》，于是在小说中辉煌地把自然主义和象征主义熔于一炉，很像福克纳（也是受了乔伊斯的影响）在《我弥留之际》所做的。虽然看不见的人没有姓名，是必要的，但是他的人格使得任何姓名都变成多余。我们不间断地听到他的声音：反讽、雄辩、受爵士乐影响、有时候怒气冲冲，然而永远打开一个前景，寄望别人也能够达到他自己的人性敏感度。也许他就是黑人尤利西斯，暗暗效仿乔伊斯的波迪，后者憎恶一切暴力和仇恨。看不见的人是一个甚至比波迪更明显的局外人，为了生存，他以暴力回答暴力，以猛烈的反讽回答仇恨。看不见的人是艾里森的替身，他的文化美学是爵士乐。艾里森对爵士乐有深刻见解，他把爵士乐定义为一种永久的竞赛，一种嫁接式"插条"，也即每一个创新者都超越其前辈，却又反讽地吸纳他们。这就是看不见的人的秘密，也是艾里森这部小说在风格上不断焕发光彩的基础。它的叙述技巧和不断演化的风格，建立了应称做小说家的爵士乐的标准，这标准没有其他人能企及。

《看不见的人》把爵士乐美学与一种在本质上是福克纳式的风格熔于一炉，这使得它成为一本迄今依然独一无二的书，尽管托妮·莫里森最接近于艾里森这种合成法。有一种微妙的复调贯穿于《看不见的人》：叙述线索清晰，但有一种别的东西频频与它作梗，例如在对赖因哈特的伟大领悟里。赖因哈特——圣人、皮条客、毒品走私者——穿着枢机主教的红袍出现在会众面前，他头顶上方是镶金大字**要有光！**看不见的人躲开赖因哈特的神化，但是这个几乎经历过你可以想象的任何磨难的人，突然吃惊地领悟到赖因哈特与真理是一体的：

我受不了这个。我除下眼镜，小心把白帽塞进腋下走开。

这有可能吗，我想，这真的有可能吗？而我知道曾经有过。我以前听说过，但从未接近过。可是，他有可能是他们全部吗：彩票兜售者赖因赌徒赖因贿赂者赖因情人赖因和牧师赖因？他自己有可能同时是外皮和心脏吗？究竟什么是真的？但我怎能怀疑它？他是一个宽广的人，一个由很多部分组成的人，左右逢源。浪荡子赖因。这是真的，如我是真的。他的世界是可能性，而他知道这点。他遥遥领先我许多年，而我是个傻瓜。我一定是疯了盲了。我们所生活的世界是无止境的。一个沸腾炽烈易变的世界，而坏蛋赖因如鱼得水。也许只有赖因在其中如鱼得水。这是难以置信的，但也许只有难以置信的才被相信。也许真理永远是一个谎言。

这是艾里森达至的复杂的文字爵士乐的一个范式。不合拍地演奏的，是一阕副歌的不同变奏："他自己有可能同时是外皮和心脏吗？"和"浪荡子赖因"和"坏蛋赖因"得意洋洋地重复。艾里森生动而同情地描绘的规劝者拉斯，对看不见的人来说不是一个诱惑，但变形的赖因哈特却令人伤心地（以及兴高采烈地）是。虽然艾里森这部流浪汉小说的主人公最后把赖因哈特的自由等同于混乱，而不是想象力，但是我们也许应再次信任故事而不是信任讲故事者。煞星拉斯是一个有着阴险的哀婉的人物，但我们仍然受感动，因为我们能够在背景中听到规劝者拉斯的爵士乐。我们在赖因哈特的伟大音乐中听到什么呢？

要使赖恩哈特脱离爵士乐源头的上下文是困难的。我们甚至可以走得更远，提及赖因哈特在文学上的同志：维庸、马洛、兰波——他们既是大诗人又是杀人犯、盗贼、间谍、走私者。看不见的人是把赖因哈特当做上下文而不是当做先驱来接受。他选择的是路易斯•阿姆斯特朗，后者突破上下文。不太喜欢突出自己的艾里森，在小说结束时著名地把读者卷入看不见的想象力里去："又有谁知道我在较低的频道上为你说话？"

托妮·莫里森：《所罗门之歌》

生于一九三一年的托妮•莫里森，最广为人知的作品是她那部抒情性的幻想小说《宠儿》(1987)，但我仍然更愿意把《所罗门之歌》(1977)视为她迄今最重要的成就。虽然她仍未超越它，但是她正全力以赴地写作，因此我不想贸然预言她最后的声誉。这里我只想简略介绍《所罗门之歌》，既因为它本身，也因为它机敏地暗示对梅尔维尔、福克纳、艾里森的传统的微妙批评；它自己也加入这个传统，尽管是谨慎和迫不得已地——而这与一位自称是美国黑人马克思主义者和女性主义者的作家的作品，倒是相称的。然而，文学传统选择真正的作家，甚于真正的作家选择文学传统。此外，托妮•莫里森的风格和视域，也缭绕着某些弗吉尼亚•伍尔夫美学的余味，这全都(我认为)有益于莫里森。

《所罗门之歌》的主人公奶娃•戴德追求可见性，这显然是艾里森的主人公的逆转，在《看不见的人》之后四分之一世纪问世，这种逆转既有得也有失。莫里森是一位值得嘉许的有着巨大抱负的小说家，她冒很大的艺术风险。奶娃接近于她的替身，他异乎寻常地大胆，他是如此孜孜不倦地求索他家族的真相，以致他实际上必须被视为厄运拥抱者。

本章所讨论的六个主人公中，迄今只有两个有常规或真实的姓名，这绝非偶然。他们是达尔·本德伦和奥狄芭·马斯，而且这两个姓名都接近于表意字——视域式的达尔的姓，确实使他不胜负荷①，而奥狄芭这位女性的俄狄浦斯，则一心一意寻求真理，不管特里斯特罗把她引向哪里②。叫我以实玛利，或寂寞芳心小姐，或小子，或看不见的人。戴德③不是奶娃的真实名字；他的真名其实是沙理玛，读音沙利蒙或所罗门。莫里森以她自己的视域性反讽，独特地给予我们一个英雄，他付出了不少于一切的代价，包括自己的生命，而找回自己的真实姓名。作为一个寓言，这是很有力量的；你如何能够成为你自己，除非你清除了别人对你的误称？小说家本人原名克洛艾·安东尼·沃福德，在还是大学本科生时，她把安东尼改成托妮，做自己的名字。奶娃的至友，或“敌人兄弟”，叫做吉他。小说结束时，两人陷入一场死亡斗争。然而与吉他不同，奶娃在精神上获得救赎。他寻回了家族历史、个人真相和一个英雄式的神话，也即他祖先所罗门/沙理玛飞回非洲（不是乘飞机）逃避奴役。

莫里森有不可思议的幻想天赋；我觉得在《宠儿》中这种幻想天赋变得铺张，但在《所罗门之歌》中从美学角度看是适度的。读者（而这是莫里森的技巧）永远无法真正弄清楚现实与幻想在奶娃的故事中发生冲突的界线。故事开始时，一名任职保险公司代理人的黑人男子在婴儿奶娃出世前一天展开自杀式的飞行尝试（奶娃四

① 本德伦 (Bundren) 与负累 (Burden) 相近。——译注

② 奥狄芭 (Oedipa) 源自俄狄浦斯 (Oedipus)，后者亦有“解谜人”之意。——译注

③ 戴德意为“死”。——译注

岁前一直吃母亲的奶)。也是在四岁时,孩子明白到没有协助的飞行是不可能的,于是他"失去对自己的一切兴趣"。奶娃断奶后陷入闷闷不乐的激怒中,他不可能的父母——贫民窟房东麦肯·戴德和精神错乱的露丝——为此饱受痛苦。

恰当地说,青年奶娃·戴德综合了父亲的贪欲和母亲的唯我主义。他模仿哈姆雷特,把哈格尔——他的奥菲莉亚——刺激至疯狂,冷酷地拒绝她,而由于哈格尔无法忍心杀死奶娃,所以她自己最终死了。奶娃曾徒劳地竭力要在贪图金钱上超越父亲,之后开始另一次求索,这次求索正是《所罗门之歌》的主要力量所在。他跑去南方找祖地沙理玛,在那里一个令人诧异的干瘪老太婆瑟丝向他讲述他家族的真正历史。

这次回到沙理玛,带来了一次喀耳刻式的变形记[①],不过却是颠倒过来的变形记:奶娃痛苦而缓慢地达成他真正的内在形式。在这里,莫里森出色地戏仿福克纳的著名传奇故事《熊》,在那部小说中艾克·麦克斯林初步学会了打猎。奶娃经历了同样的成长仪式,差别在于这是一个黑人版:目睹一只被杀的狸猫的活心脏。莫里森的主人公经过这次转变,找回了他真实姓名所罗门,然后狂怒地跃向他与吉他的最后死亡决斗。

莫里森能够以如此丰富的社会现实主义来维持她的象征主义寓言,使得幻想似乎只是日常生活的另一个版本,这是非常难得的。重新找回自己的所罗门拒绝继续做看不见的人,而是学会把自己交给空气,于是他也像他的祖先一样乘着空气飞走。使奶娃的神化具有说服力的,乃是莫里森纯然的活泼文笔和她对她所有各种

① 瑟丝原文Circe,是希腊神话人物喀耳刻的名字。——译注

传统的融会贯通。

莫里森在谈到《所罗门之歌》时，以她那融合各种意识形态的论战式热情坚称，她的读者必须问的，应是社群的问题，而不是个体的问题：

> 读者作为叙述者问社群所问的问题，读者和"声音"都站在人群中，在人群内，拥有特殊的亲密和接触，但不拥有比人群更多的特殊信息。使我们大家都处于同等地位的平均主义（读者、小说的人物、叙述者的声音）对我而言反映了飞行和悲悯的力量，以及反映了黑人宝贵、富于想象力却又是现实主义的目光，他们（不管怎样，曾一度）不把这目光所神话化的东西或人神话化。"歌"本身包含这种对传奇性人物所罗门的奇迹飞行的不动声色的评估。

莫里森显然是在告诉我们为什么应读《所罗门之歌》，但是孤独读者如果不问自己的问题而是社群的问题，又如何忠实于自己呢？你可以辩称（如果你愿意）应该为使自己社会化而读，可是应由谁来决定被神话化的东西或人是否应被神话化呢？莫里森似乎是要辩称，一个黑人的目光是可以同时神话化和不神话化的。在这种超越合理性的断言中，我听到一种绝对化的意识形态，所以我回到我在本书开始的论点：为服务于任何意识形态而读，等于根本不读。幸运地，早期的莫里森仍未体现"时代的精神"，而《所罗门之歌》依然是如何读和为什么读这种求索的一剂刺激物。

结 语

本章讨论的七部美国长篇小说，被我称为梅尔维尔派，因为《白鲸》是它们真正的起点。诚如D.H.劳伦斯指出的，《白鲸》是一部美国末世论小说，是一种展示美国民族及其命运的灾变式视域。福克纳、韦斯特、品钦、麦卡锡、艾里森和莫里森全都是梅尔维尔的孩子，尽管品钦回避梅尔维尔的遗产，莫里森则辩称《白鲸》中一个隐藏的部分，牵涉的不只是鲸鱼的白色，而且是把美国黑人排除在梅尔维尔的公开视域之外的那种精神失常的白色。

读者也许会问，读《我弥留之际》或《血色子午线》，事实上读所有这些后梅尔维尔的末世论小说，可获得什么乐趣和自我增强呢？当长篇小说变得如此困难，还加上它们视域的这种消极性，它们是否仍能说服我们相信我们身上存在着某种实质性的力量？这个问题适用于现时最佳的美国小说，除了品钦和莫里森。菲利普·罗斯精彩的《萨巴斯剧院》和沉痛的《美国牧歌》，或唐·德利洛《黑社会》的崇高的混乱，它们的灾难是否在一定程度上教我们如何生活、应该做什么？末日景象小说对读者有什么用？

消极性可起到净化的作用，尽管要付出虚无主义的高昂代价。在《白鲸》结束时，梅尔维尔只留给我们“大海的伟大裹尸布”和漂浮的以实玛利——“只是另一个孤儿”。我认为二十世纪美国作家没人达到比《我弥留之际》更高的美学成就，这是一部具有震撼性的原创性的作品，而“震撼性”正是用来形容这部小说对我的影响的最准确形容词。达尔·本德伦是福克纳的替身，也是敏感的读者必须认同的人物，但是达尔这位直觉天才，跟紧的那条向下降的道路不是把他引向智慧而是引向疯狂，成为无以复加地自私的父亲和全然没有爱的母亲的牺牲品。本德伦一家人为安葬母亲而作的远征，也许是英雄式的，但它变成一个密西西比末日景象，变成一场烈火和洪水的梦魇。

《寂寞芳心小姐》是一部戏仿，它必定会被誉为伟大作品，然而其虚无主义腐味是自莎士比亚的《一报还一报》和《特洛伊罗斯与克瑞西达》以来举世无双的。《拍卖第四十九批》结束时，美国已所剩无几；我们只有一个选择，要么培养妄想狂，要么实行施虐狂无政府主义。艾里森的看不见的人是白人伪善和黑人末世论的幸存者，他暗示他将重返普通生活，但我们最后看见他时他仍是一个“地下室人”。托妮•莫里森最有说服力的求索者奶娃•戴德以跟他的“敌人兄弟”、恐怖主义者吉他陷入一场死亡决斗告终。经历这些原应依然是沃尔特•惠特曼的美国的骇人消极现象，自我能得到什么样的帮助或扩张呢？

我有意略过了末日景象中的末日景象——《血色子午线》，它那永不停息的暴力狂热准确地描绘我们的过去，频频地代表我们枪支狂热的现在，无疑也预言我们血腥的未来。美国二百年来一直都迷恋上帝和枪支，而且这两方面的迷恋都不大可能退减。我们环顾四周，到处都是格兰顿劫掠者的直系后裔：全副武装的雅利安人地方武装团队、闯入儿童中心和学校的枪击者、炸毁联邦政府大楼的袭击者。科马克•麦卡锡的切题性是绝对的；他是我们的屠杀和宗教狂热的悲剧史诗的荷马。霍尔登法官一如他承诺的，将永远不死，而此刻这位法官正在西方夜里的某处跳舞拉小提琴。

阅读的功能并不是要叫我们高兴起来，或过早地安慰我们。但我要以一个断言来下结论，也即所有这些关于“我们时代的终结”的美国视域提供给我们的，要远远、远远多于它们那具有净化力量的消极性。重读最值得重读的东西，你将回忆起是什么增强你的精神。当我回想《白鲸》，我首先想到的是以实玛利与魁魁格之间的兄弟般的爱，然后我再次回想亚哈的美国式普罗米修斯精神的英勇顽强。《白鲸》之后六部梅尔维尔式小说的最后效果，不是虚无主义的，而是模糊的，而在这些模糊中包含着对读者的自我的最佳奖赏。亚哈、艾迪•本德伦、伯劳、特里斯特罗的无名特工们、恶毒的霍尔登法官、规劝者/煞星拉斯、走私者和牧师赖因哈特和吉他，构成了一套梦魇般的全副盔甲，但对读者来说，这些人遮不住以实玛利、达尔•本德伦、寂寞芳心小姐、奥狄芭•马斯、小子、看不见的人和奶娃•戴德的求索（不管多么艰难）的光辉。他们之中有些幸存者：以实玛利、奥狄巴、看不见的人。为什么读？因为你会被伟大的视域所吸引：以实玛利的视域，唯独他逃脱来给我们讲故事；奥狄芭•马斯的视域，她把那个无家可归的老头搂在怀中轻摇；看不见的人的视域，他准备再次回到地面，像约拿从鲸腹中出来。他们全都在某些较高的频道上对你和为你说话。

尾声：完成工作

塔尔丰拉比说：

日子短而工作大，劳动者慵懒，报酬丰厚，殿主要求高。

塔尔丰拉比还曾说过：

你不一定非要完成工作，但你也不能随心所欲停止。

我第一次读《阿伯特—犹太智慧书》[①]时，还是一个小男孩。虽然我对希勒尔和阿吉巴[②]的某些警句印象深刻，但却是较没名气的塔尔丰[③]的格言给我留下永久的伤口。《阿伯特》构成一个添加的尾声，用来"驯化"《密西拿》——由教长朱达拉比在公元二〇〇年前后编辑的伟大口传律法书。约五十年后，这些先人智慧言论的短文成为《密西拿》的附件，此后到现在，它一直是这部伟大的拉比口传律法书的一个著名部分。

---

① 直译为《父辈言论录》，现译名据张平先生中译本。——译注

② 阿吉巴(40?—135?)，犹太哲人、犹太教律法家。又译做阿奇瓦。——译注

③ 又译做特尔丰。——译注

《阿伯特》开始时，刻意以一段威严但其历史真实性可疑的雄文，确认标准犹太教是一个持续的传统，从而把口传律法合法化：

> 摩西从西奈接受《托拉》，传给约书亚，约书亚传给诸长老，诸长老传给诸先知，诸先知传给大议会诸成员。这说明三件事：慎于判断，广招门徒，在《托拉》周围筑起一道护栏。

“西奈”是耶和华本人的代称；我们不知道西奈山在哪里，拉比们显然也不知道。这根本不重要。至于大议会，那也是神话。它似乎是指经文抄写者以斯拉的追随者，以斯拉本人也许就是那位贡献希伯来圣经的“伟大编纂者”，这本希伯来圣经基本上就是我们现在拥有的希伯来圣经的样子，也就是从“巴比伦流放”带回来时的样子。不过，谁都不希望与“慎于判断”的智慧争论，尽管“广招门徒”就较成问题了，而在律法书周围筑起一道护栏在我看来似乎是一个坏主意。然而《阿伯特》开篇这段权威庄严的文章依然是深刻的，不管是否令人信服。

拉比们的犹太教，其标准化迄今已历时超过一千九百年，是一个其历史与基督教不遑多让的宗教。两大宗教都是公元七十年那场可怕灾难的结果，当时罗马军团攻陷耶路撒冷并摧毁了第二圣殿，也即希律一世的圣殿。当耶和华被逐出这最神圣的地方，他去了哪里，没人知道，我们也不知道圣殿倒塌前流行的犹大的宗教的各种形式之全部情况。那些在罗马特许下逃往亚夫内城的哲人，创办了我们现在仍称做犹太教的宗教。亚夫内本身在公元一三二年毁于烈火，当时阿吉巴拉比——英勇、年老，也许崇高地疯狂——

犯了一个可怕的错误，竟加入巴尔·库巴克反抗罗马人的起义。虽然阿吉巴的宗教现在仍可以被视为标准犹太教的终极体现，但是他当时却宣称巴尔·库巴克是弥赛亚。这场灾难引发了一场对犹太人的大屠杀，其规模仅次于纳粹的恐怖，并以阿吉巴本人殉教告终。

大约在这场灾难之后约一百二十年，《阿伯特》悄悄地忽略了这场灾难，事实上它把所有历史斥为无关宏旨，认为这一切与一代代哲人出世、智慧得以长存的那条传统之链相比，全变得微不足道。第二圣殿没有了，亚夫内的学院也没有了，但那个标准传统的系谱却安然无恙。唐纳德·哈曼·埃肯森[①]正确地所称的“伟大的宗教发明”已成正果。然而我们现时与《阿伯特》相距差不多一千七百五十年。这个伟大发明是否仍会引起不止是古董的兴趣，尤其是在美国，这个犹太人、清教徒和天主教徒开始在我所称的“美国宗教”中混为一体的国家？这“美国宗教”乃是一种本土的国家宗教，我怀疑我们仍未开始明白它。

回到我对塔尔丰拉比的兴趣，这种兴趣几乎占去我一生全部岁月。历史地讲，我们对塔尔丰所知甚少，尤其是当我们拿他与他的同代人阿吉巴相比。阿吉巴是一个如此强大和中心的人物，以致我们仿佛认识他，但是塔尔丰被纳入这部拉比著作，因此我们必须小心聆听他的言论，才能够对这位内在哲人有所了解，他在任何引起争辩的问题上都极少同意阿吉巴。由于阿吉巴的信徒始终是这些争辩的唯一来源，因此我们可以合理地怀疑他们的故事，在这些

① 埃肯森(1941—　)，当代历史学家。——译注

故事中塔尔丰总是落败。与出身平民的阿吉巴不同，塔尔丰是祭司，这是第二圣殿早期遗下的某种古老的幸存职位。因此他的主要关注点之一，是祭司的职能和特权，而阿吉巴对此毫无兴趣。两位哲人的冲突点，是一个引人入胜的问题，也即主观的假设与被认为是客观的事实对立的问题。塔尔丰以一种使我想起西格蒙德·弗洛伊德的方式，为"现实原则"辩护。事实胜于意图是塔尔丰的主导思想。行为才是最重要的，不管行为是否出于我们的本意。阿吉巴则辩称，在判断我们的行为时，我们所想所要必须纳入考虑。《阿伯特》把下列雄辩的言论归于阿吉巴：

> 沉默是智慧的护栏。一切都已被预见，自由意志已被给予，世界由善来判断，一切都根据工作量来衡量。

我们可以听出，这席话很像是塔尔丰说的；两位拉比都不会同意耶稣的一个说法，耶稣说不管是谁，只要看着一个女人时心里生起欲念，就无异于与她通奸。但是，阿吉巴与塔尔丰之间分歧的细微差别是微妙而重要的。塔尔丰认为，拉比并未完全取代祭司，而在阿吉巴看来，对圣殿的怀旧已让位给律法书，让位给口传律法。因此阿吉巴提出意志最重要，并坚称我们的意志是什么，我们就是什么，就是我们的意志所愿的。塔尔丰贬低意志，永远不敢忘记第二圣殿的严格戒律。阿吉巴说，我们是根据我们行多少善而被判断的，并富于创意地补充说，"一切都根据工作量来衡量。"但是对塔尔丰来说，日子短而工作无穷尽，我们往往变成慵懒的劳动者。圣殿的耶和华要求高，因为他与人立约的报酬高，这报酬是让更多生命注入没有边界的时间。如果塔尔丰永远这么猛烈，那我也会更赞成阿吉巴，但是塔尔丰还说过：

> 你不一定非要完成工作，但你也不能随心所欲停止。

不管你是标准的或异端的，犹太教徒或基督教徒，世俗派或怀疑派，塔尔丰的智慧都是永恒地适用的。我继续写作和教书，一如我过去四十五年来所做的，而我不断回到塔尔丰这席话。如果我们之中任何人一定要完成工作，则我们可能会在绝望中停止，因为工作永远也无法完成。圣殿无可救赎，现实的考验必须永远以绝对的事实至上告终，也即每一个个体的死亡。如果工作不能完成，那我们为什么不能随心所欲停止呢？

回答这个问题，可一点不简单，尤其是有鉴于一切作家中最伟大的莎士比亚恰恰停止他那令人惊叹的重新发明英语和人类个性的工作。莎士比亚在一六一三年与约翰·弗莱彻[①]合作《两个高贵的亲戚》(1613)之后便放弃写作，这既令我神往又令我悲哀。莎士比亚那时仅四十九岁，他还有三年可活，主要是退休住在埃文河畔斯特拉特福。也许是疾病黯淡了莎士比亚的最后岁月，但是《两个高贵的亲戚》中的莎士比亚部分，展示了一种新风格和一种新意识，这原本应会继续发展的。在这尾声的剩余部分，我要用塔尔丰坚称我们不能随心所欲放弃工作，来对照莎士比亚放弃工作。

莎士比亚一直在重读乔叟《坎特伯雷故事集》中的“骑士的故

---

① 弗莱彻(1579—1625)，詹姆斯一世时期剧作家。——译注

事”，以便自由地借用乔叟的故事来创作他的情节。骑士在一个无情的对句中概括了乔叟的反讽精神：

It is ful fair a man to bere hym evene,
For al day meeteth men at unset stevene

我的老朋友、已故的乔叟研究专家塔尔博特·唐纳德森非常出色地意释了这两行诗：

一个人保持泰然自若是一件好事，因为我们老是要准时赴我们的未约之会。

乔叟那个斯多葛式的骑士，其言说与阿吉巴和塔尔丰相差何止一个宇宙，但他并不太抵触他们——反而提供了一个世俗选择。保持泰然自若，因为你将从这里出去，过一种你会发现自己老是在准时赴未约之会的生活。如果你必须准备赴那个你肯定没有约过的最后之会，则你是否需要完成工作或你是否随心所欲地停止工作，这重要吗？让你自己泰然自若就行了吗？斯多葛式的镇定或划一的反应就够了吗？以《两个高贵的亲戚》的最后台词停止工作的莎士比亚，把乔叟柔和化，然而似乎也看到除非我们可以再次变得像儿童，或更幸福地，继续保持像儿童，否则就应该满足于泰然自若：

啊你们，天堂似的魅力四射者，

你们把我们当成什么啦！我们为我们所没有的
而笑；为我们所拥有的而歉疚；依然
是某种儿童。让我们心怀感激，
感激一切所是的样子，而让你们去争论
我们力所不能及的问题。让我们出发吧，
并承受我们如同时间。

这些谜一样的台词，是莎士比亚所写的最后的严肃诗歌，它们距离塔尔丰，或就此而言，距离耶稣，是很远的。那些“天堂似的魅力四射者”应是指金星和火星，以及月神狄安娜，但莎士比亚即使在他放弃工作之际，也依然颇为不可预料。他告诉我们，要学会为你所没有的而笑，为你所拥有的而歉疚，但要对哀乐保持淡定，如同儿童应有的。沉默也许是《圣经》周围的另一道护栏，平静也许有助于你准时赴你未约之会，但是承受你自己如同时间，则似乎是说：要好好把剩余时间寸寸加以利用。

标准传统——犹太教的、基督教的、伊斯兰教的、世俗的——会告诉你，如同塔尔丰告诉你的，耶和华的工作是不可以放弃的，即使你不能完成它。身为世俗圣经的莎士比亚告诉你，承受你自己如同时间，那是说当你停止工作，时限便来了。年届六十九，我不知道塔尔丰对还是莎士比亚对。然而，尽管道德决定不能仅仅通过善于读书来作出，但是如何读和为什么读的诸问题，比任何时候都更是帮助我们决定做谁的工作必不可少的。

译后记

大约三年半前，我读布鲁姆的《如何读，为什么读》时，心里就想，这本书很值得译成中文。半年后，出版社便来约译这本书了。我珍视这种巧合。

译文我通读了几遍，英汉对照校对了三遍，但还是不放心，所以同时请朋友邓宁立小姐帮我做第四次英汉对照校对。当她寄来一份干净利落的错漏清单时，我的喜悦和感激是难以形容的。不用说，我要在此表达我这份喜悦和我对邓小姐的感激。

译林出版社的陈叶小姐，以前已编辑过拙译卡尔维诺《新千年文学备忘录》，因此大家在各个环节上都多了一份默契。在此，对陈小姐在各方面提供的方便和善意表示深切谢意。

最后，感谢陈小姐和校对员帮我纠正了很多错别字和提出很多有益的建议。

译者，二〇一〇年十一月十九日于香港